feetjebooks

ISBN 978-3-9824226-0-2

1. Auflage 2022

Gustav-van-Beek-Allee 34, 40670 Meerbusch

Umschlaggestaltung: Stencel Studio, Düsseldorf
Titelschriftdesign: Anna Bluma Damm, München
Druck und Verarbeitung: SATZDRUCK GmbH
Industriestraße 23, 48653 Coesfeld-Lette
Printed in Germany

www.feetjebooks.de

Der Umschlag dieses Buches besteht aus ENVIRONMENT® Papier. Dieses Papier ist FSC™ zertifiziert und wurde zu 100% mit erneuerbarer Energie hergestellt. Es ist als Carbon Neutral Plus gekennzeichnet und stellt durch das Green Seal™ Zertifikat sicher, dass es aus mindestens 30% Post-Consumer-Fasern hergestellt wird. Auch das Papier der Buchinnenseiten ist selbstverständlich FSC™ zertifiziert.

genius

HEIKE GRULICH

feetjebooks

Für dich.

PROLOG

Beinahe gelassen tritt er in mein Blickfeld. Mit dem gleichen Stolz, der jedem seiner Schritte innewohnt. Kurz schaut er zu mir und schenkt mir einen Augenblick der Zuversicht, bevor er sich mit völliger Selbstverständlichkeit meinem Angreifer zuwendet. Mit einem mühelosen Sprung stellt er sich schützend vor mich. Die Beine fest in den Boden gestemmt und das Kinn voll Überlegenheit in die Höhe gerichtet, steht er nun genau zwischen mir und der Waffe, die noch vor wenigen Sekunden drohte mein Leben zu nehmen. Ich suche nach Anzeichen von Angst oder Unsicherheit in seiner Körperhaltung, doch ich finde nichts als Entschlossenheit. Es scheint fast so, als wäre dies genau der Moment, auf den er sein Leben lang gewartet hat. In meinem Kopf formt sich ein einzelnes Wort: ‚Bestimmung'. Die Erkenntnis trifft mich unvorbereitet. Er wusste es. Schon seit Tagen wusste er, was geschehen wird.

Meine Seele befiehlt meinem Körper zu schreien. Doch bevor ich nur ein Wort herausbringe, bevor ich auch nur die geringste Chance habe zu reagieren, hebt der Angreifer zufrieden lächelnd seinen rechten Arm. In der Hand das Wurfmesser mit der silbernen Klinge, die fast ästhetisch in der Abendsonne glitzert. Der Schwung erfolgt mühelos, als ginge es nicht um das Leben meines Freundes, sondern um eine alltägliche Bewegung, die mit Perfektion eintrainiert wurde. Die Klinge sirrt durch die Luft und zeichnet eine saubere Linie in die Zeitlupe meiner Wahrnehmung. Mit Präzision durchdringt sie Schichten von

Haut, versenkt sich in einem kraftvoll schlagenden Herzmuskel und nimmt mit Entschlossenheit Leben.

Derjenige, der für immer an meiner Seite sein sollte, der nicht wegzudenken ist aus einem Leben, das für mich allein schon immer zu groß war, kippt in Zeitlupe nach vorne. Im Fall wendet er sich mir zu und sucht meinen Blick, bevor ein Rinnsal aus Blut zwischen weißen Zähnen der Schwerkraft folgt und zu Boden stürzt.

Eine Welle unvorstellbaren Schmerzes erreicht mich. Sie peitscht mir die Luft aus der Lunge. Ich taumle nach vorn und erreiche seinen Körper in dem Moment, in dem mich die Last meiner zusammenbrechenden Welt auf die Knie zwingt. Ich weiß, dass er tot ist, bevor mein Kopf den seinen berührt. Mein Herzschlag setzt aus.

Ich spüre den Verlust in jeder Faser meines Körpers und verfluche die Lächerlichkeit eines Schmerzes, der mir verdeutlichen soll, was ich längst weiß: Nichts wird mehr sein, wie es war.

Wie kann diese Erde es wagen, sich weiterzudrehen, bei dem, was soeben geschehen ist?

Zehn Tage zuvor

/1/

Die Liegewiese des Freibads ist ein farbenfrohes Mosaik aus unzähligen Handtüchern. Selbst für einen solch heißen Sommertag tummeln sich hier heute ungewöhnlich viele junge Menschen. Als wollten sich alle Schüler der Stadt persönlich von dem kühlen Nass verabschieden, bevor die Sommerferien beginnen und die Ferne lockt.

„Habt ihr schon gehört, dass Annabelle und ihr arrogantes Fan-Trio dieses Jahr zu viert an die Algarve fahren? In so einen Luxusschuppen. Sponsored by Daddy!“ Patrizia, von allen nur Pat genannt, legt die Hand an die Stirn und schirmt ihre Augen gegen die Sonne ab. Neidisch schaut sie auf eine Gruppe Jugendlicher, die am begehrtesten Platz der Liegewiese mit Energydrinks anstoßen und sich ausgelassen zu lautem Boxensound bewegen.

Theo und Antonia folgen ihrem Blick.

„Und ich werde mal wieder mit meiner Familie in einer dämlichen Pension mitten im Nirgendwo hocken und darf täglich zwischen Kühen von Alm zu Alm latschen“, beendet Pat ihren Monolog seufzend.

„Na, das ist doch immerhin besser, als für die Schule zu lernen, oder? Antonia hat es da viel schlimmer getroffen!“, sagt Theo und richtet seinen nassen Körper zur Sonne aus.

„Stimmt!“, gibt Pat zu und schaut Antonia an. „Ich kann immer noch nicht glauben, dass du freiwillig auf vier Wochen Urlaub in Miami verzichtest und stattdessen lieber Schulbücher wälzt. Überleg doch mal, wie krass das wäre: Sonne am South

Beach mit butterweichem Sand unter den Füßen und einem braun gebrannten Urlaubsflirt an deiner Seite."

Antonia zupft ihren Bikini zurecht. „Du hast ja recht", gibt sie zu. „Aber es ist wirklich für alle das Beste, wenn ich hierbleibe."

Ungläubig rollt Pat mit den Augen. „Wenn du meinst ..."

„Ja, meine ich!" Antonia richtet sich kurz auf, wringt mit beiden Händen ihre Haare aus und sorgt dafür, dass das gesamte Tropfwasser auf Pat niedergeht.

Pat dreht sich quietschend zur Seite und erinnert dabei an einen verletzten Seehund.

„Cooler Move!" Theo lacht Pat aus, ohne dass ihm dies jemand übelnehmen würde. Dann wendet er sich an Antonia. „Du weißt ja, wenn dir langweilig wird, ruf mich an! Ich habe eh nichts zu tun."

Pat prustet empört los. „Von wegen, Theo! Du fährst die kompletten Ferien in euer Haus an der Atlantikküste und hängst von morgens bis abends auf dem Surfbrett ab. Im Urlaub bist du nie erreichbar. Du meldest dich doch erst, wenn du wieder zurück bist und mit deiner Spanienbräune angeben kannst!" Sie boxt Theo freundschaftlich in die Seite.

Theo fährt sich durch die nassen Haare. „Touché! Also bist du Antonias Notanker für trübselige Tage, Pat?"

„Wäre ich zu gerne!", entgegnet Pat. „Wenn meine Mom nicht so felsenfest davon überzeugt wäre, dass Urlaub auch ‚Digital Detox' sein sollte. Die hat echt keine Ahnung, was sie mir damit antut. Wir fahren volle drei Wochen ins Allgäu, und als wäre das nicht Strafe genug, muss auch noch mein Handy zu Hause bleiben. ‚Zeit für die Familie' nennt Mom es. Ihr neuer

Lieblingsspruch ist: ‚Ich bin mit 17 auch gut ohne Handy ausgekommen.' Hallo? Was kann ich denn dafür, wenn die im Mittelalter geboren ist und für jede Nachricht eine Brieftaube aus dem Fenster werfen musste."

„Höchststrafe!", stimmt Antonia ein.

„Echt, oder? Und obwohl meine Mom weiß, dass du ganz allein zu Hause bist und mich wahnsinnig vermissen wirst …", ergänzt Pat niedergeschlagen und setzt einen Hundeblick auf.

„Jetzt macht euch mal um mich keine Sorgen. Die ruhigen Wochen werden mir guttun und ich werde genug Zeit haben, den Schulstoff aufzuholen. Im nächsten Jahr bekomme ich garantiert keinen Waisen-Bonus mehr und das Abi steht vor der Tür. Und außerdem, Pat, deine Mom hat mir ihre Handynummer gegeben. Sie hat ihr Telefon für Notfälle dabei und wird jeden Abend kurz draufschauen. Ich werde mich melden, falls ich nicht klarkomme. Versprochen!"

„Trotzdem finde ich die Vorstellung mies, dass du die nächsten Wochen allein verbringst. Du hast doch außer Pat und mir hier noch niemanden." Nun gibt sich auch Theo besorgt.

„Ich habe Spike." Antonia lächelt in die Runde.

„Du bist auch echt die Einzige, der ein Hund als Feriengesellschaft ausreicht, oder?" Pat verdreht die Augen und reckt sich. „Na kommt, lasst uns aufbrechen. Ich muss heute pünktlich zu Hause sein. Ich muss noch packen, weil wir morgen direkt nach der letzten Schulstunde losfahren."

Theo steht widerwillig auf. „Okay. Wenn's sein muss." Unbeholfen zwängt er seine nassen Füße in die Sneaker. „Antonia, ich begleite dich noch ein Stück."

„Du gibst nicht auf, oder?“, foppt Pat ihn. „Theo, du bist nicht Antonias Typ.“ Freundschaftlich knufft sie ihn in die Rippen.

„Ich will sie doch nur begleiten und nicht heiraten“, wehrt sich Theo, dem verdächtig die Röte ins Gesicht steigt.

Zwei Stunden später liegt Antonia auf dem Sofa und zappt durch die neuesten Netflix-Produktionen. Morgen beginnen die Sommerferien, die sie eigentlich zum größten Teil mit ihrer Tante Dana und deren Freund Charly in Florida verbringen sollte. Die beiden sind bereits gestern in den Flieger gestiegen und mittlerweile gut im ersten Hotel angekommen. Das Foto, das Dana ihr heute Nachmittag per WhatsApp geschickt hat, war beeindruckend: blauer Himmel und Sonne satt. Doch schönes Sommerwetter hat Antonia auch hier – im Haus ihrer Tante. Ihrem neuen Zuhause. Bei dem Gedanken an das Wort ‚Zuhause‘ krampft sich ihr Magen zusammen. Das Haus, das sie noch vor zehn Monaten ihr Zuhause nennen durfte, ist mittlerweile verkauft. Genauso wie der VW Golf, den ihre Mutter früher gefahren ist. Der ‚Liquidierung von Sachvermögen‘ sind auch das Motorrad ihres Vaters und ein Berg voller Möbel zum Opfer gefallen. Dinge, die mit Erinnerungen übersät waren, die Antonia nicht ertragen konnte. Erinnerungen an gemeinsame Urlaubsfahrten, Wochenendausflüge und Lesenachmittage auf dem Sofa. Inseriert, verkauft, verpackt und in Form von Zahlen auf ein Konto geflossen. So werden Erinnerungen zu Währung und erreichen doch niemals einen angemessenen Wert. ‚Unbezahlbar’ ist nicht mit Ziffern zu erklären.

Ergänzt um Lebensversicherungszahlungen liegen nun rund 753.000 Euro auf einem Konto, über das Antonia in knapp zwei Monaten verfügen kann. An ihrem 18. Geburtstag. Eine große Zahl ohne Bedeutung. Der Preis einer Familie.

Das Grab ihrer Eltern kann Antonia nur noch hin und wieder besuchen. 647 Kilometer liegen zwischen dem Haus ihrer Tante und dem Örtchen, in dem sie bisher gewohnt hat. Dem Ort, von dem sie sich ganz und gar abwendete, weil sie anders nicht mit dem Verlust ihrer Eltern umgehen konnte.

‚Du brauchst Zeit', waren die ständig wiederholten Worte ihrer Therapeutin. ‚Keine Zeit der Welt heilt diese Wunden' – Antonias innere Antwort darauf.

Vielleicht hat die Therapeutin doch recht – auch wenn der Schmerz nicht weniger wird, so ändert er doch seine Farbe. Er ist nicht mehr tiefschwarz mit lavaroten Einschlüssen, sondern mittlerweile eher dunkelgrau mit einer Art Moiré-Effekt. Welche Farbe wird er haben, wenn weitere zehn Monate vergangen sind? Wenn Antonia nicht mehr ständig von dem Abend träumt, als zwei Polizistinnen vor ihrer Tür standen und ihr mit unbequemem Blick erklärten, dass ihre Eltern in genau dem Auto saßen, das das Schlusslicht eines Staus bildete. Hinter einer Kurve. Schlecht einsehbar. Zu schlecht einsehbar für den Lkw-Fahrer, der mehr mit seinem Handy als dem Verkehr beschäftigt war. Ihre Eltern waren sofort tot gewesen. Kein Leid, keine Schmerzen. Sie sind einfach gestorben. Und Antonia muss nun mit diesem Sterben leben.

Ja, Antonia mag ihre Tante Dana sehr gerne und sie wird ihr auf ewig dankbar dafür sein, dass sie bei ihr und Charly herzlichen willkommen ist. Trotzdem fühlt sich Familie anders an.

Dana ist sofort nach dem Unfall für viele Wochen zu Antonia gezogen und nicht von ihrer Seite gewichen. Sie hat sich um alles gekümmert – die Beerdigung, die Formalitäten, die ‚Liquidierung von Sachvermögen'. Denn Antonia wollte nicht bleiben in dem Haus mit den blauen Fenstern. Das Haus mit dem sonnigen Garten, der selbst im Regen Farben trägt und zu jeder Jahreszeit einen ganz besonderen Duft verströmt. Ein Duft, der für sie mit dem Bild einer sonnengebräunten Frau verbunden ist, die mit zusammengebundenen Haaren und matschigen Händen jede Pflanze fürsorglich in den Boden setzt und dabei genauso strahlt wie das gesamte Blumenbeet. Das Haus mit dem Sofa, auf dem ein kuscheliges Kissen neben dem aufgeschlagenen Buch ihres Vaters liegt. Die Seiten nach unten, damit er immer weiß, wo genau er weiterlesen muss. Ihr Vater mag keine Eselsohren. Ihr Vater mochte keine Eselsohren.

Antonia konnte nicht mehr leben an dem Ort, der immer vor Leben gesprüht hatte und plötzlich vor Traurigkeit gelähmt schien. Sie brauchte einen Neuanfang. Musste eine Tür schließen, damit eine andere aufgeht. Also schloss sie die Tür zu ihrem alten Leben. So laut und fest und unmissverständlich, dass sie nichts mitgenommen hat als ein paar Kleider, ein paar Alltagsgegenstände, ihren 17 Jahre alten Kuschelbären Pitri und natürlich Spike. Auch ihre Freunde ließ sie zurück, als sie zwei Monate nach dem Tod ihrer Eltern zu Dana und Charly zog. Antonia hatte viele Freunde gehabt, doch es bedarf nur weniger Monate, um sich aus den Augen zu verlieren. Vor allem dann, wenn eine Seite weitermachen kann wie bisher und die andere Seite kein ‚wie bisher' ertragen kann.

Antonia hat in der Zwischenzeit neue Freunde gefunden – Pat und Theo. Beide gehen in ihre neue Klasse. Eine Klasse, in die sie mitten im laufenden Schuljahr hineingeworfen wurde. Pat und Theo sind die einzigen Menschen, die Antonia neben Dana und Charly nun an ihrer Seite hat. Ja, sie weiß, es werden weitere Freunde hinzukommen. Es braucht eben Zeit. Dann ändern sich die Farben.

Antonias Handy vibriert. Lächelnd schaut sie auf das Foto, das Dana gerade geschickt hat. Sie und Charly am fast weißen Strand. ‚Alles gut bei dir? Wir vermissen dich!', sind die Worte, die unter dem Foto stehen.

Dana hat lange auf Antonia eingeredet, um sie zum Mitkommen zu bewegen. Sogar die Schule stimmte zu, dass Antonia schon vor Ferienende losfliegen könne – definitiv ein weiterer Waisen-Bonus. Aber Antonia weiß, dass ihr Einzug bei Dana und Charly den beiden so einiges abverlangt hat. Charly hat sicherlich nicht geplant, auf diese Art und Weise eine Vaterrolle zu übernehmen, als er sich vor zwei Jahren in Dana verliebt hat. Antonia ist es vor allem ihm schuldig, dass die beiden die Zeit in Florida für sich haben. So wie es geplant war, als der Urlaub vor einem Jahr gebucht wurde. Damals, als sich die Welt noch in die richtige Richtung drehte.

Außerdem muss Antonia sich langsam ins Zeug legen, wenn sie an ihrem Traum festhalten will. Wie soll sie Tiermedizin studieren, wenn die Noten nicht passen? 1,5 bis 1,7 sollte sie möglichst erreichen. Jetzt liegt sie eher so bei einer 3,4. Fast zwei Punkte schlechter als der Durchschnitt, den sie noch vor einem Jahr hatte. Und das Abi ist nur noch zehn Monate entfernt.

Und dann ist da schließlich noch Spike, der Hund ihres Vaters. Na ja, eigentlich war Spike immer eher ihr Hund, aber Antonias Vater hat ihn offiziell adoptiert. Es war auch ihr Vater, der Spike jeden Morgen am Frühstückstisch den Auftrag gegeben hat, auf Antonia aufzupassen. Spike, der seine Beschützerqualitäten schon eindrücklich bewiesen hat, bevor er überhaupt zur Familie gehörte. Antonia erinnert sich gerne an den Tag zurück, an dem ihr Spike über den Weg gelaufen ist.

Es war ein grau verregneter Herbsttag. Antonia war allein mit dem Fahrrad auf dem Nachhauseweg von der Schule. Dass der Regen so heftig werden würde, war nicht abzusehen gewesen. Antonia hatte eine Abkürzung genommen, um schneller zu Hause zu sein. Diese führte sie durch eine Unterführung. Eigentlich mied Antonia diese Strecke, weil sie schon immer ein eher vorsichtiger Mensch gewesen war. Und wie jeder gute Krimi lehrt, sind Unterführungen der Anfang einer Menge Probleme. Doch die Aussicht auf eine warme Dusche wurde von genug Mut begleitet, um die Abkürzung zu wählen. Antonia war kaum in die Unterführung hineingefahren, als ihr schon klar wurde, dass sie besser den langen Weg genommen hätte. Vom anderen Ende schauten ihr ein paar Jugendliche entgegen, die gute drei bis vier Jahre älter waren als sie mir ihren damals dreizehn Jahren. Es waren Jungs aus dem Nachbarort und der Geruch nach Alkohol und Zigaretten lag in der Luft. Antonia bremste ihr Fahrrad ab und überlegte kurz umzudrehen, doch dabei kam sie sich albern vor. Also fuhr sie weiter. Eigentlich war abzusehen, dass ihr einer der Jungs den Weg versperren würde und ein paar blöde Sprüche klopfen würde. Antonia versuchte, sein fieses Grinsen zu ignorieren. Gerade als er von ihr einen Kuss als ‚Wegzoll' forderte und Antonia fest am Arm packte, schlenderte ein imposanter, großer Hund hinter ihr in die Unterführung und begleitete sein plötzliches Erscheinen mit einem lauten Knurren.

Sofort ließ der deutlich angetrunkene Jugendliche von Antonia ab und fragte irritiert: „Ist das dein Köter?"

„Klar!", war Antonias knappe Antwort, obwohl sie den Hund noch nie zuvor gesehen hatte.

Augenblicklich rückte der Typ zur Seite, raunte ein kurzes „Sorry" und ließ Antonia vorbei.

Antonia fuhr weiter und rief betont lässig über die Schulter: „Komm, Spike! Ab nach Hause mit dir!"

‚Spike' war der einzige Hundename, der ihr auf die Schnelle eingefallen war. Und Spike machte genau das, was Antonia ihm befohlen hatte. Er begleitete sie nach Hause. Nach diesem Tag waren ihre Eltern sehr schnell davon überzeugt, den Hund zu behalten. Dies wurde einige Wochen später offiziell, da niemand den Hund zu vermissen schien. Seitdem sind Spike und Antonia unzertrennlich und Antonias Verlust ihrer Eltern hat das Band zwischen den beiden nochmals verstärkt.

Spike für vier Wochen in eine Tierpension zu stecken, war für Antonia unvorstellbar. Damit gab es ausreichend Gründe, um das Angebot eines Urlaubs in Florida dankend abzulehnen.

Also sitzen Antonia und Spike nun hier auf Danas und Charlys Sofa und Antonia hat sich soeben für einen Film entschieden. Keine neue Netflix-Produktion, sondern eher die ‚Oldschool'-Variante. Den Lieblingsfilm ihrer Eltern, den sie schon so oft zusammen gesehen haben und den Antonia sich in den letzten Monaten nicht getraut hat anzuschauen. ‚Notting Hill'. Der Titelsong setzt mit einem lang gezogenen ‚She' ein und zaubert ein Lächeln auf Antonias Lippen. Zwei Tränen finden ihren Weg über die Wangen den Hals entlang. Spike drückt seinen massigen Körper an Antonia. Zarte Mädchenhände finden Halt in dichtem Hundefell.

„Spike, wir kriegen das hin. Was soll in den vier Wochen schon passieren …", flüstert Antonia in gespitzte Hundeohren.

/2/

Etwa drei Kilometer entfernt nimmt zur gleichen Zeit Flinn eine Hundeleine vom Haken und öffnet die Haustür.

„Auf geht's, Jardy! Worauf wartest du?", ruft er in Richtung Wohnzimmer.

Einem dumpfen Aufschlag folgen kleine Tippelschrittchen. Jardy hat einen nicht ganz eleganten Sprung vom Sofa gemeistert und läuft nun gemächlich auf Flinn zu. Die kleinen Hundeohren wackeln an den Seiten seines Kopfes, als hätten sie ein fröhliches Eigenleben. Ein Gähnen kündigt an, dass Jardy keine besonders große Lust auf einen Spaziergang hat.

„Komm schon, du Faulpelz. Wir waren heute noch gar nicht richtig unterwegs. Wenigstens eine Abendrunde durch den Park." Flinn tritt nach draußen und springt die drei Stufen zum Gehweg hinunter.

Jardy trödelt noch eine Weile vor der Türschwelle herum, als hoffe er, Flinn könne es sich mit dem Spaziergang doch noch anders überlegen.

Nach zehn Minuten haben Flinn und Jardy den Park erreicht. Der Sommer zeigt sich an diesem Abend von seiner schönsten Seite. Sonnenstrahlen tanzen durch das Blätterdach mächtiger Eichen, die den Park umsäumen. Blühende Malven buhlen um die Aufmerksamkeit fleißiger Bienen und locken gleichzeitig eine brummende Heerschaar Hummeln an. Flinn atmet tief ein und saugt die Energie auf, die dieser Ort ausstrahlt. Er spürt das

Pulsieren in seinen Adern, das immer dann einsetzt, wenn er der Natur so nah ist.

Flinn schlendert an einer besonders großen Eiche vorbei. Er streicht wie beiläufig mit seiner linken Hand über die raue Rinde. Ein sanftes Prickeln durchströmt seine Fingerspitzen, als würde der Baum ihn begrüßen und zum Verweilen bitten. Flinn schließt kurz die Augen und konzentriert sich auf seine Empfindungen.

Vor etwa zwei Jahren hat er erfahren, dass er ein Genius ist. Eine weiterentwickelte Form der Menschheit. Ein Mensch 2.0 sozusagen. Angehöriger einer Spezies, die unerkannt unter den Menschen lebt. Seitdem hat Flinn den Umgang mit seinen feinen Sinnesantennen perfektioniert.

Vorsichtig tastet er die Umgebung ab. Er kennt diesen Park in- und auswendig, doch würde er auch in einer fremden Umgebung genau fühlen können, wo sich jeder einzelne Baum befindet. Für die Genius sind Bäume Knotenpunkte des Lebens, die eine besonders konzentrierte Energie ausstrahlen. Doch im Moment sind es nicht die Bäume, auf die Flinn seine Aufmerksamkeit lenkt. Vielmehr interessiert ihn, ob ein anderer Genius in der Nähe ist.

Jeder Genius strahlt eine Aura aus, die andere Genius bis zu einer Distanz von einigen Hundert Metern spüren können. Leicht spreizt Flinn die Finger seiner rechten Hand. Eine Angewohnheit, die ihm hilft zu fokussieren, vermutlich weil es ihn ein bisschen an die Jedi-Ritter von ‚Star Wars‘ erinnert. Er horcht tief in sich hinein. Nein. Es ist keine andere Genius-Aura spürbar. Flinn ist nicht überrascht. In dieser Region gibt es nur eine Handvoll Genius. Neben Flinn sind es nur seine Mutter und Dr. Overstedt. Es wäre schon ein großer Zufall, wenn ausgerechnet einer von den beiden gerade in der Nähe wäre. Flinns Mutter ist zu Hause und zu weit entfernt, als dass er ihre Genius-Aura spüren könnte. Und Dr. Overstedt ist sicherlich noch in der Tierklinik. Flinn mag den Tierarzt und seine herzliche Frau sehr gern. Nicht nur, weil er Jardy im vergangenen Jahr das Leben gerettet hat.

„Hey, Flinn!"

Flinn dreht sich um und sieht Theo auf sich zukommen. „Theo? Krass, dich hab ich ja ewig nicht gesehen!"

„Na, hättest du nicht die Schule gewechselt, würden wir noch immer gemeinsam den Chemieunterricht sabotieren", feixt Theo.

„Erinnere mich nicht daran. Ich glaube, das war das i-Tüpfelchen auf meinem Freifahrtschein in eine andere Schule." Flinn verzieht das Gesicht, als würde er bei der Erinnerung an den Chemieunterricht körperliche Schmerzen spüren.

„Dabei warst du doch immer das absolute Brain!", betont Theo. „Ich kenne niemanden, der so fix in der Birne ist wie du. Immerhin hast du damals als Siebtklässler schon Nachhilfe für den Mathe-LK gegeben."

„Vermutlich war Mathe nicht mein Problem, sondern eher meine mangelnde Begeisterung für das deutsche Schulsystem", antwortet Flinn grinsend.

„Ja!" Theo lacht. „Du warst in der Tat nicht viel im Unterricht. Du führst noch heute die Fehlstundentabelle an. Du bist fast so was wie eine Legende."

Flinn schmunzelt. „Na ja, das ist ein recht zweifelhafter Legendenstatus."

Theo schaut auf Jardy, der ihn bereits mehrfach mit der Nase angestupst hat. „Hey, Kleiner." Er bückt sich und krault Jardy hinter den Ohren. „Du bist doch der kleine Kerl, der eine Zeit lang mit so einem dicken Verband unterwegs war." Zu Flinn gewandt ergänzt er: „Ich habe euch mal aus dem Auto raus gesehen. Dein Hund?"

„Yep."

„Was hatte er denn?", bohrt Theo nach.

„Klassischer Fall von Straßenhund. Jardy stammt von Teneriffa. Er wurde dort von einem Auto angefahren und liegen gelassen. Er hat sich dann mit schlecht verheilten Brüchen und einigen weiteren Verletzungen irgendwie ein paar Wochen über Wasser gehalten. Dann hat ihn ein Tierschutzverein aufgegabelt und ich habe Jardy nach Deutschland geholt. Dr. Overstedt hat ihn zusammengeflickt und ein paar echt heikle Baustellen repariert, die ihn auf Dauer das Leben gekostet hätten."

Jardy bestätigt die Geschichte mit einem fröhlichen ‚Wuff'.

Theo schüttelt anerkennend den Kopf. „Mann, Mann, Flinn! Du bist und bleibst die Mutter Theresa der Tiere, oder? Ich kenne dich nicht anders."

„Always trying to save this planet!", antwortet Flinn lachend. „Und du so? Morgen geht's in die Ferien. Hast du Pläne?"

„Meine Eltern haben kürzlich so ein Häuschen in Spanien gekauft. Direkt am Atlantik. Krasse Wellen. Genau mein Ding!"

„Wow. Klingt fantastisch."

„Ja, da hängen wir jetzt wohl öfter ab. Und du? Ranger in Australien? Elefantenpfleger in Afrika?", fragt Theo grinsend.

„Dieses Jahr nicht. Ich bleib wohl zu Hause. Vielleicht jobbe ich ein bisschen im Freibad und krieg endlich das Geld für ein

Dirtbike zusammen. Ich wollte in den nächsten Tagen mal dort nachfragen, ob sie mich brauchen können.“ Flinn zuckt mit den Achseln.

„Stimmt ja, du hast doch so eine krasse Rettungsschwimmerausbildung, richtig?“ Theo klingt beeindruckt.

„Na ja, die wird mir am Pommesstand nicht viel helfen.“

Eine kurze Stille entsteht, bevor Flinn sich verabschiedet.

„Na dann, mach’s gut, Flinn!“, sagt Theo. „War cool, dich mal wieder getroffen zu haben.“

„Ebenso! Viel Spaß in Spanien!“

Flinn und Jardy setzen ihren Weg fort. In Gedanken ist Flinn noch immer bei seinem Gespräch mit Theo. Er kann sich gar nicht daran erinnern, jemals irgendwo einfach nur Urlaub gemacht zu haben. Klar, er hat sprichwörtlich die halbe Welt gesehen und war an exotischen Orten, die kaum ein anderer 17-Jähriger in dieser Fülle kennt. Aber eigentlich war es nie Urlaub. Er hat in den Ferien einfach seine Mutter bei ihren Projekten besucht: den Aufbau eines Waisenhauses für Elefantenkinder, die Einrichtung eines Schutzgebietes für Orang-Utans, den Bau einer Auffangstation für verletzte Meeressäuger. Aber einfach so am Strand liegen oder surfen gehen? Hm. Eher weniger. Stört ihn das? Nein. Die Erfahrungen, die er gemacht hat, sind so vielschichtig und atemberaubend, die möchte er nicht missen. Nur in diesem Jahr ist seine Mom nicht für ihre Projekte unterwegs. Flinn vermutet, dass sie sich die Schuld an seinem Schulwechsel im letzten Jahr gibt und sich in diesen Ferien besonders viel Zeit für ihn nehmen möchte. Da sie mehrere Monate im Jahr im Ausland ist und sein Vater als Oberarzt einer Klinik nicht viel Freizeit hat, ist Flinn nicht sonderlich viel unter Beobachtung. Da kann es schon mal passieren, dass sich Prioritäten verschieben. Also hat Flinn sich auf Spannenderes konzentriert, als regelmäßig in der Schule zu erscheinen. Er supportet lieber ein paar Tierschutzorganisationen, verbringt viel Zeit im Schwimmbad und hat seine Leidenschaft für Dirtbikes entdeckt. Eine eigene Maschine wäre sein Traum. Doch noch hat er nicht mal einen Führerschein, geschweige denn das Geld für so ein Geländemotorrad. Seit vergangenem Herbst, als er seine Mom nach Montana begleitet hat, weiß er, wie viel Spaß man mit Dirtbikes im Gelände haben kann. Und auch hier in der Gegend kann man mit den nötigen Kontakten hin und wieder fernab der öffentlichen Wege ein paar Sprünge trainieren. All das geht aber nur, wenn man sich nicht permanent an die Schulzeiten hält. Der Tag hat eben nur 24 Stunden.

Die Fünfer auf Flinns letztem Zeugnis im Gymnasium waren eher eine Folge seines Nicht-Erscheinens als seines Nicht-Könnens. In Kombination mit ein paar explosiven Ideen für die spannendere Gestaltung des Chemieunterrichts ist dem Rektor dann leider die Hutschnur geplatzt und seine Eltern mussten Flinn auf eine andere Schule schicken. Flinn hat die Lektion gelernt. Das letzte Schuljahr verlief ohne Zwischenfälle und sein aktueller Notenstand wird ihn problemlos durchs Gesamtschul-Abi bringen. Also hätte seine Mom ihr derzeitiges Projekt nicht schieben brauchen.

„Hey, Jardy, weißt du, was?“, Flinn schaut seinen Hund herausfordernd an. „Morgen radeln wir direkt nach der letzten Schulstunde zum Freibad. Ich frage da mal nach einem Ferienjob. Okay?“

Jardys Reaktion ist verhalten. Er blickt Flinn an und neigt dabei seinen Kopf zur Seite. Wirklich überzeugt scheint er von dem Vorschlag nicht zu sein.

Flinn atmet seufzend aus. „Okay, du darfst im Fahrradanhänger mitfahren und wir teilen uns unterwegs ein Eis. Jetzt einverstanden?“ Fragend schaut Flinn auf Jardy herab, dessen strahlende Augen kurzzeitig von den Riesenohren ablenken. Jardy dreht sich zweimal um die eigene Achse und bellt aufgeregt.

„Du bist echt der faulste Hund, den ich kenne!“ Kopfschüttelnd, aber grinsend geht Flinn weiter.

Er fragt sich schon lange, ob es seine Genius-Herkunft oder Jardys feinfühliges Wesen ist, die es dem kleinen, krummbeinigen Hund ermöglichen, jeden seiner Gedanken zu lesen. Flinns Mutter betont regelmäßig, wie ausgeprägt der sechste Sinn der Tiere ist. Sie ist fest davon überzeugt, dass Tiere die Bilder lesen können, die ein Genius in seinem Kopf formt, sobald er einen Satz ausspricht. In Bezug auf Jardy gibt Flinn seiner Mutter vollkommen recht.

Flinn ist es von klein auf gewöhnt, dass seine Mutter anders ist als andere Mütter. Das Gespräch, das sie hierzu führten, fand allerdings erst in der Grundschule statt. Seine Eltern hatten in Worte gefasst, was Flinn schon immer gespürt hat. Seine Mutter verfügt über einen inneren Reichtum, der nach außen strahlt und auf einer Verbindung beruht, die wissenschaftlich nicht erklärt werden kann. Sie ist mit dem Netz des Lebens verwoben. Genauso wie Flinn.

Die Welt, wie sie ein Genius sieht, ist eine vollkommenere Version dessen, was in der Vorstellungskraft eines Menschen liegt. In der Welt der Genius orientiert sich das Wertemodell nicht an Macht, Reichtum und Schönheit, sondern einzig und allein an der Verbindung zur Natur. Zum Netz des Lebens.

Genius kann man sich vorstellen wie eine höherentwickelte Spezies, die einen erheblichen Evolutionssprung gemeistert hat. Es ist unbekannt, wann der erste Genius aufgetaucht ist, doch man vermutet, es war zu Beginn des 20. Jahrhunderts. Seither gibt es noch viele ungeklärte Fragen um die Genius, deren Namen auch in der Pluralform nicht verändert wird.

Spaßeshalber googelt Flinn regelmäßig nach dem Begriff ‚Genius' und ist jedes Mal aufs Neue fasziniert, dass das Geheimnis um seinesgleichen selbst in Zeiten des Internets so gut gehütet wird. Vermutlich hat seine Mutter recht. Auch wenn Geschichten von den Genius nach außen dringen würden, würde kein Mensch sie glauben. Was nicht wissenschaftlich belegt werden kann, existiert für den aufgeklärten Menschen nicht. Und die Verbindung zum Netz des Lebens hält keiner wissenschaftlichen Überprüfung stand. Es gibt Dinge, die den Intellekt der Menschen um ein Vielfaches übersteigen. Das Wunder des Lebens gehört dazu.

Flinn wüsste nicht, wie er jemandem erklären könnte, was einen Genius ausmacht. Denn sehr zu Flinns Bedauern haben Genius keine Superkräfte. So eine Mischung aus Thor, Dr. Strange und Hulk zu sein, wäre schon cool. Aber nein, die Stärke der Genius ist nicht die Kraft oder das Fliegen. Es ist die Verbindung zum Netz des Lebens, die ihrer Seele eine Ruhe gibt, die kein Mensch jemals empfinden wird. Das war nicht immer so. Der Mensch war früher auch ein Element im Netz des Lebens. Doch um das 10. Jahrhundert vor Christus entschied sich der Mensch ganz bewusst, sich aus diesem Netz herauszunehmen. Menschen hielten Tiere zu ihrem Schutz, als Nahrungsquelle und zu ihrem Vergnügen. So schien klar, dass sie den Tieren überlegen waren.

Die Lebensenergie, die jedem Lebewesen trotz Jahrmillionen Evolutionsgeschichte innewohnt, ist eine Art eigenständige Intelligenz, die alles Lebende miteinander verbindet. Oder besser gesagt diejenigen, die dem Netz des Lebens angehören. Die Lebensenergie gestaltet die Regeln, die den Fortbestand der Erde sicherstellen. Beispielweise nur so viel zu jagen, wie man zum Leben braucht. Oder anders gesagt: nur so viel von den Ressourcen der Welt zu nehmen, dass das Netz des Lebens fortbestehen kann und für jede Art eine Zukunft möglich ist.

Doch die Menschen machten lieber ihre eigenen Regeln. Und eine davon besagte: ‚Mach dir die Erde untertan.' Ganz blöde Idee! Denn je mehr die Menschheit die Verbindung zur Lebensquelle durchtrennte, desto größer wurde ihre innere Leere. Seitdem versuchen die Menschen, dieses Leck in der Seele zu stopfen. Viele tun dies mit Konsum, dem Streben nach Schönheit und Reichtum oder der gezielten Suche nach Anerkennung – ob in den Social Media oder im realen Leben. Andere brauchen Gewalt oder Drogen, um den verzweifelten Ruf der inneren Leere zum Schweigen zu bringen. Schaut man sich dabei die Auswirkungen auf den Planten an, so ist es ein bedauernswertes Streben.

Doch nicht so die Genius. Diese besondere Spezies ist auf unerklärliche Weise wieder mit dem Netz des Lebens verbunden und wird somit von purer Lebensenergie durchströmt.

Die Lebensenergie, diese eigenständige Intelligenz, ist sich bewusst, dass alle Lebewesen dieses Planeten bedroht sind, wenn sich auch nur ein einzelnes Glied gegen das Netz des Lebens wendet, so wie die Menschheit es getan hat. Seit Jahrtausenden schon schaut die Lebensenergie dabei zu, wie die Menschheit die Existenzgrundlagen derer zerstört, die einmal ihre Brüder und Schwestern waren. Immer in der Hoffnung, die Menschen würden eines Tages verstehen und ihre Herrschafts- und Unterdrückerrolle allem Lebenden gegenüber aufgeben. Doch die Menschen sind nicht fähig zu erkennen und zu schwach, um zu handeln. Und nun, nach so vielen Jahren der Schreckensherrschaft, steht die Menschheit kurz davor, den gesamten Planeten zu vernichten. Der Lebensenergie wird bald keine Wahl mehr bleiben. Ein Virus zu erschaffen, das nur den Menschen befällt, ist ihr ein Leichtes. Auch wenn die Lebensenergie nur Gutes darstellt, so wird sie die Menschheit zum Sterben ausselektieren müssen. Das ist der einzige logische Schritt, um nicht das gesamte Netz des Lebens der Unzulänglichkeit der Menschen zu opfern. Wie lange wird die Lebensenergie damit noch warten können?

Flinn läuft bei dieser Frage ein Schauer über den Rücken. Sein Vater ist ein Mensch. Seine Freunde sind Menschen. Er dagegen gehört zu den Genius. Zu der einzigen Spezies, deren Existenz die Menschheit retten kann.

/3/

Mit federnden Schritten durchquert Antonia das Schulgebäude und tritt durch die schwerfällige Tür nach draußen. Ein kühl aufbrausender Sommerwind streicht ihr die Haarsträhnen des locker gebundenen Zopfes aus dem Gesicht und entlockt ihr ein bedrücktes Seufzen. Zwei Stunden hat sie noch in der Bibliothek verbracht, nachdem alle anderen bereits in die Ferien geflohen sind. Das Gewicht der Bücher in ihrem Rucksack erinnert sie an die bevorstehenden Lernwochen.

Antonia schiebt den Gedanken beiseite und springt die steinernen Stufen hinab. Die sommerliche Hitze steht über dem glühenden Asphalt, als sich ihr Schatten langsam mit der Umgebung vermischt. Dunkle Wolken schieben sich vor die Julisonne. Mit schnellen Schritten erreicht Antonia die nahe gelegenen Fahrradständer und steuert zielstrebig auf das hintere Ende der Reihe zu. Ihr Blick bleibt an einem fein säuberlich durchtrennten Schloss hängen, das nur wenige Meter vor ihr einsam an einem Metallständer baumelt.

„Verdammter Mist! Auch das noch!"

Sie greift nach dem zerstörten Schloss und wirft es wütend in einen Mülleimer. Es bleibt ihr nichts anderes übrig, als den Heimweg zu Fuß anzutreten. Den Rucksack über den Rücken geworfen, joggt sie über das Schulgelände.

Dieser Tag war bisher eindeutig eine Niete in der Losbox des Lebens. Daher ist Antonia wenig erstaunt, dass der bisher angenehm aufbrausende Sommerwind bereitwillig stürmischen Böen Platz macht. Deren Begleiter – vereinzelte dicke

Regentropfen – schlagen wie Knallteufel auf den Boden und hinterlassen ein schnell wachsendes Tupfenmuster. Zorniges Grollen kündigt an, dass es nicht bei einzelnen Tropfen bleiben wird. Antonia überlegt nicht lange und wählt die Abkürzung durch das vor vielen Jahren stillgelegte Firmengelände eines insolventen Kabelrollenherstellers. Die langen, parallel verlaufenden Gebäude versprechen Schutz vor dem Wind und die Vordächer der Verladezonen halten sicherlich einen Großteil des Regens ab, auch wenn sie schon etwas marode sind.

Als Antonia das Gelände erreicht und durch ein verfallendes Tor Richtung Fabrikgebäude läuft, hat das Gewitter sie eingeholt und entlädt sich erbarmungslos über ihr. Noch bevor sie die erste Halle erreicht, ist sie bereits bis auf die Haut durchnässt.

„Prima!“, quetscht sie zwischen zusammengebissenen Zähnen hervor und nimmt die letzten Meter bis zum schützenden Vordach mit großen Schritten.

Durch den Zaun des Fabrikgeländes sieht sie einen jungen Mann in Begleitung eines lustig aussehenden kleinen Hundes etwa fünfzig Meter entfernt an einer Bushaltestelle stehen.

Der weiß wohl nichts von dem Streik heute, geht es ihr durch den Kopf, doch dann versteht sie, dass auch er nur eine Unterstellmöglichkeit gesucht hat. Neben ihm lehnt ein Fahrrad am Fahrkartenautomaten. An dem Rad ist ein Anhänger befestigt, wie man ihn zum Transport von Kindern verwendet. Antonia lacht in sich hinein. *Der fährt doch tatsächlich seinen Hund in einem Anhänger spazieren.* Beim Anblick des kleinen, aber dafür sehr lang geratenen und krummbeinigen Hundes sollte dies wohl gar nicht so verwunderlich sein.

Nachdem das Gewitter nicht den Eindruck erweckt, bald vorbeigezogen zu sein, führt Antonia den Heimweg trotz des Platzregens fort. Sie stellt den Kragen ihrer Sommerjacke auf und joggt mit geducktem Kopf weiter.

Aus dem Augenwinkel nimmt sie wahr, wie der junge Mann an der Bushaltestelle wild gestikuliert und ihr etwas zuruft, doch seine Worte werden vom Donnergrollen und dem Prasseln des Regens verschluckt, bevor sie auch nur annähernd ihr Ohr erreichen. Oder ist es gar nicht das Donnergrollen, das ihren Kopf ausfüllt? Irritiert blickt sich Antonia um und reißt die Augen auf. Ein Motorrad steuert mit deutlich überhöhter Geschwindigkeit genau auf sie zu. Instinktiv wirft sie sich zu Seite und entkommt nur um Haaresbreite den Reifen, die scheinbar ungebremst an ihr vorbeipreschen.

Vor Schreck unfähig, dem Fahrer eine passende Schimpftirade hinterherzurufen, stemmt sie sich vom nassen Asphalt hoch und klopft wütend Steinchen und Schmutz von ihrer Kleidung. Der Motorradfahrer bremst in einiger Entfernung scharf ab, wendet und bleibt stehen.

Na, dem werde ich was erzählen! Dieser Vorfall spendet genau den Tropfen Ärger, der ihr randvolles Emotionsfass zum Überlaufen bringt. Mit vor Wut geballten Fäusten geht Antonia auf den Motoradfahrer zu. Doch ihr Mut sinkt bereits nach wenigen Schritten, denn der Fahrer scheint nicht gerade reumütig nach einer Entschuldigung zu suchen. Stattdessen dreht er den Kopf bei sonst bewegungslosem Körper in ihre Richtung und verharrt. *Was passiert hier? Er wird doch gemerkt haben, dass er mich fast überfahren hat? Hat er mich aufgrund des Regens nicht gesehen?* Die Fragen rasen durch Antonias Gedanken.

Nun bewegt der Motorradfahrer langsam seine rechte Hand und lässt die Drehzahl des Motors ansteigen. Er legt den Kopf schräg, löst das Standbein vom Boden und beschleunigt die Maschine. Wieder fährt er direkt auf sie zu.

Ist der vollkommen irre? Antonia stoppt ihre Schritte, dreht sich um und rennt zurück in Richtung des Fabrikgebäudes. Sie muss sich in Sicherheit bringen, und zwar schnell. Während das Motorengeräusch lauter wird, visiert sie das offene Tor einer nahe gelegenen Halle an und sprintet genau darauf zu.

In diesem Moment mischt sich hinter Antonia der schrille Klang eines menschlichen Schreis mit einem tiefkehligen Knurren und einem seltsam metallischen Knirschen. Sie dreht den Kopf, doch bevor sie etwas erkennen kann, stolpert sie über den kläglichen Rest einer ausgedienten Abdeckplane und fällt wenige Meter vor der schützenden Halle der Länge nach auf den dampfenden Asphalt. Ihr Kopf schlägt unsanft auf dem harten Boden auf und schickt eine Welle des Schmerzes durch ihre Schläfen. Sie dreht den Körper und blickt durch einen Schleier aus Regen und Wasserdampf. Die Konturen der Umgebung verschwimmen im Rhythmus ihres pochenden Schädels. Schmerz vermengt sich mit Orientierungslosigkeit und einem weiteren Gefühl – Angst!

Unscharf nimmt sie einen dunklen Schatten wahr, der sich mit unglaublicher Geschwindigkeit auf sie zubewegt. Ihr Magen rebelliert und rastlose Punkte tanzen zum Klang ihres viel zu laut schlagenden Herzens vor ihren Augen. Und dann Schwärze. Nichts als Schwärze.

In all dem Schwarz breitet sich Wärme aus. Antonia beginnt, ihren Körper wieder zu spüren – fühlt Regen auf ihrem Gesicht und nimmt Hände wahr, die ihren Kopf anheben und auf etwas Weiches betten. Sie vernimmt Geräusche, scheinbar verborgen hinter Welten aus Watte. Eine Stimme, die Fragen stellt, deren Inhalt ihre Gedanken nicht greifen können. Die Stimme ist ihr völlig unbekannt, aber eines kann sie ganz deutlich heraushören: Besorgnis. Dazu ein leichtes Rütteln an ihrer Schulter. Oder ist es doch nur ein Traum? Ein Teil von Antonia möchte sich durch die Watte kämpfen und ihren Gedanken befehlen, sich zu sortieren. Doch der größere Teil möchte einfach nur weiter in der Schwärze schweben.

Aber dann ist da noch ein Gefühl! Eines, das sie unter Tausenden herausspüren würde. Es holt sie aus der Tiefe der Dunkelheit zurück ins Bewusstsein, ohne dass es irgendeiner Anstrengung bedarf. Sie lächelt, schlägt die Augen auf und legt ihre Hand auf den Kopf, dessen feuchte Nase sich soeben unter ihre Handfläche geschoben hat. „Spike, was machst du denn hier?“

Antonia richtet sich langsam auf und schlingt beide Arme um ihren stattlichen Vierbeiner. Sie lässt ihre Hände über sein gestromtes Fell wandern. Spike drückt seinen Kopf an ihre Schulter. Sein Brustkorb hebt und senkt sich in schnellem Wechsel und sein unruhiger Atem sowie die aus dem Maul hängende Zunge beweisen, dass der Bursche gerade richtige Anstrengungen unternommen hat. Antonias Versuch aufzustehen endet in einem schwindeligen Taumel, der sie sofort wieder in die Knie zwingt.

„Woah, woah! Ganz langsam! Bleib besser noch kurz liegen!“

Erst jetzt bemerkt Antonia den jungen Mann, der neben ihr kniet und ihr beide Hände reicht. Sie erkennt in ihm sofort den Fahrradfahrer, der sich vor einer gefühlten Ewigkeit mit seinem kleinen Hund an der Bushaltestelle untergestellt hatte. Mit lautem Seufzen lehnt sie sich wieder zurück und schließt die Augen. Der Regen hat nachgelassen, doch die letzten Tropfen des Sommergewitters finden keinen noch so kleinen trockenen Fleck mehr. Hunde wie Menschen sind bis auf die Haut durchnässt. Erste Sonnenstrahlen schauen bereits zwischen den Wolken hervor, als wollten sie alles eben Geschehene noch unwirklicher erscheinen lassen. Ein Regenboden spannt sich über den Himmel und zeigt seine sieben Farben in unfassbarer Schönheit.

Antonia richtet sich erneut langsam auf.

„Warte, ich helfe dir!"

Mit starkem Griff erfasst der unbekannte Helfer ihren Arm, legt ihn sich um den Hals und stützt Antonia bei ihrem Aufstehversuch.

„Komm, wir gehen hier rüber ins Trockene! Ich rufe sofort einen Arzt und am besten auch gleich die Polizei. Das war verdammt knapp."

Antonia lässt sich zur Fabrikhalle begleiten. Ihr Gang ist noch unsicher. So langsam entweicht der Schwindel aus ihren Gliedern und sie spürt, wie der Boden unter ihren Füßen stabilen Halt gibt.

Ihr Helfer schaut zu Spike und hebt respektvoll die Augenbrauen. „Ist das deiner? Eines ist sicher: Der Kerl ist verdammt mutig! Der Bursche hier hat den Typen einfach mal so von der Straße gefegt, indem er ihm in vollem Lauf seitlich ins Motorrad gesprungen ist. Unfassbar! Ich dachte, weder Hund noch Fahrer stehen jemals wieder auf."

Antonia blickt zwischen ihrem Hund und dem freundlichen Helfer hin und her. „Ja, Spike hält sich für eine Planierraupe. Ich will gar nicht darüber nachdenken, wie er aus dem Garten rausgekommen ist."

„Der Fahrer hat es irgendwie geschafft, sich aufzurappeln, hat sich seine Maschine geschnappt und ist auf und davon. Als wäre der Teufel hinter ihm her."

Antonia fasst sich an den Kopf. Ihr Schädel brummt gewaltig.

„Ja, den hast du dir heftig auf dem Asphalt aufgeschlagen", sagt der Unbekannte.

„Ich weiß zwar nicht, wie sich eine Gehirnerschütterung anfühlt, aber ich denke, ich erfahre es gerade", erwidert sie.

Spike freut sich sichtlich, dass sie wieder auf eigenen Beinen steht, und fegt Antonia mit seinen kraftvollen Rutenschlägen beinahe wieder von den Füßen.

Antonia reckt und streckt sich und stellt erleichtert fest, dass ihr außer dem Brummschädel und einer Menge schmerzender Stellen am ganzen Körper nichts weiter passiert ist. Sie schaut sich um und entdeckt neben dem jungen Mann einen kleinen Hundekopf mit wachen Augen, die ihr neugierig entgegenblicken.

„Tja, also, das ist Jardy – er gehört zu mir. Er hat es nicht so mit Regen und ... ähm ... schnellem Rennen und ... ähm ... Motoradfahrern verjagen ... Aber er ist mein persönlicher Held! Und ich sage ihm immer: keine Sorge, Jardy! Dein großer Tag wird kommen!" Das Strahlen in den Augen des jungen Mannes zeigt seinen Stolz und seine große Zuneigung zu dem Hund.

„Übrigens, ich bin Flinn", ergänzt er und streckt ihr die Hand entgegen.

„Hallo Flinn!" Antonia reicht Flinn die Hand und strahlt ihn an. „Danke schön! Ich bin froh, dass du hier bist und mir geholfen hast. Ich heiße Antonia."

Flinn erwidert Antonias Gruß mit einem kräftigen Händedruck und hält ihre Hand genau die eine Sekunde zu lange fest, die die Situation von gewöhnlich zu peinlich wandelt. Schnell lässt er ihre Hand los, was dem Ganzen ein weiteres Gramm Verlegenheit hinzufügt.

„Ist das nicht unglaublich?", fragt Antonia. „Also, die Sache mit dem Motorrad eben. Du hast recht. Wir sollten jetzt gleich die Polizei rufen." Sie macht eine kurze Pause und schaut sich in der Halle um.

„Die Polizei und einen Arzt!", insistiert Flinn.

Antonia richtet sich kerzengerade auf und versichert: „Mir geht es gut, einen Arzt brauch ich nicht."

Im gleichen Moment sacken ihr die Knie weg und Flinn verhindert nur mit einem beherzten Griff unter ihre Arme einen weiteren Sturz.

„Woah, nicht so schnell", sagt er. „Und ob du einen Arzt brauchst!"

/4/

Antonia blickt verschlafen auf die Anzeige ihres Handys und genießt den vertrauten Anblick der blassblauen Ziffern: 6:25 Uhr. Wäre heute nicht Samstag, würde in fünf Minuten das monotone ‚Piep-Piep' einsetzen, das ihr den Start in den Tag befiehlt. Wach ist sie trotzdem – also raus aus dem Bett. Sie tätschelt dankbar Spikes Kopf, dessen kühle Hundenase sie wie jeden Morgen geweckt hat. Antonia strengt ihren Verstand an, der nur zögerlich seine Dienste aufnimmt.

Ihre Gedanken streifen durch den gestrigen Tag, während sie ungläubig den Kopf schüttelt. Auch sieben Stunden Schlaf haben nichts an der Absurdität der Ereignisse geändert. Nachdem Flinn gestern die Polizei und diese einen Notarzt alarmiert hatte, wurde Antonia vorsorglich ins Krankenhaus gebracht, aber nach einigen Untersuchungen wieder entlassen. Keine ernsthaften Verletzungen, lediglich ein paar Schürfwunden, kleinere Blutergüsse und eine nette Gehirnerschütterung.

Gleich danach musste sie endlose Male die Geschehnisse wiederholen, als der übereifrige Polizeikommissar jedes Detail gefühlte fünfmal hinterfragte. Seine irritierten Blicke konnte sie gut nachvollziehen, wirklich glaubwürdig fand sie ihre Geschichte auch nicht. Hätte Flinn nicht alle Aussagen bestätigt und durch eigene Eindrücke ergänzt, sie hätte selbst nicht geglaubt, dass das alles überhaupt passiert war. Flinn war Antonia nicht nur hierbei eine große Hilfe. Er hatte sich so fürsorglich um sie gekümmert, als wolle er sich das Bundesverdienstkreuz an einem Nachmittag verdienen. Er hatte ihr sogar angeboten, auf Spike aufzupassen, falls sie im Krankenhaus hätte bleiben müssen, aber das war zum Glück nicht nötig gewesen. Antonia hasste Krankenhäuser. Ihr Großvater hatte immer gesagt: „Krankenhäuser? Du gehst gesund rein und kommst in einem Plastiksack wieder raus!"

Die Vorstellung hatte sie schon als Kind so erschreckend gefunden, dass sie seit jeher um Kliniken jeder Art einen großen Bogen macht.

Als dann schließlich alles zu Papier gebracht war und sie mit Flinn das Krankenhaus verließ, wartete Spike bereits ungeduldig im Schatten eines Baumes, an den Flinn ihn angebunden hatte. Es waren keine 15 Minuten Fußweg von der Klinik zu Danas Haus. Flinn begleitete sie, was Antonia sehr recht war. Etwas Angst steckte ihr wahrhaftig noch in den Knochen. Jardy, der die letzten Stunden schlafend in seinem hundetauglich hergerichteten Fahrradanhänger verbracht hatte, lief dem Trupp strammen Schrittes voraus, als wollte er den anderen sagen: ‚Vorwärts, ich kenne den Weg!'

Den Rest des Nachmittages blieb Flinn bei Antonia. Lange saßen sie in Danas Garten und sprachen über alles Mögliche. Erst jetzt fällt Antonia auf, wie wenig sie dabei über Flinn erfahren hat. Eigentlich hat gestern vorwiegend sie geredet. Auch über den Unfall ihrer Eltern, obwohl sie nur selten anderen Menschen davon erzählt. Doch in Flinns Gegenwart fühlt sie sich erstaunlich ruhig und verstanden. Seine Ausstrahlung fesselt Antonia. Er hat eine Art an sich, die sich ganz schwer beschreiben lässt. Offenherzig und dennoch geheimnisvoll. Fürsorglich und in hohem Maße beschützend, aber gleichzeitig so viel Raum lassend für die Persönlichkeit des anderen. Antonia ist noch immer beeindruckt von seiner Reaktion auf ihre kurze Erzählung von dem Unfall ihrer Eltern. Kein ‚Oh, das tut mir leid' oder ‚Das muss aber schlimm für dich sein'. Flinn hat sie lediglich angeschaut und sanft ‚Danke' gesagt. Als wisse er, mit wie wenigen Menschen sie bisher darüber gesprochen hatte. Das leise gesprochene Wort war nicht nur ein ‚Danke für dein Vertrauen, Antonia'. Die Art und Weise, wie Flinn es gesagt hat, machte es zu einem Versprechen. Ein Versprechen, das versicherte, dass Flinn dieses Vertrauen niemals missbrauchen würde. Und damit fühlte sich dieses eine Wort an wie um Stahl gegossener Beton, der ein stabiles Fundament bildet. Flinn hat gestern ein Fundament gebaut und damit Antonia eine unausgesprochene Einladung geschickt, die aussagt, dass sie auf dieses eine Brücke des Vertrauens setzen kann. Ein Lächeln umspielt Antonias Lippen, als sie daran denkt.

Dann kehrt die Erinnerung an den Motorradfahrer zurück und ein ungutes Gefühl breitet sich in ihr aus. Direkt hinter dem Kehlkopf lauert diese beklemmende Empfindung und scheint ihre Luftzufuhr kontrollieren zu wollen. Antonia denkt an das Gespräch mit der Polizei. Die Beamten gaben ihr sehr deutlich zu verstehen, dass sie sicherlich nur Opfer eines blöden Streiches geworden war. Sie würden sich bei ihr melden, wenn ihre Ermittlungen etwas Konkretes ergaben, doch Antonia ist sich sicher, dass sie nichts mehr von ihnen hören wird. Vermutlich haben die Beamten recht. Ein blöder Streich, ein dummer Zufall. Mehr war es nicht. Sie braucht sich keine Sorgen zu machen.

Doch das ungute Gefühl bleibt.

Genug anstrengende Gedanken für den frühen Morgen! Antonia schwingt die Beine aus dem Bett, reckt die Arme Richtung Zimmerdecke und vertreibt mit einem herzhaften Gähnen die letzte Müdigkeit aus ihren Knochen. In Windeseile zieht sie sich eine Jeans und ein T-Shirt ihrer Lieblingsband über, schnappt sich in der Küche eine Banane und ein Glas Wasser und macht sich nach diesem spartanischen Frühstück auf den Weg in den nahe gelegenen Wald. Natürlich begleitet von Spike, der ausgelassen neben ihr hertollt. Antonia liebt die Frische am Morgen – unabhängig von Jahreszeit und Witterung. Es vergeht kaum ein Tag, den sie nicht mit einem kurzen Ausflug in die Natur beginnt. Normalerweise ist sie in Laufschuhen unterwegs, aber dank des ausgewachsenen Brummschädels darf sie in nächster Zeit erst mal keinen Sport machen.

Wenn man am Wochenende vor sieben Uhr draußen unterwegs ist, erscheint ein Großteil der Welt noch im Traum gefangen. Man begegnet wenig Menschen, die Luft strömt unverbraucht in die Lungen und die Zeit scheint sich durch zähen Honig zu bewegen, während man selbst in purer Leichtigkeit unterwegs ist. Wie in den Hollywood-Filmen, in denen sich die Erde in Zeitlupe dreht, während sich die Protagonisten mühelos zwischen fliegenden Patronenkugeln hindurchwinden, als wäre die Schwerkraft nur eine Sinnestäuschung.

Nach einem knappen Kilometer liegt Antonia der federnde Waldweg zu Füßen und sie hat ihren Rhythmus mit langen Schritten gefunden. Zwei Schritte einatmen, zwei Schritte ausatmen. Ihr Herzschlag ist bereits deutlich schneller geworden und beginnt nun, erheblich in ihren Ohren zu pochen, begleitet von heftigen Kopfschmerzen. Also doch erst mal tief durchatmen und zwei Gänge runterschalten. Sie beugt sich den Vorgaben der Ärzte und setzt ihren Weg eher schlendernd fort. In rund zwei Kilometern wird sie den kleinen und recht zugewachsenen Rundweg durch den Wald beendet haben und wenige Minuten später zu Hause angekommen sein – wo eine erfrischende Dusche auf sie wartet. Ein beflügelnder Gedanke, nachdem ihr selbst diese kleine Runde heute Morgen dank der Blessuren des gestrigen Tages schwerfällt.

Ihr Weg führt leicht bergab, bevor er in etwa hundert Metern Entfernung steiler nach rechts abfällt und hinter einigen Brombeerhecken verschwindet. Spike erscheint plötzlich unruhig und angespannt, was Antonia nicht weiter sorgt. Schließlich hat auch er so einiges zu verarbeiten. Antonia hat gestern trotz später Stunde noch darauf bestanden, Spike in der Tierklinik vorzustellen, auch wenn sie nach umfangreichem Abtasten ihres Hundes keinerlei Verletzung hatte feststellen können – die eine oder andere kleine Schramme ausgenommen. Zum Glück hat Dr. Overstedt bestätigt, dass Spike unverletzt sei. Sie hatte dem Tierarzt nicht erzählen wollen, was passiert war, da er ihr vermutlich eh nicht geglaubt hätte. Deshalb hat sie einfach behauptet, dass Spike beim Spielen unachtsam in ein parkendes Auto gerannt sei. Dr. Overstedt versicherte ihr, dass ein Hund dieses Kalibers so einiges wegstecken könne, und hat sie nach Hause geschickt.

Spike ist in der Tat eine besondere Erscheinung. Mit einer Schulterhöhe von knapp über 90 Zentimetern und einem stolzen Gewicht von 84 Kilogramm ist er selbst für einen Mastiff groß geraten. Viel größer als sein Körper ist aber sein liebes Wesen und bis zum gestrigen Tag war Antonia felsenfest davon überzeugt, er könne keiner Fliege was zuleide tun. Sein Beschützer-Gen hat sie wahrhaftig unterschätzt.

Spike läuft einige Meter voraus und setzt überraschend zu einem Sprint an. Kurz vor der Brombeerhecke hat er ein solches Tempo erreicht, dass er eher um die Ecke stolpert, als dass es ein geordneter Lauf wäre. Er ist sofort außer Sicht. Im gleichen Moment hört Antonia das gleiche tiefe Knurren, das sie bereits gestern wahrgenommen hatte, als sie vor dem Motorradfahrer flüchtete. Instinktiv bleibt sie stehen. Sie ruft nach Spike. Keine Reaktion. Ihr zweiter Ruf ist deutlich lauter, verzweifelter. Eine gefühlte Ewigkeit später kommt Spike um die Ecke gesprungen, allerdings merkt Antonia sofort, dass etwas nicht stimmt. Spike ist wie verwandelt. Jeder Muskel seines Körpers scheint unter Hochspannung zu stehen, als er ihr laut bellend entgegenrennt. Mit wenigen großen Sprüngen ist Spike bei ihr, wendet und stellt sich vor ihr auf den Weg – den Blick eisern auf die Kurve gerichtet. Antonia spürt eine plötzliche Kälte in sich aufsteigen, weicht einige Schritte zurück und erstarrt vor Angst. Spike richtet sich auf, sträubt das Fell und fletscht die Zähne gegen einen noch unsichtbaren Feind. In sein Knurren mischt sich ein warnender Unterton, der Antonia aus ihrer Starre reißt. *Was ist hier los?* Unsicher blickt sie sich um. Spikes Knurren wird lauter und kurz schaut ihr Hund zu ihr. Seine Augen sprechen Bände und schreien: ‚Gefahr!' Antonia dreht um und rennt los. Was immer hinter der Brombeerhecke wartet, ob Wildschwein oder tollwütiger Fuchs, sie möchte es nicht kennenlernen.

Sie ist erst wenige Meter dem Pfad nach oben gefolgt, als ihr Kopf zu pochen beginnt und ihr Blickfeld verschwimmt. *Verdammte Gehirnerschütterung!* Antonia stolpert und fängt sich gerade noch mit den Händen ab. Um Haaresbreite entkommt sie einem Sturz. Panisch rappelt sie sich auf, merkt, dass sie am ganzen Körper zittert, schaut kurz hinter sich und sieht im gleichen Moment eine schwarze Gestalt um die Kurve treten. Eine Gestalt von so stattlicher Größe, dass es sich um einen groß gewachsenen Mann handeln muss – riesig, breitschultrig und komplett in Schwarz gekleidet. Sein Gesicht wird von einer Kapuze verdeckt, die in einen langen schwarzen Mantel übergeht.

Spike hat die Lefzen über seine Reißzähne gespannt und die Rute pfeilgerade nach hinten gestellt. Er zeigt volle Kampfbereitschaft. Sein Knurren ist nicht nur drohend, sondern in hohem Maße erschreckend.

Antonia erkennt die Ähnlichkeit der sich nähernden Gestalt mit der Person, die keine 24 Stunden zuvor auf einem Motorrad saß. *Das kann kein Zufall sein!* Sie setzt zum nächsten Schritt an, hebt den Blick in Richtung des Pfades, den sie versucht nach oben zu flüchten, und bleibt abrupt stehen. Aus der anderen Richtung, etwa fünfzig Meter entfernt, nähert sich eine zweite Gestalt. Die gleiche breitschultrige Erscheinung, als würde es sich um ein und dieselbe Person handeln, die auf unerklärliche Weise an zwei Orten gleichzeitig sein kann. Antonia schaut Hilfe suchend nach links und rechts, doch zu beiden Seiten erblickt sie nichts als dichtes Unterholz. Dorthin kann sie nicht fliehen, ohne in Windeseile eingeholt zu werden. Panik steigt in ihr auf. Verzweifelt blickt sie zu Spike, dem sich die erste Gestalt weiter näher. Der Hund zögert nicht lange und attackiert. Er wirft sich mit der vollen Wucht seines massigen Körpers gegen den Angreifer, packt ihn am Arm und reißt ihn zu Boden. Dabei wird kurz die Haut der Gestalt entblößt und Antonia erkennt eine sonderbare Tätowierung auf deren Unterarm. Ihre Aufmerksamkeit bleibt jedoch nur kurz bei der Tätowierung. Vielmehr starrt sie gebannt auf das Messer, das der nun am Boden liegende Mann in der Hand hält. Ein schwarzer Griff mit langer, silbrig glänzender Klinge. Spike weicht der Klinge geschickt aus und versucht, die Kehle des Mannes zu erwischen, doch im gleichen Moment bemerkt Antonia ein weiteres Messer in der anderen Hand des Angreifers. Sie sieht, wie die silberne Klinge nach oben gehoben wird und mühelos in Spikes Körper verschwindet.

Spike heult nicht auf. Er löst seinen Biss nicht. Er blickt Antonia still an und in ihrem Innern erschallt es: ‚Lauf!'

Wie in Trance rennt Antonia los, drängt sich an den Kämpfenden vorbei und läuft auf die Kurve zu. Während sie hinter den Brombeerbüschen verschwindet, hofft sie inständig, dass ihr Kopfschmerz sie nicht wieder an der Flucht hindert.

Spike! Mein Gott, Spike! Sie sieht in Gedanken das Messer vor sich, das ihren Hund furchtbar verletzt haben muss. Tränen mäandrieren über ihr Gesicht, und noch während sie darüber nachdenkt, dass sie Spike nicht zurücklassen kann, werden ihre Schritte kürzer. *Ich lass dich nicht allein!* Antonia bleibt stehen und wendet sich entschlossen um. Sie wird ihren besten Freund keinesfalls diesen Typen überlassen. Ihre Schritte sind nicht zögerlich, als sie wieder auf die Kurve zugeht.

Die beiden vermummten Gestalten kommen ihr bereits entgegen. Einer von ihnen hat Spike am Genick gepackt und schleift ihn achtlos hinter sich her. Als er Antonia erblickt, lässt er Spikes reglosen Körper einfach fallen. Antonia erstarrt, als sie sieht, wie der Waldboden durstig das aus frischen Wunden pulsierende Blut aufsaugt. Ihr entfährt ein kurzer Schrei, während der Mann, der eben noch Spike hielt, wie beiläufig die dunkelrote, zähe Flüssigkeit an der Klinge seines Messers betrachtet und Spikes Blut an seiner Kutte abstreift.

Verzweiflung überrollt Antonia und füllt ungefragt ihre ganze Welt aus. Sie weiß nicht, ob Spike tot oder nur bewusstlos ist. Sie weiß nur eines mit Sicherheit: Sie hat ihre Eltern verloren und sie wird keinen weiteren Verlust verkraften. Hilflosigkeit übermannt sie, während Schmerz, Leid und Trauer ihre Zuversicht wegspülen. Ein leises ‚Spike' hauchend, geben ihre Knie nach und Antonia sinkt kraftlos zu Boden.

‚Steh auf!' Eine tiefe, ruhige Stimme erschallt in Antonias Kopf. ‚Steh auf!'

Sie blickt irritiert um sich, doch niemand spricht. Die Angreifer schauen sie mit eisernem Blick an und kommen langsam auf sie zu.

‚Steh! Auf!' Plötzlich ballen sich Antonias Hände zu Fäusten. Es fühlt sich an, als würde sie die Kontrolle über ihren Körper verlieren. *Was geschieht mit mir?* Antonias Angst wird zu Panik. Die Stimme erschallt erneut, eine Stimme, die anscheinend nur sie hören kann. ‚Steh! Auf!'

In Antonias Innerem breitet sich Hitze aus, als würde ihr Herz in Flammen stehen. Wie in Trance richtet sie sich auf, stemmt beide Beine in den Boden und merkt von Sekunde zu Sekunde, wie die Energie in sie zurückkehrt. Selbstbewusst blickt sie ihren

Angreifern entgegen, unsicher, woher ihr plötzlicher Kampfesmut kommt.

‚Wehr dich!', ein erneuter Befehl, der ihrem Unterbewusstsein zu entspringen scheint. ‚Wehr! Dich!'

Die Hitze in Antonias Innern schwillt zu einer unkontrollierbar brennenden Sphäre an. Eine unvorstellbare Kraft, die aus dem Waldboden zu kommen scheint, strömt in ihre Beine. Stärke schlängelt sich ihren Rücken empor und fließt über ihre Schultern zu ihrem Solarplexus. Antonias Atem vertieft sich, und ohne es bewusst zu steuern, stimmt sie einen tiefen, summenden Ton an. Ihre Angreifer bleiben abrupt stehen und wechseln irritierte Blicke. Antonias Arme breiten sich zu beiden Seiten aus, gesteuert von einem Unterbewusstsein, auf das sie keinen Einfluss hat. Mut und Entschlossenheit überfallen sie und greifen nach der brennenden Sphäre in ihrem Innern. Antonia spürt, wie sich das Energiefeld verdichtet und aufbäumt. Als wäre es ein wildes Tier, das nur durch unsichtbare Ketten gehalten wird.

‚Lass los!', sind die Worte, die sie hört, als sie das Energiefeld aus ihrem Körper befreit.

Eine Welle purer Kraft breitet sich in konzentrischen Kreisen in alle Richtungen aus. Wie ein zerfetzender Orkan reißt sie die Angreifer einige Meter von Antonia weg. Kurz wird es ruhig, als stünden sie im Auge eines Hurrikans. Und dann passiert etwas, das nicht erklärt werden will und nicht begriffen werden soll. Etwas Undenkbares.

Von allen Seiten kommen sie - aus dem Unterholz, von den Bäumen, aus den Sträuchern, aus der Luft –, kleinste Tierchen mit sechs oder acht Beinen – sie kommen auf Antonia zu. Ameisen, Käfer, Spinnen, Fliegen und sonstige Krabbelwesen. Sie bilden einen Kreis um Antonia und bewegen sich immer schneller. Es werden immer mehr, bis sich nach wenigen Sekunden ein wilder, zappelnder und krabbelnder Ring um Antonia gebildet hat. Gleichzeitig schweben die verschiedensten Vögel aus den Bäumen zu ihr herab – Krähen, Tauben, Rotkehlchen, Meisen und viele Arten, die Antonia nicht benennen kann und die sicherlich nicht alle in diesen Wald gehören. Und nun kommen auch kleine Wildtiere hinzu – Mäuse, Eichhörnchen, Igel. Sie alle drehen enge Kreise um Antonia und schirmen sie vor den Angreifern ab. Die dunklen Gestalten weichen zurück, umklammern ihre Messer und schauen angstvoll zu Boden, der zu beben beginnt inmitten eines eigenartigen Geräuschs.

Es beginnt ganz leise, als wäre es noch weit entfernt und wüsste nicht, wohin es wollte. Doch dann wird es lauter – von Sekunde zu Sekunde. Ein Donnern und Dröhnen erfasst den Wald, kommt aus allen Richtungen und schreitet unbeirrt vorwärts. Antonia kann kaum erkennen, was passiert, denn noch immer umgeben sie so viele Tiere. Die Angreifer suchen mit irritierten Blicken nach der Ursache des Geräusches. Sie müssen nicht lange warten, um Gewissheit zu erlangen. Nur wenige Sekunden später offenbart sich der Ursprung. Ein Rudel unzähliger Wildschweine prescht um die Kurve, stürzt den Pfad hinab, reißt die Männer von den Füßen, schleift sie mit und zieht an Antonia vorbei, ohne auch nur ein einziges der Tierchen zu berühren, die sich schützend um sie geschart haben. In der Ferne verstummen panische Schreie und donnernde Hufe sind nicht mehr als eine Erinnerung.

Die schwirrende, krabbelnde und flirrende Hektik um Antonia löst sich wie selbstverständlich auf. Alles Getier verschwindet dorthin, von wo es gekommen ist. Mit einer Ruhe, als wäre nichts geschehen. Nichts. Oder alles.

Antonia schnappt nach Sauerstoff. Ihre Augen sind weit aufgerissen und ihr Blick zeigt völliges Unverständnis für das, was soeben passiert ist.

Nur ein einzelnes Tier ist geblieben: ein kleines, fast unscheinbares Tier. Antonia ist sich nicht sicher, ob es ein winzig kleiner Vogel oder eine dicke Hummel ist oder vielleicht etwas ganz anderes. Das Tierchen steht im Schwirrflug direkt vor ihrer Nase und scheint sie zu mustern. ‚Gut gemacht. Und jetzt ruh dich aus!', erschallt erneut die Stimme in ihrem Innern. Die Welt um Antonia herum beginnt, sich zu drehen, ihre Knie werden weich und ihr Verstand gleitet dankbar in die Dunkelheit, überfordert mit dem Erlebten. Auch der dumpfe Aufschlag auf dem weichen Waldboden befreit sie nicht aus ihrer Ohnmacht.

Im Wald herrscht Stille.

/5/

Antonia kommt langsam zu sich. Sie gleitet auf sanft wogenden Wellen in einen ausgeruhten Wachzustand. Lichtstrahlen umhüllen sie, sodass ihre Augen einige Zeit benötigen, um sich an die Helligkeit zu gewöhnen. Sie spürt die Berührungen einer flauschigen Decke auf ihrer Haut, ein weiches Kissen unter ihren Wangen. So könnte sie stundenlang liegen bleiben …

Die wenigen Momente, die sie vor ihren Erinnerungen geschützt ist, vergehen. Wie ölige, dunkle Wassermassen schwemmen die Gedanken über sie hinweg und reißen sie aus ihrem Kokon.

Abrupt richtet sie sich auf und ruft mit zittriger Stimme: „Spike? Spike?"

Im gleichen Moment berührt eine kalte Hundenase ihre rechte Hand und Spikes Kopf erscheint in ihrem Blickfeld.

„Spike!", erleichtert fällt Antonia ihrem Hund um den Hals.

Spike stößt ein leises Fiepen aus und erst jetzt bemerkt Antonia den großen Verband, der sich über die gesamte Schulter des stolzen Hundes zieht. Er ist mehrfach um Bauch und Rücken gewickelt und zeigt an einigen Stellen dunkle Flecken, Zeichen schwerer Verletzungen, deren Spuren sich ihren Weg an die Oberfläche bahnen.

Sie drückt sich vorsichtig an Spike. „Das war alles kein Traum, oder? Wo sind wir?"

Antonia schaut sich in dem von Sonnenstrahlen durchfluteten Raum um. Sie liegt in einem kleinen und sehr ordentlich eingerichteten Zimmer mit gelben Wänden und einem großen Fenster auf der dem Bett gegenüberliegenden Seite. Das Fenster lässt in einen blühenden Garten blicken. Die Sonne steht hoch am Himmel und wirft schöne Lichtreflexe in den Raum.

Spike bellt zweimal laut auf und wenige Sekunden später wird die Tür aufgerissen und Flinn betritt das Zimmer. Als sein Blick auf Antonia fällt, entspannt er sich sichtlich.

„Du bist wach! Gott sei Dank!" Freude spiegelt sich in seinen Augen. „Ich hab mir echt Sorgen gemacht!"

„Was machst du denn hier?" Antonia blickt Flinn irritiert an. „Und wo bin ich überhaupt?"

Die Erinnerungen an die Geschehnisse im Wald lauern wie ein dunkler Schatten in ihren Gedanken. Ein flaues Gefühl übernimmt die Kontrolle über ihren Magen und Übelkeit breitet sich in ihrem Innern aus.

„Hey, mach dir keine Sorgen." Flinn setzt sich vorsichtig zu ihr. „Du bist im Haus meiner Eltern. Ich hab dich gestern gefunden. Also, im Wald. Und, na ja, du warst bewusstlos, also hab ich Hilfe geholt. Ich hab dir doch erzählt, dass mein Vater ein echt guter Doc ist. Und hier bist du auf jeden Fall in Sicherheit."

Wie auf ein Stichwort hin erscheint ein groß gewachsener Mann im Türrahmen. „Hallo, Antonia. Ich freue mich, dich kennenzulernen. Ich bin Daniel Wetterau, Flinns Vater, aber nenn mich bitte einfach nur Daniel."

Eine unvorstellbar große Hand reckt sich Antonia entgegen, die sie zögerlich schüttelt. Das locker um den Hals hängende Stethoskop ist das Einzige, was auf Daniels Beruf hinweist. Eine Jeans im Destroyed Look, lässige Sneaker und ein T-Shirt mit der Aufschrift ‚Friends – no Food' über Zeichnungen von Kühen, Schweinen, Schafen und Hühnern lassen ihn eher wie einen Rockstar aussehen. Über dem Shirt trägt er ein elegantes Jackett und könnte in diesem Outfit stilecht einen Grammy entgegennehmen.

Seine strahlend blauen Augen im gebräunten Gesicht wirken so jung, dass die grauen Haare einfach nicht dazu passen wollen. Wären da nicht die markanten Falten, könnte Antonia sein Alter nicht schätzen. So ist sie sich ziemlich sicher, dass er etwa Anfang fünfzig sein muss.

Antonia scheut sich davor, den ihr fremden Mann mit Vornamen anzusprechen. „Sie sind Flinns Vater?"

„Ja, der bin ich. Und du brauchst dir keine Sorgen zu machen. Du bist gesund und nur etwas geschwächt. Du hast recht lange geschlafen." Dabei greift er ihren Arm und platziert in Windeseile eine Blutdruckmanschette und ein Stethoskop.

Während sich die Manschette aufbläst und Flinns Vater konzentriert auf das Messgerät schaut, versucht Antonia, ihre Gedanken zu sortieren. „Ich verstehe nicht ganz. Was ist passiert und wie bin ich hierhergekommen?"

„Entschuldige bitte, das ist vermutlich alles etwas viel für dich. Du hast einiges durchgemacht und ich könnte mir vorstellen, dass dir viele Fragen im Kopf herumgehen. Karla, meine Frau, bringt dir gleich etwas zu trinken und du kannst vorsichtig versuchen aufzustehen."

Erst jetzt merkt Antonia, dass sie wirklich einen so trockenen Mund hat, als hätte sie stundenlang nichts getrunken. Das flaue Gefühl im Magen deutet auf einen Riesenhunger hin. *Ob es schon Mittag ist?*

„Wie spät ist es?“, fragt sie.

Daniel schaut kurz auf seine Uhr am Handgelenk, bevor er antwortet: „Es ist gleich halb neun.“

Als Antonia heute Morgen aus dem Haus gegangen ist, war es kurz vor sieben, sodass die Ereignisse im Wald nicht viel mehr als eine Stunde her sein dürften. Antonia betrachtet Spike und wundert sich, dass er schon so schnell wieder auf den Beinen ist. Das Bild seines leblosen Körpers auf blutgetränktem Waldboden schiebt sich vor ihr geistiges Auge. Eine beängstigende Vermutung lässt sie fragen: „Heute ist Samstag, oder?“

Daniel schüttelt lächelnd den Kopf. „Nein, Antonia. Du hast etwas länger gebraucht, um wieder zu Kräften zu kommen. Heute ist Sonntag.“

Ungläubig sackt Antonia in sich zusammen: „Ich habe einen kompletten Tag lang geschlafen? Das kann doch nicht sein?“

„Du hast sehr viel Energie verbraucht“, erklärt Daniel, „das hat dich müde gemacht.“ Nach einer kurzen Pause fragt er: „Kannst du dich daran erinnern, was gestern im Wald geschehen ist?“

„Ich, ähm … ja, oder … weiß nicht. Ich habe das Gefühl, mich nicht an alles zu erinnern. Zumindest scheinen einige Erinnerungen nicht real zu sein. Ich habe … ich war …“ Antonia sucht nach passenden Worten und fasst sich an den Kopf. „Ich habe keine Ahnung, was hier vor sich geht.“

Ihre Stimme klingt lauter, als sie beabsichtigt hat. Etwas an dieser Situation flößt ihr Angst ein. Sie kann sich nicht erklären, was im Wald geschehen ist, und hat keinerlei Erinnerung daran, wie sie hierhergekommen ist. Und nach all dem, was sie gesehen hat, müsste Spike tot sein. Ihr Brustkorb hebt und senkt sich, während Panik in ihr aufsteigt.

Daniel nickt kurz in Flinns Richtung, und noch bevor Antonia protestieren kann, öffnet Flinn einen kleinen Regler und eine hellgelbe Flüssigkeit tropft in einen dünnen Schlauch, der in Antonias Venen endet. Bisher hat sie nicht mal bemerkt, dass sie eine Kanüle im Arm hat.

„Was ist das?", fragt sie erschrocken.

Daniel redet mit ruhiger Stimme weiter: „Das ist nur ein Mittel zur Beruhigung. Du sollst wieder zu Kräften kommen und ich kann mir gut vorstellen, dass dich die Geschehnisse der letzten Tage sehr verwirrt haben. Du brauchst noch etwas Ruhe. Vertrau mir, wir sind hier, um dir zu helfen, und werden dir alles erklären. Zumindest das, was wir selbst verstehen."

Antonia wird von einer angenehmen Wärme umhüllt und sackt entspannt auf ihr Kissen zurück. Ihr Herzschlag beruhigt sich und ihre Angst weicht Leichtigkeit. Noch während sie darüber nachdenkt, was für ein Wundermittel wohl gerade ihren Kreislauf durchströmt, schließen sich ihre Augen und sie fällt in einen leichten Dämmerschlaf.

/6/

Während Antonia im Gästezimmer schläft, versuchen Flinn und seine Eltern, aus den Geschehnissen der letzten Tage schlau zu werden. Gemeinsam stehen sie in der Küche und unterhalten sich leise.

„Wir müssen verstehen, was hier vor sich geht, und wir müssen uns dringend überlegen, was wir Antonia sagen", beginnt Flinns Mutter Karla.

Daniel stimmt ihr zu. „Ich weiß. Wir werden Antonia nicht lange hinhalten können. Sie wird erwarten, wir hätten sie in ein Krankenhaus gebracht und die gesamte Polizei der Stadt involviert. Wir brauchen eine Erklärung dafür, weshalb wir Antonia verstecken."

„Wir haben keine andere Wahl. Wir müssen Antonia einweihen. Sobald sie wieder wach ist, wird sie uns Fragen stellen", stellt auch Flinn fest.

„Ich hatte gehofft, wir könnten vorher herausfinden, was die Geschehnisse im Wald zu bedeuten haben. Bisher haben wir nichts als Vermutungen." Karla lässt enttäuscht den Kopf hängen.

„Aber es sind sehr konkrete Vermutungen", versucht Daniel, den Blick auf die Fakten zu lenken. „Bisher deutet einiges darauf hin, dass Antonia eine Genius ist. Das beantwortet allerdings nicht unsere Frage, wer sie im Wald attackiert hat. Und vor allem wissen wir nicht, warum. Aber mein Gefühl sagt mir, dass Antonia nicht zweimal hintereinander zufälliges Opfer irgendwelcher Idioten geworden ist. Und Flinns Vermutung, dass der

Toka-Clan involviert sein könnte, klingt plausibel. Gibt es denn schon Neuigkeiten von Lonan?"

Karla scrollt durch die Nachrichten auf ihrem Handy. „Noch nicht. Seit gestern erreiche ich nur seine Mailbox und auch auf die E-Mails antwortet er nicht. Aber du kennst ja Lonan. Weiß Gott, wo er gerade unterwegs ist."

„Meinst du, er wird helfen können?" Flinns Zweifel schwingen in seiner Stimme mit.

„Ich weiß es nicht. Antonia ist nicht wie er. Ihre Aura war deutlich spürbar, hast du gesagt. Da bist du dir sicher, oder?" Karla schaut Flinn fragend an.

„Mom, glaub mir", sagt der. „Das Energiefeld kam von Antonia. Und es war nicht zu vergleichen mit dem, was ich von dir und den anderen kenne. Ich glaube, wenn ich näher dran gewesen wäre, hätte es mich aus den Schuhen gekippt. Aber es hielt nicht lange an – zehn, maximal zwanzig Sekunden. Und jetzt spüre ich nichts mehr. Und du ja auch nicht."

Karla seufzt. „Nein, ich spüre gar nichts. Als wäre sie doch keine von uns. Auch wenn ich deiner Einschätzung vertraue, Flinn, frage ich mich, ob es nicht eine andere Erklärung gibt. Es könnte doch jemand anderes in der Nähe gewesen sein."

„Nein, Mom, ehrlich – da war niemand", protestiert Flinn. „Ich war nicht weit entfernt. Ich hätte bemerkt, wenn die Aura aus einer anderen Richtung gekommen wäre."

Daniel seufzt. „Wir haben keine Ahnung, was genau im Wald passiert ist. Das kann uns nur Antonia erzählen und dazu benötigen wir ihr Vertrauen. Dafür müssen wir sie in das Geheimnis der Genius einweihen." Er schweigt kurz. Dann sagt er: „Es sei denn, sie weiß genau, wer sie ist, und hat ihre Aura absichtlich verborgen."

„Das glaube ich nicht", insistiert Karla. „Kein Genius kann seine Aura so gezielt steuern."

Flinn nickt. „Mom hat recht. Wenn Antonia wüsste, wer sie ist, hätte ich das gemerkt. Wir haben fast den ganzen Freitag zusammen verbracht. Ich bin mir sicher, dass sie völlig ahnungslos ist."

In diesem Moment verkündet ein kurzes Glockenspiel den Eingang einer Textnachricht auf Karlas Handy. Sie greift sofort danach und liest die Nachricht. „Na endlich, Lonan hat seine Mailbox abgehört. Er macht sich auf den Weg hierher. Heute Abend wird er hier sein."

„Hat er sonst noch was geschrieben?", fragt Daniel.

„Nein, nur so viel: ‚Bin unterwegs. 21 Uhr. Lonan.'"

Daniel schüttelt seufzend den Kopf. „Typisch Lonan, er ist und bleibt ein Geheimnis."

„Wie soll uns Lonan überhaupt helfen?", fragt Flinn.

„Lonan ist der einzige lebende Erbe Chatans. Auch wenn er selbst kein Genius ist, ist er trotzdem deutlich feinfühliger als wir. Du weißt doch, welche Bedeutung Chatans Erben zugeschrieben wird. Sie sind die Einzigen, die nicht nur uns Genius, sondern auch die Toka erspüren können. Und das wäre uns eine erhebliche Hilfe." Daniel verschränkt die Arme vor der Brust.

„Ihr glaubt also auch, dass die Toka hinter dem Angriff stecken könnten?", bohrt Flinn nach.

Daniel sieht ratlos aus, als er antwortet. „Ich weiß es nicht, Flinn. Aber die Beschreibung der Person auf dem Motorrad und die Art von Spikes Verletzungen sprechen dafür."

„Dann müssen wir Antonia nicht nur über die Genius, sondern auch über unsere Gegenspieler aufklären. Es wird ihr nicht gefallen, von den Toka zu erfahren." Nach einer kurzen Pause fügt Flinn hinzu: „Glaubst du, sie greifen noch mal an?"

„Nein, eher nicht." Aber Daniel klingt nicht sehr überzeugend. „Wahrscheinlich hätten sie es sonst längst getan. Und dann ist da ja auch noch unser Beobachter aus dem Wald, der sich vielleicht als unser Beschützer erweist. Wir haben im Moment noch keine Ahnung, was hier vor sich geht, und können daher jede Hilfe brauchen. Lonan können wir zu einhundert Prozent vertrauen. Es ist gut, dass er kommt." Daniel seufzt. „Lasst uns mit Antonia sprechen – das wird uns auf jeden Fall weiterhelfen. Und lasst uns herausfinden, ob unsere Vermutung stimmt und sie wirklich eine Genius ist!"

„Okay, ich hole Veronika." Flinn steht auf und macht sich auf den Weg in sein Zimmer.

Daniel versucht, ihn aufzuhalten. „Veronika? Ernsthaft? Können wir Antonia nicht einfach fragen?"

„Könnten wir", antwortet Flinn fröhlich und ist bereits um die Ecke verschwunden. „Aber wenn sie nicht weiß, was Genius sind, kann sie uns auch nicht sagen, ob sie eine ist. Und mit Veronika kriegen wir einhundertprozentige Gewissheit. Und es macht deutlich mehr Spaß, als Fragen zu stellen!"

„Wenn Antonia keine Genius ist, wird sie das nicht lustig finden!", ruft Karla ihm hinterher.

Flinn kommt aus seinem Zimmer zurück und verbirgt etwas in den Händen. Er lächelt siegessicher. „Mom, das Energiefeld kam von Antonia", sagt er. „Ich bin mir sicher, dass sie eine von uns ist."

„Na gut“, lenkt Karla ein. „Hoffen wir, dass sie Veronika nicht umbringt.“

Flinn lacht: „Veronika? Ganz bestimmt nicht.“ Grinsend läuft er in Richtung Gästezimmer.

Karla schaut Daniel an und sagt: „Entweder wird Antonia ihn dafür hassen oder lieben.“

Daniel hebt die Augenbrauen und flüstert verschwörerisch: „So wie er sie ansieht, wäre ihm das Zweite garantiert lieber.“

Antonia erwacht aus ihrem leichten Dämmerschlaf, als Flinn das Zimmer betritt. Er bemüht sich darum, seine zusammengelegten Hände zu verbergen, indem er diese fast beiläufig vor sich hängen lässt. So scheint es, als hätte er die Hände einfach nur locker ineinandergelegt und der eigentliche Inhalt bleibt verborgen.

„Na, fühlst du dich ausgeruht?“, fragt er unschuldig.

Antonia streckt sich und gähnt. „Langsam kehren die Kräfte zurück. Allerdings fühlt sich mein Kopf wie in Watte gepackt an und ich fühle mich so sonderbar albern. Mein Bedürfnis zu kichern passt so gar nicht zu den Ereignissen der letzten Tage.“

„Mach dir keine Sorgen, das liegt an dem Medikament. Mit dem Wohlfühlcocktail, den du bekommen hast, findet man selbst die eigene Hinrichtung witzig.“

„Na dann hoffe ich mal, dass die Wirkung noch eine Weile anhält“, murmelt Antonia.

Flinn versucht, ihr Gesicht zu lesen. Ihr ist anzusehen, dass sie sich auf einem schmalen Grat zwischen panischer Angst und Medikamentendelirium bewegt. Eigentlich nicht der optimale Zeitpunkt, um sie mit Veronika zu konfrontieren. Andererseits müssen sie Gewissheit haben, ob Antonia eine Genius ist oder nicht.

„Beantwortest du mir ein paar Fragen?“ Antonia richtet sich vorsichtig auf.

Flinn setzt sich an die Bettkante und öffnet langsam seine Hände. „Klar!“

Aus dem Augenwinkel beobachtet er, wie Veronika freudig über die wiedergewonnene Freiheit in einer Falte der Decke verschwindet. Flinns schlechtes Gewissen wird größer. Jetzt macht er sich nicht nur um Antonia Sorgen, sondern fühlt sich auch mies, weil er Veronika für seinen Test aus dem Schlaf gerissen hat. Eigentlich ist die Vogelspinne nachtaktiv. Normalerweise würde er ein solches Tier niemals in Gefangenschaft halten. Dass Veronika dennoch seine Mitbewohnerin geworden ist, verdankt er dem örtlichen Tierheim, in dem er als Kind regelmäßig ausgeholfen hat. Veronika wurde dort abgegeben, da sich die Besitzer vor der Anschaffung keine Gedanken darüber gemacht hatten, welche Ansprüche ein solches Tier hat und dass es gut zwanzig bis dreißig Jahre alt werden kann. Im Tierheim war sie kein gern gesehener Gast, weshalb Flinn sie kurzerhand adoptiert hat. Damals war er acht Jahre alt. Reichlich Fachliteratur später kannte er sich so gut mit ihrer Art aus, dass er ihr ein schönes Zuhause einrichten konnte, und seitdem setzt er alles daran, ihr das Gefühl zu geben, in Freiheit zu leben. Mit einer Beinspannweite von etwa zwanzig Zentimetern ist Veronika ein ansehnliches Exemplar und ihre rötliche bis dunkelbraune Färbung macht sie zu einer echten Schönheit.

Es dauert nicht lange, bis Veronika neugierig aus dem anderen Ende der Bettdeckenfalte hervorkrabbelt. Jeden Moment müsste Antonia sie sehen. In Gedanken zählt Flinn *drei, zwei, eins* … und sieht, wie Veronika von der Bettdecke aus auf Antonias Arm krabbelt.

„Oh, schau mal, Flinn!" Antonias Blick erhellt sich. Mit Interesse schaut sie Veronika dabei zu, wie diese ihren Handrücken erkundet.

Kein Erschrecken, kein Gekreische. Nur ein umsichtiges Anheben und leichtes Drehen der Hand, sodass die Spinne in ihre Hand krabbeln kann. Sie füllt Antonias gesamten Handteller aus.

„Die ist aber schön! Gehört sie dir?"

Flinn steht die Begeisterung über Antonias Reaktion ins Gesicht geschrieben. Dennoch versucht er, möglichst überrascht zu wirken.

„Veronika? So was! Wie bist du denn hierhergekommen?", fragt er unschuldig in Richtung Vogelspinne.

Wie zu erwarten, gibt diese keine Antwort. Stattdessen beginnt sie, langsam Antonias Arm hinaufzukrabbeln.

Zu Antonia gewandt ergänzt Flinn: „Eigentlich wohnt sie in einem Terrarium in meinem Zimmer, aber manchmal büxt sie aus. Sorry!"

Die Spinne scheint nicht sonderlich begeistert von dem Hin und Her zu sein, lässt sich aber anstandslos wieder von Flinn in die Hand nehmen. Flinn hat seinen Beweis. Nur ein Genius zeigt nicht den geringsten Schreck beim überraschenden Anblick einer Vogelspinne. Jeder noch so insektenfreundliche Mensch wäre immerhin kurz zusammengezuckt. Das liegt in der Natur der Menschen, die auf dem Körper krabbelnde Tiere instinktiv abschütteln wollen. Genius haben diesen Reflex nicht.

Weshalb auch. Es gibt kein Tier, das einen Genius jemals in Gefahr bringen würde.

„Ich bringe Veronika schnell zurück“, verabschiedet sich Flinn. Als er den Flur passiert, ruft er betont fröhlich in Richtung Küche: „Mom? Dad? Das Thema wäre geklärt!“

Daniel schaut Karla an und schüttelt den Kopf. „Ganz ehrlich, ich kenne dich nun schon seit 23 Jahren, aber ich werde mich niemals daran gewöhnen, dass es nicht eine vier-, sechs- oder achtbeinige Kreatur auf Erden gibt, die euch in Angst oder Schrecken versetzt.“

Karla legt lachend die Arme um Daniels Nacken. „Tja, mein Lieber. Wir wissen eben instinktiv, dass wir nur Sorge vor denen haben müssen, die nur zwei Beine haben.“

/7/

Nachdem Antonia geduscht und frische Sachen angezogen hat – ein kurzes Sommerkleid von Karla –, sitzt sie gemeinsam mit Flinn und dessen Vater auf der Terrasse und blinzelt in die hochstehende Mittagssonne eines herrlichen Sommertages. Antonia spürt weiterhin die Leichtigkeit der beruhigenden und deutlich stimmungsaufhellenden Medikamente, die ihr das lieb gewonnene Gefühl geben, auf einem Wattebäuschchen zu tanzen.

Karla serviert gerade Ofenkartoffeln mit gebratenem Gemüse, das einen herrlichen Duft nach Rosmarin verströmt. Antonia muss all ihren Anstand bemühen, um nicht sofort über das Essen herzufallen. Erst jetzt bemerkt sie, wie ausgehungert sie sich fühlt, und ist Flinn dankbar dafür, dass er ihr keine Fragen beantworten wollte, bevor sie nicht etwas gegessen hat. Karla setzt sich zu ihnen an den Tisch und verteilt großzügige Portionen.

Antonia hat Flinns Eltern sofort ins Herz geschlossen. Schon wenige Sätze der gegenseitigen Vorstellung reichten aus, um ihr ein Gefühl von Vertrautheit zu geben. In Daniel erkennt Antonia sehr vieles von Flinn – die gleiche innere Ruhe und Gelassenheit und der gleiche vor Lebensfreude glänzende Blick. Beide sind sehr groß, sodass Flinns Mutter Karla mit knapp 1,65 Metern nicht richtig in dieses Trio zu passen scheint. Was Karla an körperlicher Größe fehlt, macht sie allerdings durch ihr Auftreten mehr als wett. Sie strahlt eine natürliche Autorität aus, die es jedem Gegenüber schwer macht zu widersprechen.

Während Antonia gierig, aber um Tischmanieren bemüht eine Kartoffel nach der anderen verschlingt, schaut sie durch die Terrassentür zu Spike, der es sich auf dem Teppich im Wohnzimmer bequem gemacht hat. Spike bewegt sich völlig entspannt in seinem ‚Zuhause auf Zeit' und hat in Jardy einen treuen Freund gefunden. Zumindest, solange Spike sich an die von Jardy gesetzten Regeln hält. Demnach ist Jardy der einzige Hund, dem es gestattet ist, auf dem Sofa zu liegen. Dort sitzt er gerade auf seinem Deckchen und schaut drohend zu Spike herunter, der vor wenigen Minuten versucht hat, den Platz neben ihm einzunehmen. Jardys intensive Zurechtweisung, die unmissverständlich klarstellte, dass das eine ganz schlechte Idee war, wurde anstandslos akzeptiert und Spike hat es sich nun auf dem Boden bequem gemacht.

Nachdem der erste Hunger gestillt ist, hält Antonia die Ungewissheit nicht mehr aus. „Ich bin euch so dankbar, dass ihr euch um mich und Spike kümmert. Aber ich verstehe nicht, weshalb ich hier bin und nicht im Krankenhaus. Und erst recht verstehe ich nicht, was im Wald passiert ist. Wobei ich bezweifele, dass ihr das wisst. Wie habt ihr mich überhaupt gefunden?" Seufzend lehnt sie sich im Stuhl zurück und blickt fragend in die Runde.

Eine Nebenwirkung des Medikamentes scheint die erhebliche Einschränkung der Konzentrationsfähigkeit zu sein. Antonia kann die Langsamkeit ihrer Gedanken geradezu spüren. Es kostet sie viel Mühe, sich auf einzelne Erinnerungen zu fokussieren, und es fällt ihr schwer, Wirklichkeit und Einbildung zu unterscheiden. Verlegen blinzelt sie eine Träne weg. *Bloß nicht der*

Angst nachgeben, sonst breche ich in Panik aus. Sie bemüht sich um Gelassenheit.

Flinn übernimmt das Wort. „Nachdem ich dich am Freitagabend nach Hause begleitet hatte, habe ich nicht im Entferntesten daran gedacht, dass der Vorfall mit dem Motorrad ein Angriff auf dich war. Ich hielt es für eine fiese Tat eines Idioten, der den Zufall nutzte, dass du ihm über den Weg gelaufen bist.“ Er macht eine kurze Pause und fährt dann konzentriert fort: „Aber irgendwie ließ mir der Vorfall trotzdem die ganze Nacht keine Ruhe. Ich habe mir echt Sorgen gemacht und hatte am Samstagmorgen das dringende Bedürfnis, mich zu vergewissern, dass es dir gut geht. Aber ich konnte ja schlecht in aller Herrgottsfrühe bei dir anrufen. Das wäre echt stalkermäßig gewesen. Also bin ich mit Jardy schon ziemlich früh eine Runde raus und dabei einfach mal in der Nähe deiner Tante vorbeigeschlendert.“ Flinn denkt kurz nach und setzt etwas verlegen fort: „Na ja, das klingt jetzt ehrlich gesagt auch irgendwie stalkermäßig. Auf jeden Fall wurde Jardy schon ein ganzes Stück, bevor wir das Haus erreichten, unruhig und begann, an der Leine zu ziehen. Er bellte, als wolle er mich zur Eile mahnen. Da war mir schon klar, dass irgendetwas nicht stimmten konnte. Ich machte Jardy von der Leine los und er sprintete in Richtung Wald – ich hinterher. Ich hörte krasse Geräusche und sah unzählige Vögel herumfliegen, die sich anscheinend von einem gemeinsamen Treffpunkt entfernten. Kurz darauf hat Jardy euch gefunden und ich habe meine Eltern angerufen.“

„Weshalb habt ihr nicht einen Krankenwagen oder die Polizei gerufen? Weshalb bin ich hier?“, unterbricht Antonia.

„Zum einen wegen des Energiefeldes, das ich gespürt habe. Und zum anderen war mir anhand von Spikes Verletzungen klar, dass du wieder angegriffen wurdest. Also dachte ich mir, dass wir dir besser helfen können als die Polizei." Flinn schaut Hilfe suchend zu Daniel.

„Antonia", übernimmt Daniel, „weißt du, was ein Genius ist?"

„Ein Genius? Nein. Nie gehört."

„Du wirst mir vermutlich nicht glauben, was ich jetzt sage, aber Karla, Flinn und ich vermuten, dass du eine Genius bist. Genau wie Flinn einer ist. Und Karla."

„Aha. Schon klar. Und was bitte ist ein Genius?"

„Ein Homo sapiens sapiens Genius. Eine höherentwickelte Spezies. Die nächste Evolutionsstufe der Menschheit", antwortet Daniel ruhig.

Antonia hat schon die ganze Zeit gespürt, dass hier irgendetwas nicht stimmt. Sosehr sie Flinn mag und so nett alle zu ihr sind, das wird ihr jetzt eindeutig zu spooky. Diese Familie scheint ein ernstes Problem zu haben.

„Okay, also, ähm … Vielleicht sollte ich jetzt besser gehen", stammelt sie und steht langsam von ihrem Stuhl auf.

Flinn stellt sich ihr in den Weg. „Bitte bleib! Ich weiß, dass das absurd klingt, aber hör uns wenigstens kurz zu. Gib uns ein paar Minuten zu Erklärung." Sein Blick ist eindringlich und sein Ton fast flehend.

Daniel wendet sich an Antonia. „Antonia, wenn du jetzt gehst, begibst du dich in große Gefahr. Ich kann verstehen, dass dich das überfordert, aber die Polizei wird dich nicht schützen können. Du kannst dich daran erinnern, was im Wald geschehen ist, richtig? Wir können dir einen Teil dessen erklären."

Antonia nagt unsicher an ihrer Unterlippe. „Ich weiß nicht, was im Wald geschehen ist. Ich habe nur unwirkliche Erinnerungen, die vermutlich aufgrund der Medikamente verzerrt sind."

Sie denkt an den gestrigen Tag zurück und sofort läuft ihr ein Schauer über den Rücken. Eigentlich erinnert sie sich an jede Sekunde – die Angreifer, ihren verzweifelten Versuch zu fliehen, Spikes Kampf, den Energieball in ihrem Innern, die vielen Tiere, das Rudel Wildschweine. Es fühlt sich alles nach Wahrheit an und scheint doch so wenig real.

„Antonia, ich bin seit Jahrzehnten und mit Leidenschaft Oberarzt an einem Klinikum. Ich weiß genau, wie das Beruhigungsmittel wirkt, das ich dir gegeben habe. Es verhindert Angst, Panik und Sorge. Es gibt dir ein warmes und wohliges Gefühl. Es macht es dir schwer, dich zu konzentrieren, und es ist in hohem Maße schlaffördernd. Aber eines tut es ganz gewiss nicht: Es verzerrt nicht die Realität. Was immer du im Wald gesehen hast, ist genau so passiert. Wer immer dich angegriffen hat, hatte dafür einen guten Grund und wird vermutlich wieder versuchen, dir zu schaden. Und ich gehe fest davon aus, dass dir die Polizei nicht die Erklärungen wird liefern können, die dich die Geschehnisse verstehen lassen. Die Einzigen, die dir helfen können, sind wir!"

Antonias Gedanken suchen fieberhaft nach einem Ausweg. Was soll sie tun? Gehen? Mit der Polizei reden? Den Beamten erzählen, dass sie im Wald einen Haufen Tiere gesehen hat, die ihr dabei geholfen haben, sich vor zwei bizarr vermummten

Gestalten zu schützen? Dass ein komischer Vogel um sie herumgeschwirrt ist? *Ernsthaft?* Das Einzige, was sie damit erreichen würde, wäre ein Ticket in eine geschlossene psychiatrische Anstalt. Als wolle Spike ihr beipflichten, erhebt er sich, tritt neben sie und drückt sie mit seinem schweren Körper vorsichtig in Richtung des Stuhles, von dem sie eben aufgestanden ist.

Sie atmet tief durch und vergräbt ihre Hände hinter Spikes Ohren. „Okay, ich werde euch zuhören und ich werde versuchen, euch zu glauben, auch wenn ich nicht weiß, was in den vergangenen Tagen Realität war und was nicht."

Daniel nickt anerkennend. „Gut!" Er stützt die Ellbogen auf den Esstisch, hält sich die wie zum Gebet gefalteten Hände vor den Mund und atmet hörbar aus. Ihm ist anzusehen, dass er nach den richtigen Worten für den Einstieg in dieses Gespräch sucht. „Kannst du mir noch eine Frage beantworten, bevor ich dir das erkläre, was wir bisher wissen beziehungsweise vermuten?"

Antonia nickt.

„Ist dir irgendetwas an den Angreifern im Wald aufgefallen? Etwas, woran du sie wiedererkennen könntest?" Daniel schaut sie fragend an.

„Nein. Ich konnte sie unter den Kutten gar nicht richtig sehen." Antonia denkt nach und versucht, sich an Details zu erinnern. Ihre Gedanken wandern zu dem Moment, in dem Spike einen der Angreifer zu Boden gerissen hat. Die Erinnerungen werden zu gestochen scharfen Bildern, die sich vor ihrem inneren Auge zu einem Film zusammenfinden. Der Moment, in dem Spike sich mit der ganzen Kraft seines Körpers gegen den Angreifer wirft. Wie Spike ihn am Arm packt und zu Fall bringt.

Wie dabei der Arm der verhüllten Gestalt kurz entblößt wird und die Kleidung den Blick auf eine sonderbare Tätowierung freigibt. *Stopp! Die Tätowierung!*

Antonia richtet sich schnurgerade auf. „Doch! Ja, klar! Da war etwas. Ich habe eine Tätowierung auf dem Unterarm des Mannes gesehen, der Spike verletzt hat."

Karla, Daniel und Flinn horchen auf.

„Kannst du die beschreiben?", fragt Karla gespannt.

„Hmmm … das ist schwierig. Das waren mehr so Zeichen. Ein gerader Strich und zwei Schrägstriche oder so. Ich hab auch nur einen Teil des Armes gesehen. Aber vielleicht würde ich die Tätowierung trotzdem wiedererkennen."

„Das war ein Toka! Ganz bestimmt!" Flinn springt auf und läuft neben dem Tisch auf und ab. Dann stürmt er nach drinnen und kommt kurz darauf mit einem Blatt Papier und einem Stift zurück. Er kritzelt in Windeseile ein Zeichen auf den jungfräulichen Block und hält ihn Antonia hin. „Sah die Tätowierung so aus?", fragt er.

Antonia blickt auf das Symbol. Es ähnelt einem großen ‚P', dessen vertikaler Strich von zwei schrägen Geraden durchkreuzt wird. „Ich … ich bin mir nicht sicher. Es könnte sein." Sie zeigt auf den unteren Teil des Zeichens. „Hier, dieser Teil ähnelt der Tätowierung. So ein bisschen … vielleicht."

„Aber du weißt es nicht genau?", hakt Karla nach.

„Nein, tut mir leid. Ich bin mir nicht sicher. Könnt ihr mir jetzt bitte erklären, was das alles zu bedeuten hat? Genius? Toka?" Antonia stehen die Fragezeichen ins Gesicht geschrieben.

Daniel nimmt das Gespräch wieder an sich. „Antonia, es ist wichtig, dass du mir glaubst, was ich dir nun erzähle!"

Die Worte sprudeln geradezu aus Daniel heraus. Antonia muss ihn mehrmals unterbrechen, um nicht den Anschluss zu verlieren. Noch immer fällt es ihr schwer, sich zu konzentrieren. Dass Daniel ihr von Dingen erzählt, die so fernab ihres bisherigen Weltbildes liegen, macht es ihr nicht leichter. Antonias Empfindungen wechseln von Ungläubigkeit zu Erstaunen und enden in Überforderung. Ihr Verstand sagt ihr, dass diese Geschichten rund um die Genius und den Toka-Clan nicht wahr sein können, doch in ihrem Innern tobt eine andere Erkenntnis. Als würde ein zweites Wesen in ihren Gedanken existieren, das ihr permanent versichert, dass das Mysterium, in das sie soeben eingeweiht wird, zwar ein gut gehütetes Geheimnis, aber nicht weniger wahrhaftig ist.

„Woran erkennt man Genius? Leben sie einfach so unter uns?", fragt Antonia mit bereits weniger Unglauben in der Stimme als noch vor wenigen Minuten.

Karla erklärt: „Ja, klar! Wir leben und arbeiten inmitten der Gesellschaft und haben uns zum Ziel gesetzt, die Menschheit Stück für Stück aufzuklären. Ihnen durch Studien zu belegen, dass der Fortbestand der Menschheit davon abhängig ist, dass wir Lebensräume erhalten, das Klima schützen und, und, und. Menschen glauben die Dinge, die sich wissenschaftlich erklären lassen. Daher arbeiten viele Genius als Wissenschaftler. Dabei begrenzen wir uns auf die Erklärung der rational greifbaren Zusammenhänge und den aktiven Schutz von Arten,

Ökosystemen und Lebensräumen. Die Bedeutung und Kraft der Lebensenergie ist wissenschaftlich nicht darstellbar, sie agiert auf einer anderen Ebene. Als eine Art höheres Bewusstsein. Dies kann man der Menschheit nicht erklären, ohne dass es als Esoterik oder Scharlatanerie abgetan wird. Wir können es uns nicht erlauben, eine Wahrheit zu verbreiten, die nicht wissenschaftlich erklärt werden kann. Die Menschheit ist hierfür noch nicht bereit."

„Und du und Flinn, ihr seid solche Genius? Und ihr vermutet, ich gehöre auch zu euch? Auch wenn ihr euch nicht erklären könnt, weshalb ich keine permanente Genius-Aura besitze, sondern lediglich einmal – also im Wald gestern – ein entsprechendes Energiefeld ausgesendet habe? Ich spüre übrigens gar nichts – weder bei mir noch erkenne ich eure Aura."

Auf Flinns Gesicht breitet sich ein verschwörerisches Lächeln aus. „Du merkst es. Oder?"

„Was?" Antonia schaut Flinn irritiert an.

„Na ja, dass wir die Wahrheit sagen. Etwas in deinem Inneren gibt uns recht, richtig? Du zweifelst kaum noch. Es muss deine Aura sein, die dich leitet. Auch wenn weder du noch wir sie spüren können." Flinn macht eine kurze Pause und führt den Gedanken dann fort: „Als Genius stehen wir unter einem besonderen Schutz durch die Lebensenergie. Wir nehmen sozusagen eine Sonderstellung ein. Das ganze Gerede der Religion von wegen Krone der Schöpfung enthält zumindest einen Funken Wahrheit. Wenngleich diese Sonderstellung nur auf diejenigen zutrifft, die mit dem Netz des Lebens verbunden sind. Also für uns Genius. Wir entwickeln zwischen dem zwölften und dem sechzehnten Lebensjahr unsere Aura, die von anderen Genius gespürt werden kann. So können wir uns finden und unterstützen. Diese Aura ist eine Art Energiefeld und wir können damit normalerweise zu hundertprozentiger Sicherheit andere Genius erkennen. Weshalb deine Aura nur kurz zum Vorschein gekommen ist, dafür aber unglaublich intensiv, ist uns unerklärlich." Wieder macht Flinn eine Pause, bevor er weiterspricht: „Auch Tiere können die Genius-Aura spüren und reagieren mit Freundlichkeit auf sie. Das geht so weit, dass ich behaupte, man könnte mich in ein Gehege voll hungriger Wölfe werfen und sie würden mir nichts tun."

„Und ich soll auch so eine Aura haben?" Antonias Unsicherheit weicht immer mehr der Neugierde.

„Ich habe eine sehr starke Genius-Aura gespürt, gestern im Wald. Nur für wenige Sekunden, aber ich bin mir sicher, dass dieses Energiefeld von dir ausgegangen ist."

Daniel ergreift das Wort. „Es ist uns bisher noch nie ein Genius begegnet, dessen Aura verborgen und nur zu einzelnen Momenten spürbar war. Soweit wir wissen, ist das unmöglich. Und doch scheint es gestern so geschehen zu sein. Und sogar noch mehr als das …"

„Was meinst du damit?", fragt Antonia.

„Du konntest dir völlig unbekannte Tiere um Hilfe rufen. Das, was du im Wald getan hast, ist nicht möglich", betont Daniel.

„Aber ich habe doch gar nichts getan! Die Tiere sind einfach so gekommen", wehrt Antonia ab.

Karla widerspricht. „Nein, Antonia. Sie sind nicht einfach so gekommen. Das, was im Wald passiert ist, kann weder ein Zufall noch eine spontane Laune der Natur sein. Du hast die Tiere gerufen, da bin ich mir sicher. Auch wenn du vermutlich nicht weißt, wie du das getan hast. Aber die Tiere sind gekommen." Fast ehrfürchtig fügt sie hinzu: „Du bist der erste Genius, der jemals aktiv in das Netz des Lebens eingegriffen hat."

Daniel ergänzt: „Und es sieht so aus, als wüsste der Toka-Clan um deine Kraft. Denn das ist die einzige Erklärung dafür, dass sie dich jagen."

Antonia krallt die Hände in die Stuhllehne, als sie Übelkeit überkommt. Ihr Herzschlag beschleunigt sich und pocht laut in ihren Ohren. Sie springt auf, rennt ins Bad und versenkt das komplette Mittagessen in der Kloschüssel.

/8/

Es dauert eine ganze Weile, bis Antonia wieder auf die Terrasse tritt. Man sieht ihr an, wie sehr die Gedanken in ihr arbeiten und versuchen, Richtig von Falsch zu unterscheiden. Sie setzt sich wieder an ihren Platz.

„Tut mir leid, das ist alles etwas viel gerade."

Flinn sieht sie besorgt an. „Geht es wieder?"

Antonias Nicken ist wenig überzeugend und ihre Stimme noch etwas dünn, als sie leise zu sprechen beginnt. „Das klingt alles völlig verrückt und ich wünschte, ich könnte die letzten Tage aus meinem Gedächtnis streichen. Mein Verstand sagt mir, dass ihr entweder unter Wahnvorstellungen leidet oder zu einer sonderbaren Sekte gehört. Doch jedes Mal, wenn die Vernunft sich meldet, überkommt mich ein noch stärkeres Gefühl, das mich dazu drängt, euch zu vertrauen. Als hätte ich plötzlich eine gespaltene Persönlichkeit oder so. Kann das an dem Beruhigungsmittel liegen?"

Daniel blickt sie fürsorglich an. „Ich habe dir zwar ein starkes Benzodiazepin verabreicht, aber das löst keine spontane Schizophrenie aus." Er lächelt. „Ich sehe es eher wie Flinn. Vermutlich ist es deine Aura, die zwar verborgen ist, aber dich dennoch leitet."

Flinn betrachtet Antonia und fragt sich, weshalb es ihn traurig stimmt, dass Antonia die letzten Tage gerne aus ihrem Gedächtnis streichen würde. *Bin ich in meiner Genius-Ehre verletzt, da Antonia nicht vor Freude aus dem Häuschen ist? Aber was habe ich anderes erwartet?* Antonia wurde binnen 48 Stunden zweimal bedroht und angegriffen und das, was sie gerade erfahren hat, muss sie auch erst mal verdauen. Er fragt sich, ob ihn vielleicht viel mehr stört, dass Antonia gerne darauf verzichtet hätte, ihn kennengelernt zu haben. Ob da vielleicht ein Interesse seinerseits ist, das er bisher nur noch nicht wahrgenommen hat? Wenig überrascht stellt er fest, dass er sich gerade selbst belügt. Als hätte nicht schon beim ersten Blick in ihre Augen sein Herz eine ganze Serie von Rückwärtssaltos hingelegt.

Während Antonia sich Wasser einschenkt und nachdenklich auf ihrem Stuhl sitzt, studiert er ihre Gesichtszüge genauer.

Das erste Wort, das ihm dabei in den Kopf kommt, ist ‚anmutig'. Wobei das eigentlich nicht zu seinem Standardvokabular gehört. Antonias sonnengebräuntes Gesicht, in dem ihre geschwungenen Lippen rosarot auf sich aufmerksam machen, wird von ihren langen und in sanften Wellen fallenden Haaren umsäumt. Sie glänzen im Sonnenlicht in den verschiedensten Farben. Goldene Strähnen auf mittelbraunem Grund, die sich im Wind dezent hin und her bewegen. Lange Wimpern umspielen grüne Augen, die Assoziationen an einen dichten Laubwald wecken und gleichzeitig an schillernde Smaragde erinnern.

Flinn hat sich vermutlich etwas zu lange in Antonias Gesicht verloren, denn erst jetzt merkt er, dass alle Blicke auf ihm ruhen.

„Alles okay, Flinn?", fragt sein Vater.

Flinn fühlt sich ertappt. „Äh, ja … klar. Habe gerade nur so … vor mich hin geträumt."

„Das haben wir gemerkt." Daniel kann sein wissendes Schmunzeln kaum unterdrücken und Flinn versucht, die Röte zu ignorieren, die sich langsam über seine Wangen schiebt. Der Hitze in seinem Gesicht nach zu urteilen, dürfte sein Kopf bereits die Farbe einer Feuerglut angenommen haben, sodass Flinn nach einer Möglichkeit sucht, der peinlichen Situation zu entkommen. Nicht sehr hilfreich ist seine Stimme, die eher ein Stammeln als eine Aneinanderreihung sinnvoller Wörter hervorbringt. „Ich, ähm, sollte … ähm, ich hole mal schnell noch Wasser."

Zügig steht er auf und geht in Richtung Küche. Es trägt nicht zu seiner Entspannung bei, dass er aus dem Augenwinkel zwei volle Flaschen Sprudel mitten auf dem Terrassentisch stehen sieht. Es gibt keinen Spielraum für andere Interpretationen: Er hat sich gerade zum Vollidioten gemacht.

In der Küche stützt Flinn sich mit beiden Händen und hängendem Kopf auf die Arbeitsplatte, atmet tief durch und merkt, wie leichter Schweiß auf seinen Armen glitzert. *Du Volldepp! Das ist nicht das erste attraktive Mädchen, mit dem du es zu tun hast. Sonst stellst du dich doch auch nicht so blöd an.*

Jardy scheint Flinns Gefühlsveränderung bemerkt zu haben und trottet mit beschwingten Pfoten in die Küche. Er stellt sich neben Flinn und hebt den Kopf, sodass seine Hängeohren nach hinten fallen und Ohrmuscheln entblößen, die jede Fledermaus neidisch machen würden.

Flinn schaut ihn an und Jardy scheint regelrecht zu grinsen. „Na herzlichen Dank! Jetzt machst du dich auch noch lustig über mich!" Flinn bückt sich nach unten und flüstert ihm ins Ohr: „Antonia ist aber auch echt … irgendwie …, ähm, ach, sie ist einfach der Hammer!"

Als würde Jardy ihm zustimmen, bellt er einmal freudig auf und macht Flinn damit ausreichend Mut, um auf die Terrasse zurückzukehren.

Möglichst lässig setzt er sich wieder zu den anderen an den Tisch und ist im gleichen Moment dankbar dafür, dass niemand fragt, wo denn die Wasserflaschen sind, die er eigentlich holen wollte.

Im Gegensatz zu seinen Eltern scheint Antonia sein sonderbares Verhalten nicht bemerkt zu haben. Zu sehr ist sie mit ihren Gedanken beschäftigt.

Karla fragt sie vorsichtig: „Möchtest du dich etwas ausruhen? Dann sprechen wir später weiter."

Daniel ergänzt: „Leg dich gerne hin und sammele Kräfte. Hier bist du sicher. Wenn die Toka wüssten, dass du hier bist, hätten sie sich schon gezeigt. Zudem vermuten wir, dass dir die Lebensenergie gerade etwas Hilfe leistet."

„Wie meinst du das?" Antonia horcht auf.

„Nun ja, seitdem wir mit dir den Wald verlassen haben, folgt uns jemand." Daniel sieht Antonia an.

„Wer folgt uns?" Antonia ist irritiert.

Flinn erklärt: „Es mag absurd klingen, aber wenige Minuten, nachdem ich Spike und dich gefunden habe, habe ich einen Beobachter bemerkt."

„Einen Beobachter?"

„Ja! Er saß in einer Baumkrone genau oberhalb von Spike und blickte auf euch herunter. Erst dachte ich, er hoffe auf leichte Beute, aber als wir euch mitgenommen haben, ist der Vogel uns gefolgt."

„Ein Vogel? Und wo ist er jetzt?"

„Er sitzt seitdem in der hohen Eiche da drüben. Schau, dort!"

Antonia muss ihre Augen anstrengen, entdeckt dann aber einen majestätisch aussehenden, großen Vogel in der Baumkrone.

„Was ist das? Ein Bussard?"

Daniel antwortet: „Nicht ganz. Das ist ein Sperber. Und sein Verhalten ist alles andere als typisch für einen Greifvogel. Er hat seinen Platz seit unserem Eintreffen hier nicht einmal verlassen."

„Was hat das zu bedeuten?" Ein weiteres Rätsel für Antonia.

Daniel erwidert seufzend: „Wir haben nicht die geringste Ahnung! Aber wir sind uns ziemlich sicher: Wenn die Toka dich bisher nicht gefunden haben, dann werden sie es auch in den nächsten Tagen nicht schaffen. Und ich vermute, es hat etwas mit diesem Sperber zu tun."

Langsam geht Antonia ins Gästezimmer und lässt sich auf das Bett fallen. ‚Schlafen', ruft ihr Körper eindringlich. Sie ist sich unsicher, ob sie das wirklich möchte. Die Dinge, die sie heute erfahren hat, werden vermutlich nicht für süße Träume sorgen. Dass sie vielleicht eine Genius ist, lässt sich noch irgendwie verdauen, aber dass vermutlich eine Horde Wahnsinniger in Gestalt der Toka hinter ihr her ist, ist definitiv nichts, was sie ruhig bleiben lässt. Sie erinnert sich nur zu gut an Daniels Worte. *Unsere Welt ist voller Gegensätze. Heiß und kalt, groß und klein, Yin und Yang, gut und schlecht. Zu jeder guten Kraft gibt es eine schlechte Kraft, die der guten gefährlich werden kann. Oder anders gesagt: Wo ein Gott, da ein Teufel. Die Lebensenergie, diese ewige Kraft, ist das Gute. Aber es gibt auch eine Macht, die das Netz des Lebens zerstören möchte. Wir nennen diese negative Energie ‚Disorder' – sie ist wie eine Krankheit. Eine*

Krankheit, die die Seele des Menschen in dem Moment befallen hat, als er sich von dem Netz des Lebens abwendete. Und es gibt den Toka-Clan. Eine Gruppe ehemaliger Genius, die sich den Zielen der Disorder unterworfen haben.

Na, wenn das mal nicht der optimale Stoff für wunderbare Albträume ist.

Karla, Daniel und Flinn bleiben auf der Terrasse zurück.

„Das waren in der Tat viele Informationen. Ich hoffe, Antonia kommt klar!“ Flinn zeigt sich besorgt. „Vielleicht hätten wir ihr noch nicht von der Disorder und den Toka erzählen sollen.“

„Antonia muss wissen, in welcher Gefahr sie sich befindet. Sonst hätte sie uns nie die Möglichkeit gegeben, ihr zu helfen. Wir mussten ihr die Einzelheiten erzählen.“ Daniel klingt überzeugend.

„Und wenn es gar keine Toka waren?“, wirft Karla ein.

„Wer soll es denn sonst gewesen sein?“ Daniel zeigt sich sicher. „Und vergiss nicht den Traum, von dem Flinn uns erzählt hat! Du weißt, dass die Träume eines Genius selten ohne Bedeutung sind.“

Flinn denkt zurück an die Nacht, bevor er Antonia im Wald gefunden hat. Er lag die meiste Zeit wach und machte sich Gedanken. Etwas an den Bewegungen des Motorradfahrers irritierte ihn. Es war schließlich ein Traum, der in ihm den Verdacht weckte, der Toka-Clan könnte etwas mit den Geschehnissen zu tun haben. Denn in seinem Traum sah er eine vermummte Gestalt, die einen Ärmel der langen schwarzen Kutte bis zu den Schultern hochgezogen hatte. Die für die Toka typische Tätowierung prangte unmissverständlich auf dem

Unterarm. Die Gestalt in seinem Traum drehte den Kopf auf die gleiche Art und Weise, wie es der Motorradfahrer getan hatte. So unwahrscheinlich eine Verbindung zwischen dem Toka-Clan und Antonia auch sein mag, dieser Traum ist kein Zufall gewesen.

/9/

Am Nachmittag fällt Antonia doch noch in einen dämmrigen Schlaf. Allem Anschein nach fordert ihr Körper eine weitere Auszeit und auch ihr Geist wehrt sich vehement gegen die neue Realität. Sie ist zutiefst erschöpft.

Als sich eine feuchtkalte Hundenase unter ihre Hand schiebt und sie sachte weckt, steht die Sonne schon tief am Himmel. Sie hört klapperndes Geschirr und ihr wird bewusst, dass sie bis zum Abendessen geschlafen haben muss. Obwohl ihr Gedankenkarussell direkt wieder einsetzt, bleibt das Gefühl von Panik aus. Ob sie sich so schnell mit der neuen Realität abgefunden hat oder ob es nur eine Schutzreaktion ihres Körpers ist, dem die permanente Alarmbereitschaft zu schaffen macht, kann sie nicht beurteilen. Sie ist einfach nur dankbar für diesen angenehm ruhigen Zustand ohne Übelkeit und Herzrasen. Daniels und Karlas Stimmen dringen aus der Küche zu ihr und sie wüsste zu gerne, worüber sich die beiden gerade unterhalten. Allerdings werden die Gesprächsfetzen von Pfannenbrutzeln und dem Lärm der Dunstabzugshaube übertönt. Antonia entscheidet sich, nach Flinn zu suchen.

Sie findet ihn in seinem Zimmer auf dem Bett liegend. Er hat die Augen geschlossen und seine angewinkelten Beine wippen im Rhythmus einer Musik, die Antonia nicht hören kann. Mit einem Klopfen an der offen stehenden Zimmertür versucht sie, sich bemerkbar zu machen. Die Musik, die sich mittels Kopfhörer ihren Weg in Flinns Gehör bahnt, scheint ziemlich laut zu sein. Ihr Klopfen erzeugt keinerlei Reaktion. Jardy hingegen hat

Antonia sofort entdeckt und steht schwanzwedelnd vor ihr. Er hilft ihr, indem er mit Anlauf aufs Bett springt und direkt auf Flinns Brust landet. Flinn erschrickt kaum und drückt den kleinen Hund fest an sich.

Dann öffnet er die Augen, entdeckt Antonia und nimmt die Kopfhörer ab. „Hi, komm rein!"

Antonia zögert nicht lange und betritt das Zimmer. Interessiert schaut sie sich um. Die Einrichtung und auch das erkennbare Durchschnittsmaß an Chaos passen genau zu einem 17-Jährigen. Umherliegende Kleidungsstücke, ein Schreibtisch, der fast vollständig von einem Gamer-PC ausgefüllt wird, und ein erstaunlich volles Bücherregal.

„Hast du die alle gelesen?" Interessiert blickt sie auf die Buchrücken – eine wahre Sammlung an philosophischer Literatur von Kant über Hegel und Schopenhauer bis zu Sokrates.

„Yep, ich lese gerne."

„Und du schwimmst gerne!"

Neben dem Bücherregal stapeln sich einzelne Pokale, die ganz eindeutig dem Schwimmsport zuzuordnen sind.

„Ja, das auch. Aber in letzter Zeit eher weniger."

Nun fällt ihr Blick auf einen Stapel Schulbücher. „Welche Klasse?"

„Wie du!"

„Stimmt. Ich habe dir ja am Freitag mein halbes Leben erzählt. Von mir weißt du sozusagen alles." Antonia fühlt sich etwas unwohl bei dem Gedanken, dass sie am Freitag so viel von sich erzählt hat und dabei so wenig Interesse an Flinn gezeigt hat. Sie selbst weiß zwar, dass es nicht mangelndes Interesse war, das sie zum kontinuierlichen Reden veranlasst hatte. Es war die Faszination für Flinns Ausstrahlung, die sie nicht hat zur Ruhe kommen lassen. Aber das kann Flinn nicht wissen.

„Was hast du nach der Schule vor?“, fragt sie nun ehrlich interessiert. „Willst du Jura studieren?“

„Gott bewahre, wie kommst du denn auf so was?“

„Na ja, du bist ziemlich ehrlich.“ Sie lächelt.

„Dann sollte ich genau deshalb nicht Jurist werden.“ Flinn lächelt zurück.

„Was dann?“

„Tja, ich bin noch ziemlich unschlüssig. Arzt zu werden wie Papa finde ich schon ziemlich spannend, aber mein Notendurchschnitt reicht eher nicht für Medizin. Ich fotografiere gerne, vielleicht wird es ja was in die Richtung.“

„Sag bloß, die sind von dir!“ Antonia blickt auf einige wunderschöne Fotografien verschiedenster Tiere, die hinter Flinn an der Wand hängen. Nahaufnahmen von Fröschen, Vögel im Flug und sogar das Auge eines Elefanten mit sanftem Blick.

„Ja, die sind von mir.“

„Wahnsinn! Die sind unglaublich schön!“

„Danke!“

„Was macht deine Mutter eigentlich beruflich?“

„Oh, das ist eine lange Geschichte“, beginnt Flinn. „Eigentlich ist sie Krankenschwester und hat so auch meinen Vater kennengelernt. Die Story werden sie dir bestimmt auch mal erzählen. Ich muss sie mir ständig anhören. Meine Mutter, die erfahrene Krankenschwester, die dem jungen Assistenzarzt den Arsch rettet, als dieser versehentlich die falsche Infusion für einen Patienten anordnet. Blablabla … und seitdem leben sie glücklich und zufrieden.“

„Ja, das sieht man den beiden an. Sie machen einen sehr harmonischen Eindruck. Aber was meinst du mit ‚eigentlich ist sie Krankenschwester'?"

„Sie ist nach meiner Geburt nicht mehr in ihren Job zurückgekehrt, sondern hat sich dem Artenschutz verschrieben und leitet mehrere internationale Projekte", erklärt Flinn. „Daher auch meine Fotos der exotischen Tiere. Ich habe sie schon öfter begleitet."

„Wow, das klingt spannend! Davon musst du mir unbedingt mehr erzählen." Antonias Körper entspannt sich. Mit einer lockeren Bewegung der rechten Hand wirft sie ihr Haar zurück und setzt sich dann auf den Schreibtischstuhl. Es tut gut, sich wie ganz normale Jugendliche über alltägliche Dinge zu unterhalten.

In diesem Moment ruft Karla aus der Küche: „Flinn, kannst du dich bitte um eine Schlafgelegenheit für Lonan kümmern?"

„Wieso ich?", ruft Flinn etwas genervt zurück.

„Wieso nicht?!?", ist Karlas klare Antwort darauf.

Flinn verdreht die Augen und sagt zu Antonia: „So ist das immer bei ihr. Widerrede akzeptiert sie nicht." Etwas lauter ruft er Richtung Küche: „Okay, mache ich gleich!"

Antonia fragt nach: „Wer ist dieser Lonan eigentlich? Das hat Daniel heute Mittag gar nicht erklärt. Und wann kommt er an?"

Flinn schaut kurz auf die Uhr. „Es ist gleich neun. Er müsste jeden Moment da sein. Komm, wir bauen ihm ein Klappbett im Arbeitszimmer auf. Das wird reichen. Dabei erzähle ich dir alles."

Gemeinsam gehen sie ins Arbeitszimmer und Flinn faltet umständlich ein klappbares Gästebett auseinander, das er aus einem Abstellraum geholt hat.

Während er eine Decke in frische Bettwäsche einschlägt und Antonia sich um das passende Kissen kümmert, erzählt er: „Ich kenne Lonan nicht besonders gut. Wir haben uns mal getroffen, aber da war ich erst neun und kann mich kaum noch dran erinnern. Ich weiß noch, dass er unfassbar schüchtern war, obwohl er etwas älter ist als ich. Er hat damals kaum ein Wort gesprochen."

„Ist er mit euch verwandt?"

„Nein. Lonans Großmutter war eine sehr gute Freundin meiner Mutter, bevor sie vor zwei Jahren gestorben ist. Ich habe sie zwar selbst selten gesehen, aber meine Mutter hatte viel Kontakt zu ihr. Da Lonan bei seiner Großmutter aufgewachsen ist, kennt meine Mutter ihn von klein auf. Nach dem Tod von ‚Granny', wie sie alle genannt haben, hat meine Mutter ein paar Wochen bei Lonan gewohnt. Sie hat zwar behauptet, sie müsse sich um die Beerdigung kümmern, aber ich glaube eher, dass sie wegen Lonan dort war. Meine Mom hat sich Sorgen um ihn gemacht. Eigentlich schade, dass ich nicht viel über ihn weiß. Irgendwie habe ich nie groß nachgefragt. Ich weiß eigentlich nur, dass er wohl eine ziemlich harte Kindheit hatte."

„Und weshalb kommt er her?", fragt Antonia nach.

„Tja, meine Eltern hoffen, dass er Erklärungen für die Geschehnisse der vergangenen Tage hat. Er kommt aus einer ziemlich bekannten Genius-Familie. Native Americans. Die Details soll Lonan dir besser selbst erklären. Sein Urgroßvater ist von den Toka ermordet worden. Der Verlust verfolgt die Familie wohl von Generation zu Generation und hat auch Lonan das Leben nicht gerade leicht gemacht.“ Nach einer kurzen Pause ergänzt Flinn: „Meine Eltern erhoffen sich wohl zwei Dinge. Zum einen, dass Lonan beurteilen kann, ob die Toka noch eine Gefahr für dich sind, und zum anderen hoffen sie, dass er vielleicht deine Aura oder die der Toka spüren kann, sollten sie noch in der Nähe sein.“

„Weshalb sollte er das können, wenn du und Karla das nicht können? Ist er ein besonderer Genius?“

„Er ist gar kein Genius. Auch das ist ziemlich kompliziert.“ Bevor Flinn weiterreden kann, unterbricht ihn die Türklingel. „Wenn man vom Teufel spricht“, sagt er scherzhaft. „Lass uns auf der Terrasse warten, dann kann meine Mom Lonan erst mal etwas bemuttern.“

Karla ist bereits auf dem Weg zur Haustür und Antonia folgt Flinn in den Garten. Sie hören, wie Karla die Tür öffnet und Lonan freudig begrüßt. Auch Daniel kommt zum Eingang und steigt in die Begrüßung ein. Lonan hat bisher noch kein einziges Wort gesprochen.

Nach wenigen Minuten hören Antonia und Flinn, wie Daniel sagt: „Komm mit raus auf die Terrasse. Dann kannst du Flinn wiedersehen und auch Antonia kennenlernen.“

Flinn zwinkert Antonia zu: „Bin gespannt, was für ein Typ dieser menschenscheue Lonan so ist. Hoffentlich ist er nicht der totale Nerd.“

/10/

Lonan tritt auf die Terrasse und Flinns Kinnlade klappt herunter. Er hatte mit einem bleichen, schmalen und verschüchterten Jungen gerechnet. Doch ihm gegenüber steht der vermutlich bestaussehende 19-Jährige, den Flinn jemals gesehen hat.

Lonan ist zwar nicht größer als Flinn, aber seine Statur lässt selbst Flinns Schwimmerrücken bescheiden wirken. Lonan sieht aus, als wäre er gerade zum Sexiest Man Alive gekürt worden. Kein Muskel seines Körpers ist nicht optimal austrainiert. Sein Bizeps bringt die kurzen Ärmel seines Shirts auf Spannung und seine breiten Schultern zu schmaler Hüfte sind die Blaupause für den perfekten V-förmigen Oberkörper. Lonan hat eine natürlich goldbraun gefärbte Haut, ein Gesicht wie von einer Model-Sedcard und einen derart akkurat geschnittenen Undercut, dass Flinn sich am liebsten die Mütze seines Hoodies über den Wuschelkopf ziehen würde. Als wäre das noch nicht beeindruckend genug, streckt er Flinn einen komplett mit magischen Zeichen tätowierten Arm entgegen, der Lonan augenblicklich zum unfassbar coolsten Typen dieses Planeten macht.

Mit tiefer, ruhiger Stimme stellt er sich vor: „Hi Flinn, ist lange her. Erinnerst du dich? Ich bin Lonan."

Flinns Versuche, diese Begegnung sportlich zu nehmen, scheitern von der ersten Sekunde an. Normalerweise würde er so einen Typen als Vorbild vergöttern, aber ihm ist völlig klar, dass er sich Antonia jetzt so was von abschminken kann.

Es fällt ihm schwer, freundlich zu antworten. „Hi Lonan, schön, dich wiederzusehen."

Selten hat Flinn so gelogen. Er hasst Lonan allein aus dem Grund, dass sich jede Frau dieser Welt sofort in diesen Typen verlieben wird.

Neidisch nimmt er wahr, wie Antonia mit weit geöffneten Augen und leicht geröteten Wangen auf Lonan zugeht und etwa einen Meter von ihm entfernt stehen bleibt. Lonans Blick trifft den von Antonia und es scheint, als würde für einen kurzen Moment die Welt stillstehen. Eine gefühlte Ewigkeit schauen sich die beiden an, dann geht Lonan einen Schritt auf Antonia zu und küsst sie sachte und fast beiläufig auf beide Wangen: „Schön, dich kennenzulernen."

Antonia strahlt und Flinn ballt unbewusst die Fäuste. Jardy schaut zu ihm hoch und Flinn schenkt ihm einen Blick, der Bände spricht. *Von wegen schüchtern. Ich kann einpacken!*

Karla scheint sich zu freuen, dass Lonan da ist. „Komm, setz dich doch", plappert sie los. „Ich bringe uns ein paar Getränke und zu essen gibt es auch was. Du musst hungrig sein nach der Reise. Wo ist eigentlich Horus? Er war eben noch bei dir."

Lonan pfeift kurz und kaum wahrnehmbar. Fast lautlos erscheint ein Hund neben ihm.

„Das ist Horus", stellt er den Hund vor.

Antonia reißt die Augen auf und legt erschrocken die Hände über den Mund.

Horus muss mal ein wunderschöner Pitbull gewesen sein. Sein bernsteinfarbenes Auge leuchtet im Kontrast zu seinem schwarzen, glänzenden Fell. Dennoch sieht der Hund fast entstellt aus. Unzählige Narben überziehen seinen Körper. Man erkennt Verdickungen an den Beingelenken, die wohl von nur mühsam verheilten Verletzungen stammen, und seine eine Gesichtshälfte ist eine einzige Brandnarbe. Scheu und etwas verunsichert lugt er hinter Lonan vor. Sein einzelnes Auge zeigt eine Mischung aus Vorsicht und Neugierde.

Sein Anblick bereitet Antonia fast körperliche Schmerzen. Nicht auszudenken, was dem armen Kerl widerfahren sein muss. Sie versucht, sich nicht anmerken zu lassen, wie schockiert sie ist, und kniet sich auf den Boden. Mit sanfter Stimme spricht sie Horus an und streckt ihm dabei eine Hand entgegen. „Na, du Hübscher! Darf ich dich mal streicheln?“

Horus zögert einen kleinen Moment, bevor er auf Antonia zugeht und sich von ihr hinter den Ohren kraulen lässt.

Etwas in ihr macht einen Sprung, als sie sein Fell berührt. Ihr Herz klopft vor Freude überrascht gegen die Rippen. Horus schmiegt seinen Kopf an Antonia, als würde er zu einer lang vermissten Freundin zurückkehren. Wie selbstverständlich küsst sie seinen Kopf.

Karla ist zutiefst überrascht. „Das gibt es doch gar nicht! Wie hast du das denn geschafft?“ Fragend sieht sie Antonia an.

„Was meinst du?“, fragt Antonia zurück.

„Na, dass du Horus streicheln darfst. Ich kenne Horus, seitdem er bei Lonan ist, und ich kann mich nicht daran erinnern, dass ihn jemals jemand anderes berühren durfte als Lonan.“ Wie zum Beweis beugt sich Karla ganz langsam nach unten und geht vorsichtig auf Horus zu. Sofort weicht der Hund hinter Lonan zurück.

Fragend blickt Karla Lonan an.

Der scheint irritiert und mustert Antonia verwundert. „Unfassbar! Kennt ihr euch?“

Antonia lacht. „Nein. Ich mag Tiere einfach.“

Diese Erklärung scheint definitiv keine zu sein, die Lonan auch nur annähernd ausreichen könnte.

Horus nähert sich wieder Antonia, die mit ihren Fingern eine besonders tiefe Narbe auf Horus' linker Schulter nachzieht.

„Was ist mit ihm passiert?“, möchte sie wissen.

Lonans Augen sind voller Schmerz, als er antwortet. „Er war kaum ein Jahr alt, als man versucht hat, ihn für Hundekämpfe abzurichten. Anscheinend fehlte ihm die nötige Aggressivität, denn sein Besitzer, ein echt übler Typ, hat Horus dafür bestraft, dass er sich nicht so entwickelte, wie er sich das vorgestellt hatte.“ Nach einer kurzen Pause, in der er Horus anschaut, ergänzt er: „Sagen wir einfach so, der Typ hat reichlich Hilfsmittel genutzt bei dem Versuch, aus Horus einen Killer zu machen. Und als auch das nichts half, hat er versucht, ihn zu entsorgen. Auf seine ganz spezielle Art. Ich habe das Ganze aus einiger Entfernung miterlebt.“

„Oh, mein Gott!“ entfährt es Flinn. „Dieser Drecksack! Was hast du gemacht?“

„Ich war erst zwölf und ziemlich schmächtig für mein Alter. Ich konnte nicht mehr tun, als den Mann anzuflehen aufzuhören. Das hat er völlig ignoriert, also hab ich mein Handy herausgezogen und ihn bei seiner Tat gefilmt. Und dann rannte ich weg. Damit konnte ich zumindest erreichen, dass er von Horus abließ und stattdessen hinter mir herjagte. Zum Glück war ich wenigstens schnell.“

„Und dann?“ Antonia ist außer sich bei dem Gedanken an das, was jemand Horus angetan hat.

„Ich habe fast eine halbe Stunde gebraucht, um den Mann abzuhängen, bin dann in großem Bogen zurück zu Horus, hab ihn mitgenommen und in Sicherheit gebracht. Er war so gut wie tot und es hat Monate gedauert, bis seine Verletzungen halbwegs verheilt waren. Seitdem sind wir unzertrennlich."

„Was für ein Glück, dass du zufällig in der Gegend warst", sagt Daniel.

„Ich glaube nicht an Zufälle!", ist das Einzige, was Lonan darauf antwortet.

„Es gibt solche Vollidioten auf der Welt! Der Kerl hat doch bestimmt noch mehr Hunde gequält." Flinn muss sich eingestehen, dass seine Abneigung gegenüber Lonan rapide abnimmt. Dass Lonan Horus geholfen hat, reicht aus, um ihn zu einem Freund zu machen.

„Ja, das hat er." Lonan richtet seinen Blick nach innen. „Noch weitere vier Jahre lang hat er Hunde misshandelt. Doch jetzt wird er das nicht mehr tun."

Flinn schaut Lonan an und das, was er in diesem Moment in dessen Augen findet, erschreckt ihn. Er scheut sich, nach weiteren Details zu fragen.

Horus schmiegt sich weiter an Antonia, die ihm liebevoll über den Rücken streichelt. „Horus, ich bin froh, dich kennenzulernen, und ich bin dankbar dafür, dass Lonan dein Leben gerettet hat."

Lonan widerspricht: „Ich habe Horus vielleicht aus einer schwierigen Lage befreit. Aber er ist es, der mein Leben gerettet hat!"

Fragend blickt Antonia ihn an. „Er hat dein Leben gerettet?"

„Ja, er hat mich vor dem größten Feind gerettet, den ein Mensch nur haben kann."

„Vor wem?", fragt Antonia.

„Vor meiner eigenen Vergangenheit."

Bevor jemand etwas dazu sagen kann, hören sie Spike laut hinter einer verschlossenen Tür bellen.

„Ach herrje, ich hab Spike in der Küche gelassen, als ich zur Haustür gegangen bin. Ich hab ihn wohl aus Versehen eingesperrt", sagt Karla. „Ich lass ihn mal schnell raus. Er möchte Lonan und Horus sicherlich auch kennenlernen."

Kaum hat Karla die Tür zur Küche geöffnet, stürzt Spike auch schon heraus und rennt auf Horus zu. Antonia stockt der Atem, denn es sieht so aus, als würde ihr Hund Horus angreifen wollen. Sie versucht noch, ihn zurückzuhalten, aber Spike springt mit voller Wucht an ihr vorbei und reißt Horus von den Füßen, bevor einer von ihnen reagieren kann. Er legt sich mit seinem großen Körper auf den deutlich kleineren Hund und schleckt ihm freudig über das Hundegesicht. Horus scheint das zu gefallen.

„Oh Gott, was habe ich mich erschrocken!", entfährt es Antonia.

„Frag mich mal!", sagt Lonan. „Wer ist das denn?"

„Das ist Spike! Er gehört zu mir."

Die Freude der beiden Hunde ist unbeschreiblich groß. Als hätten sich zwei Brüder nach langer Zeit wiedergefunden.

„Kennen die sich?", fragt Flinn.

Antonia und Lonan antworten gleichzeitig: „Nein!"

In diesem Moment steht Spike auf und läuft auf den Rasen. Horus folgt ihm. Gemeinsam setzen sich die Hunde in die Mitte des Grundstücks und Spike schaut hinauf in die Krone der Buche. Horus folgt seinem Blick, schnüffelt aufgeregt und bellt zweimal freudig. Der Sperber antwortet mit einem lauten Schrei, der nicht weniger freudig klingt.

Daniel blickt irritiert in die Runde und wendet sich dann an Lonan. „Also Lonan, eigentlich dachten wir, dass du uns helfen kannst, ein paar Fragen zu beantworten. Aber so wie es aussieht, bringst du uns eher noch ein paar zusätzliche Rätsel mit."

Lonan blickt zu dem Sperber hinauf und sagt leise: „Ich habe keine Ahnung, was hier vor sich geht!"

/11/

Es ist ein langer Abend geworden. Erst gegen ein Uhr morgens fällt Antonia müde ins Bett. Flinn und sie haben Lonan ausführlich erzählt, was in den letzten Tagen passiert ist. Sie haben Details ausgetauscht, Fragen beantwortet, Mutmaßungen angestellt und Wahrscheinlichkeiten abgewogen. Einer brauchbaren Erklärung sind die drei dabei nicht näher gekommen.

Fakt ist, dass Lonan die Aura der Genius spüren kann, obwohl er selbst keiner ist, oder besser gesagt, obwohl er selbst nie eine Aura entwickelt hat. Antonia hat erst gedacht, ihm ginge es vielleicht wie ihr, dass seine Aura nur in besonderen Momenten spürbar ist. Aber Lonan ist bereits zwei Jahre älter als sie und seine Aura hat sich noch nie gezeigt, sodass es alle für mehr als unwahrscheinlich halten, dass sie sich in der Hinsicht ähneln. Es scheint eher so, als würden sie sich ergänzen. Lonan, der keine eigene Aura hat, aber die Genius-Aura spüren kann, und Antonia, die zwar keine Aura empfangen kann, aber in bestimmten Situationen eine klare Aura ausstrahlt. Aber auch diese Überlegungen haben die Runde nicht weitergebracht.

Lonan kann auf jeden Fall nichts von Antonias Aura spüren. Er hat sich bei ihr für seine forsche Begrüßung entschuldigt, hatte aber eine gute Begründung. „Tut mir leid, Antonia“, hat er gesagt. „Eigentlich komme ich neuen Bekanntschaften nicht so nah, aber es gab ja immerhin die theoretische Wahrscheinlichkeit, dass du deine Aura bewusst beeinflussen kannst und aus welchen Gründen auch immer vor uns verbirgst. Daher dachte ich, wenn ich dich mit zwei Wangenküssen überrumpele, lässt du deine Tarnung vielleicht fallen, und bei einer Berührung von Haut zu Haut ist mir bisher noch keine Genius-Aura verborgen geblieben. Aber in der Tat: Ich spüre nichts! Es fällt mir schwer zu glauben, dass du jemals ein Energiefeld erzeugt hast." Dann hat er nachdenklich innegehalten, bevor er fortfuhr: „Ist es vielleicht möglich, dass ein anderer Genius in der Nähe und für das Energiefeld verantwortlich war? Vielleicht Flinn? Weil er Antonia schützen wollte?"

So ist es den ganzen Abend hin und her gegangen – immer neue Ideen, mögliche Erklärungen, die aus immer anderen Gründen falsch sein mussten. Sie kamen einfach nicht weiter und keine ihrer Vermutungen beantwortete die wichtigsten Fragen: Warum sind die Toka wieder aufgetaucht? Waren es überhaupt Toka, die Antonia angegriffen haben? Warum haben sie ihr nichts anhaben können? Warum verhält sich Horus so sonderbar und weicht Antonia nicht von der Seite? Und was hat es mit dem Sperber auf sich?

Antonia ist völlig erschöpft, aber dankbar dafür, dass sie auch am Abend von Panikattacken verschont wurde. Im Gegenteil. Trotz all der Fragen und unerklärlichen Umstände hat sie sich schon lange nicht mehr so zu Hause gefühlt wie am heutigen Abend. Sie hat mit Menschen an einem Tisch gesessen, mit denen sie eine besondere Geschichte verbindet – die Geschichte der Genius. Sie gehört dazu, man passt auf sie auf, man nimmt sie ernst. Wie lange ist es her, dass sie so empfunden hat. Nicht mehr seit dem Tod ihrer Eltern. Über den Gedanken an die sonderbaren Umstände, die sie mit Flinn und seiner Familie zusammengeführt hat, schläft Antonia ein.

Im Zimmer gegenüber liegt Flinn noch wach. Obwohl auch er sehr daran interessiert ist, den Ereignissen der letzten Tage auf die Spur zu kommen, beschäftigen ihn doch ganz andere Gedanken. Soll er sich Antonia nach dem heutigen Tag aus dem Kopf schlagen? Die fast magische Begrüßung zwischen Lonan und Antonia erzeugt noch immer einen Schmerz in seiner Brust. Flinn kennt dieses besondere Mädchen erst seit wenigen Tagen und dennoch reichen die paar gemeinsamen Stunden aus, um eine Begeisterung für sie zu empfinden, die längst die Oberflächlichkeit verlassen hat. Er darf Antonia nicht noch weiter unter seine Haut lassen. Er darf sich nicht Hals über Kopf in jemanden verlieben, der für ihn unerreichbar ist. Denn seit Lonans Auftauchen ist Flinn sich sicher, dass er bei Antonia nicht landen kann. Sie ist auch ohne Lonans Erscheinen eigentlich eine Nummer zu groß für ihn. Doch wenn er ehrlich zu sich ist, hat er die Kontrolle über seine Gefühle längst verloren. Mit jedem ihrer Lächeln, jedem tiefgründigen Kommentar, jeder klugen Bemerkung und jeder Bewegung durch ihr Haar ist seine Leidenschaft für sie gewachsen. Während sich beim Abendessen alle anderen den Kopf darüber zerbrochen haben, was die nächsten Schritte sein könnten, wie die Ereignisse zusammenhängen mögen und was man noch alles zur Klärung unternehmen sollte, hatte Flinn einzig und allein Bilder von Antonia im Kopf und das unbändige Verlangen, ihr Gesicht in seine Hände zu nehmen. Kaum eine Frage hat er mitbekommen und seine spontan gestammelten Antworten ließen ihn nicht weniger dämlich aussehen als beim Mittagessen. Antonia war so in die Genius-Welt versunken, dass sie nicht bemerkt hat, wie oft

Flinn zu ihr geschaut hat, wie lange sein Blick an ihren Lippen hing und wie nachdenklich er war. Flinn hofft schwer, dass es auch den anderen nicht aufgefallen ist. Wobei sein Vater ihn anscheinend bereits durchschaut hat, denn nur so kann er dessen Gute-Nacht-Gruß deuten. ‚Schlaf gut, mein Junge! Und träum was Schönes!'

Eigentlich eine unauffällige Bemerkung, wenn sie nicht durch ein wissendes Zwinkern ergänzt worden wäre. *Träum was Schönes! Na herzlichen Dank auch,* denkt Flinn. *Ich werde vermutlich kein Auge zubekommen.*

Und genauso ist es. Er braucht lange, bis er in einen leichten Schlaf fällt, ununterbrochen das Bild von Antonias grünen Augen und ihren geschwungenen Lippen vor Augen.

Lonan hingegen wird schnell von seiner Müdigkeit übermannt. Er hat kaum Zeit, den Abend Revue passieren zu lassen, bevor er in einen unruhigen Schlaf fällt. Mehrfach wird er kurz wach und lauscht in die Dunkelheit, als würde er mit einer Gefahr rechnen. Träume jagen ihn durch die Nacht, als müssten sie ihm in kürzester Zahl unzählige Botschaften senden …

Lonan steht am Fenster des Arbeitszimmers, das in den Teil des Gartens blicken lässt, in dem sich die Eiche befindet. Er sucht in der Baumkrone nach der Silhouette des Sperbers. Es dauert nicht lange, bis er dessen Schwingen entdeckt.

‚Was führt dich hierher?', fragt er den Greifvogel. ‚Was ist es, das du uns sagen willst?'

Lonan erhält keine Antwort. Er ist sich sicher, dass dieser Greifvogel eine besondere Bedeutung hat. Und auch er glaubt, dass der Sperber zu Antonias Schutz hier ist.

Plötzlich fühlt sich Lonan beobachtet. Mit klopfendem Herzen dreht er sich um, blickt achtsam durch das Arbeitszimmer. Nichts Verdächtiges zu sehen. Sein Gefühl hat ihn wohl getäuscht. Er wendet sich wieder dem Fenster zu und erstarrt. Auf der anderen Seite des Fensters, nur wenige Zentimeter von ihm entfernt, steht eine dunkle Gestalt, das Gesicht unter einer schwarzen Kutte verborgen. Die Gestalt hebt langsam ihre rechte Hand und entblößt ein Messer, dessen glänzende Klinge in Blut getränkt ist.

Lonan stockt nur kurz der Atem. Er spürt weder Angst noch Panik. Im nächsten Moment scheint sich das Fensterglas auflösen zu wollen, als wolle es der Gestalt den Weg ins Innere des Arbeitszimmers freigeben. Lonan begibt sich wie selbstverständlich in eine kampfbereite Position, die Fäuste schützend vor dem Gesicht, mit den Unterarmen seinen Torso bedeckend. Doch bevor die Scheibe sich endgültig auflöst, gewinnt sie überraschend wieder an Stabilität und ein milchiger Schleier breitet sich auf ihr aus. Lonan kann nicht mehr durch das Glas hindurchsehen. So schnell, wie der milchige Schleier erschienen ist, löst er sich wieder auf. Das Bild klärt sich.

Die Gestalt ist verschwunden, aber ein sonderbares Licht liegt über dem Garten. Lonan tritt die letzten Zentimeter an die Scheibe heran und blickt auf den Rasen. Er schaut auf den am Boden liegenden Körper des Sperbers. Der Kopf des stolzen Vogels ist abgetrennt und nicht zu sehen. Lonans Blick wandert nach links und er entdeckt einen blutroten Schriftzug auf den hellgrauen Terrassenfliesen: WAHRHEIT VERLANGT SCHMERZ. Daneben ein Kopf ohne Körper. Das Blut läuft pulsierend aus den abgetrennten Adern. Es ist nicht der Kopf des Sperbers. Lonan blickt in ein einzelnes bernsteinfarbenes Auge.

/12/

Schweißgebadet und nach Luft ringend erwacht Lonan aus seinem Traum. Sein hektischer Blick sucht nach Horus. Als er den Hund friedlich schlafend am Fuß seines Bettes entdeckt, dringt wieder Sauerstoff in seine Lungen. Erleichtert lässt er sich ins Kissen fallen. Ein Blick auf sein Handy verrät die aktuelle Uhrzeit. 5:45 Uhr. Recht früh für einen Montag, zumal der Abend lang war. Die anderen werden vermutlich noch schlafen.

Etwas benebelt von dem Albtraum atmet Lonan tief durch. Es braucht ein paar Minuten, bis er sich wieder gefangen hat und die Illusion, die so real schien, verdaut hat. Er klopft auf den kleinen freien Platz neben sich, das Stück der Matratze, das nicht von seinem Oberkörper bedeckt wird. Horus lässt sich nicht zweimal bitten und kuschelt sich neben Lonan in die weichen Decken. Lonan vergräbt sein Gesicht in das Fell des Hundes und denkt nach. Nachdem sie gestern nicht mehr darüber entschieden haben, wie sie nun weiter vorgehen werden, kommt ihm nun eine Idee. Sie wird den anderen nicht gefallen. Vor allem Flinn nicht. Es war gestern nicht zu übersehen, dass der Typ haltlos in Antonia verknallt ist.

Gute drei Stunden später sitzen die fünf gemeinsam beim Frühstück in der bereits recht hoch stehenden Morgensonne. Nachdem Antonia mehrfach versichert hat, dass niemand auf sie wartet, weil ihre Tante ja verreist ist, war schnell klar, dass sie vorerst bei den Wetteraus bleiben wird. Lonan hat angeboten, sich in einer Pension in der Nähe einzuquartieren, aber

Karla wollte davon nichts hören. Also stehen ihm noch ein paar weitere Nächte in dem überschaubar bequemen Klappbett bevor. Das Bad teilt er sich mit Antonia, was für keinen von beiden ein Problem darstellt. Nur Flinn schaut zerknirscht aus der Wäsche, als Karla den Vorschlag macht.

Lonan ist guter Dinge und freut sich nach dem gestrigen Reisetag auf eine ausgiebige Dusche. Er verschlingt sein Frühstück geradezu. Jetzt muss er nur noch die anderen von seiner Idee überzeugen und dann können sie gemeinsam Pläne schmieden.

„Ich habe mir ein paar Gedanken dazu gemacht, wie wir weiter vorgehen können."

Alle Blicke richten sich auf ihn.

„Und? Raus damit!", ermutigt ihn Daniel, dessen Schicht in der Klink heute erst am späten Vormittag beginnt.

„Nun, wir sollten zuerst unsere Annahmen überprüfen, bevor wir die weiteren Schritte planen. Unsere erste Annahme ist, dass die Angreifer Toka waren. Also lasst uns herausfinden, ob das stimmt."

„Das klingt einleuchtend", sagt Flinn. „Aber wie willst du das rausfinden? Wir haben leider keine Videoaufnahme, die wir uns mal eben schnell angucken können."

„Ja, ich weiß. Das meine ich ja auch nicht", entgegnet Lonan.

„Und, was machen wir also?", fragt Flinn fast etwas provozierend.

„Ganz einfach! Wir sorgen dafür, dass sie ein weiteres Mal angreifen."

„Das halte ich für keine gute Idee", erwidert Karla, ohne zu zögern.

Lonan entgegnet: „Ich bin ein Nachfahre von Chatan und kann damit nicht nur Genius, sondern auch Toka spüren. Und zwar, obwohl deren Aura durch das Abwenden von der Lebensenergie fast bis zur Unkenntlichkeit verkümmert ist. Ich nehme an, dass das einer der Gründe dafür ist, warum ihr mich angerufen habt. Ihr erwartet, dass ich spüre, wenn sich Toka in der Nähe aufhalten. Nun, ich möchte euch gern mein Können unter Beweis zu stellen. Ich wurde selbst über längere Zeit von diesen Typen beobachtet. Das habe ich euch gestern ja erzählt. Ich wusste damals in jeder Sekunde, wie viele es waren und wo sie waren, solange sie sich in einem Umkreis von etwa hundert Metern um mich herum aufgehalten haben. Lasst uns also die Typen anlocken und dann verschwinden, sobald ich sie eindeutig identifizieren konnte. Dann wissen wir es ein für alle Mal und müssen nicht länger Vermutungen anstellen. Wir locken die Kerle aus ihrem Versteck!"

„Und danach sind wir vielleicht tot", ergänzt Flinn.

„Wir werden natürlich vorbereitet sein!", erwidert Lonan.

Daniel entgegnet: „Bei allem Respekt vor deinem Mut, Lonan. Aber das ist Wahnsinn."

„Hat jemand eine bessere Idee?", wirft Lonan ein.

Die anderen schauen sich ratlos an.

„Na also!", ruft er triumphierend. „Wir können doch nicht allen Ernstes einfach hier sitzen und abwarten, was passiert. Im schlimmsten Fall waren es wirklich Toka und die sitzen jetzt vielleicht irgendwo und planen ihren Angriff. Ich wäre gerne vorbereitet auf das, was uns noch erwartet. Und dazu müssen wir agieren. Wer nur reagiert, sitzt meist am kürzeren Hebel."

Daniel bremst ihn: „Du hast ja vollkommen recht, aber ich halte das trotzdem für zu gefährlich. Wie sollen wir die Toka überhaupt anlocken?"

Lonan blickt zu Antonia. „Nun ja, wir haben doch das optimale Lockmittel!"

Flinn protestiert heftig: „Spinnst du nun vollkommen? Du willst Antonia als Köder benutzen? Da mache ich nicht mit!"

„Willst du stattdessen wochenlang hier sitzen und abwarten, bis die Toka einen Plan gefasst haben, dem auch Antonias Energiefeld nicht gewachsen ist?", kontert Lonan unbeeindruckt von Flinns Abwehr.

Antonia unterbricht die beiden: „Lonan hat recht. Es deutet alles darauf hin, dass diese Typen es auf mich abgesehen haben. Hier rumsitzen und abwarten, bringt uns nicht weiter. Und wer weiß, vielleicht bekommen wir dann auch Klarheit über meine Genius-Aura. Vielleicht zeigt sich die nur, wenn ich einem Toka begegne. Auch wenn es riskant ist, alles ist besser, als einfach abzuwarten."

Daniel und Karla schauen sich an.

Karla versucht es erneut: „Lasst uns erst mal weiterüberlegen und sehen, ob uns nicht doch etwas anderes einfällt. Vielleicht finden wir ja heraus, was der Sperber mit allem zu tun hat. Wir gehen schließlich davon aus, dass er Antonia gezielt gefolgt ist, und so, wie es aussieht, gibt es irgendeine Verbindung zwischen Spike, Horus und dem Vogel. Wenn wir herausfinden, was das zu bedeuten hat, kommen wir des Rätsels Lösung vielleicht näher."

Daniel pflichtet ihr bei: „Ich schließe mich Karla an. Lasst uns versuchen, einen anderen Weg zu finden. Wenn wir dann nicht weiterkommen, können wir immer noch ein Himmelfahrtskommando starten."

Flinn reagiert eindeutig: „Egal ob wir einen anderen Weg finden oder nicht, da mache ich nicht mit! Ich werde nicht zusehen, wie wir Antonia als Lockvogel für diese durchgeknallten Toka-Typen benutzen." Damit stürmt er wütend in sein Zimmer.

Daniel wendet sich an Antonia: „Bitte versteh mich nicht falsch. Wir werden ganz sicher nichts tun, was dich ernsthaft in Gefahr bringt. Keine leichtfertigen Entscheidungen. Das verspreche ich dir."

Lonan schließt sich an: „Antonia, es ist nicht meine Absicht, unüberlegt zu handeln. Was immer auch geschieht, ich werde dafür sorgen, dass dir nichts passiert."

Antonia nickt dankend und sagt: „Aber ich werde sicher auch nicht zulassen, dass sich jemand von euch meinetwegen einem Risiko aussetzt. Eigentlich ist das hier alles schließlich irgendwie mein Problem."

„Oh nein", widerspricht Karla vehement. „Das ist hier alles andere als nur dein Problem. Das ist das Problem aller Genius oder besser gesagt, das Problem aller Menschen!"

Daniel nickt. „Karla hat vollkommen recht. Ich schlage vor, wir setzen uns heute Nachmittag zusammen und entscheiden, wie unsere nächsten Schritte aussehen. Bis dahin kann jeder darüber nachdenken, welche Risiken wir gemeinsam eingehen wollen und welche nicht."

Karla, Antonia und Lonan stimmen zu.

„Ist es okay, wenn ich mich ein paar Minuten mit Antonia allein unterhalte?", fragt Lonan vorsichtig. „Es ist wichtig!"

Karla und Daniel schauen erst etwas überrascht, stimmen aber natürlich direkt zu.

„Kein Problem“, sagt Daniel. „Wir überlassen euch die Terrasse. Ich muss eh herumtelefonieren und herausfinden, ob jemand aus unserem Netzwerk sich einen Reim auf diese Hunde-Sperber-Geschichte machen kann.“

Die beiden gehen nach drinnen und lassen Lonan und Antonia allein auf der Terrasse zurück.

Antonia wendet sich an Lonan: „Gibst du mir fünf Minuten? Ich möchte kurz nach Flinn sehen. Ich weiß, dass er es nur gut meint.“

„Ja, klar. Rede mit ihm. Ich warte hier.“

/13/

Flinns Zimmertür ist geschlossen.

Antonia klopft vorsichtig und erhält eine prompte Antwort: „Nicht jetzt, Dad!"

„Ich bin's …", dringt Antonias Stimme durch die Tür.

„Oh, sorry. Einen Moment."

Antonia hört geschäftiges Räumen und kurz darauf ein „Komm rein!".

Flinn sitzt auf seinem Stuhl am Schreibtisch. Jardy hat es sich auf dem kleinen Teppich in der Zimmermitte bequem gemacht.

„Kann ich kurz mit dir sprechen?"

„Ja, klar, setz dich doch." Flinn zeigt auf sein Bett, das er scheinbar gerade erst so halbwegs gerichtet hat.

„Danke!" Kaum hat sich Antonia niedergelassen, springt Jardy neben sie, rollt sich ein und platziert wie selbstverständlich seinen Kopf auf ihren Beinen.

„Er mag dich!", stellt Flinn fest.

Antonia lächelt. „Ja, sieht fast so aus. Ich mag ihn auch. Er hat so ein sanftes Wesen, weiß aber genau, was er will."

Flinn lacht: „Oh ja, das hast du gut erkannt. Man könnte auch von einem ziemlichen Dickkopf sprechen."

„Hat er das von dir?", fragt sie zwinkernd.

Flinn blickt auf seine Hände und kommt aus der Deckung. „Ich hab keinen Dickkopf. Ich mache mir einfach nur Sorgen um dich."

„Das weiß ich zu schätzen."

„Man sieht Lonan an, dass er es echt draufhat, aber bitte lass dich nicht dazu hinreißen, dich in Gefahr zu bringen, weil du glaubst, er könne dich vor allem beschützen. Nach all dem, was Lonan uns gestern über die Toka erzählt hat, ist mit denen echt nicht zu spaßen!“

„Wie kommst du darauf, dass ich Lonan als einen Beschützer sehe?“

„Na komm schon, sieh ihn dir mal an! Dazu eignet er sich doch perfekt. Und ihr versteht euch ja bestens. Was ich völlig nachvollziehen kann. Aber …“

„Aber was?“

„Ach, ich weiß auch nicht.“

„Flinn, was ist los?“

„Ach, nichts! Pass einfach auf dich auf, ja?“

„Das werde ich ganz bestimmt.“ Sie schaut ihm in die Augen und Flinns Knie werden so weich, dass er wahrscheinlich umgekippt wäre, säße er nicht eh schon auf einem Stuhl.

„Diese Geschichte der Toka ist auch so etwas, das eigentlich in Fantasyfilme gehört, aber nicht in mein Leben.“ Antonia seufzt.

„Ja, da hast du recht“, sagt Flinn. „Klingt wie eine Lagerfeuergeschichte. Chatan, der älteste Sohn des angesehenen Stammes der Kapaheos, wird von seinen beiden Brüdern Achak und Hassun ermordet. Und so weiter …“

„Und Lonan ist der einzige lebende Nachkomme Chatans. Schon verrückt, oder?“ Antonias Gedanken schweifen zum gestrigen Abend, an dem Lonan seine Geschichte oder besser gesagt, die Geschichte seiner Familie erzählt hat.

Chatan war demnach ein sehr starker und feinfühliger Genius, der nach dem frühen Tod seines Vaters das Oberhaupt der kleinen Familie war. Er hatte zwei Brüder, Achak und Hassun, die gemeinsam mit ihm und der Mutter in einem Reservat für Native Americans lebten.

Chatan lernte eine Europäerin kennen und lieben, die dann bei ihm und seiner Familie lebte, wenngleich die Familie sich nie daran gewöhnte, dass er mit einer Weißen verheiratet war. Es war eine schwere Zeit für Chatans Frau und seine kleine Tochter Greta. Chatan verlor durch die ungleiche Hochzeit mehr und mehr die Achtung innerhalb des Stammes der Kapaheos und zog daher mit seiner kleinen Familie in ein Haus außerhalb des Reservats. Seine Frau wäre gern in ihre Heimat Deutschland zurückgekehrt, doch das ging nicht. Durch sein Krafttier, den Habicht, war Chatan an den Ort gebunden. Nur wenige Genius haben eine so starke Verbindung zum Netz des Lebens, dass sich ein Krafttier an sie bindet. In der Regel findet man dies nur bei den Angehörigen von Naturvölkern und auch dort nicht oft. Krafttiere verleihen den Genius eine besondere psychische Stärke, Weisheit und klare Gedanken. Zudem intensivieren sie die Verbindung zum Netz des Lebens und machen ihre Genius außerordentlich feinfühlig für andere Lebewesen.

Die Brüder Chatans, Achak und Hassun, wollten immer an die Bedeutung Chatans herankommen und lebten intensiv nach den Werten und der Moral der Genius. Sie setzten sich sehr für den Erhalt der natürlichen Lebensräume in Nordamerika ein, erlitten aber regelmäßig Rückschläge bei ihren Bemühungen und mussten vielfach mit ansehen, wie natürliche Lebensräume und zum Teil auch heilige Stätten ihres Stammes der Profitgier skrupelloser Investoren zum Opfer fielen. Mit jeder Niederlage wuchs ihr Hass auf die Menschen. Dieser innere Hass führte dazu, dass ihre Verbindung zum Netz des Lebens immer mehr an Intensität verlor, als würde die Lebensenergie sie dafür strafen, dass sie sich von den Menschen abwendeten. Achak und Hassun merkten diese Veränderung natürlich auch und erlagen ihrer Verzweiflung darüber, dass sie bei dem Bestreben, starke Genius zu werden, genau das Gegenteil erreichten. Ihr Hass auf die Nicht-Genius wurde immer größer, bis sie schließlich zu der Erkenntnis kamen, dass der Planet nur gerettet werden könne, wenn die Menschheit gänzlich ausgelöscht wäre. Plötzlich wurden die Ziele der Disorder, die Vernichtung der Menschheit, auch zu den Zielen Achaks und Hassuns sowie einer kleinen Gruppe weiterer Anhänger ihrer verqueren Ideale. Sie nannten sich nicht weiter Genius, sondern Toka. Ihre Anhänger formten den Toka-Clan – eine Handvoll Genius, die es sich zum Ziel gesetzt hatten, weitere Genius auf ihre Seite zu ziehen. Ihre Vision war es, dass sich eines Tages alle Genius vom Netz des Lebens abwenden würden, sodass die Lebensenergie die Menschheit nicht mehr als schützenswert einstufen würde. Die Folgen wären für die Menschheit im wahrsten Sinne des Wortes vernichtend. Denn nur die Existenz der Genius veranlasst die Lebensenergie dazu, die Menschheit zu verschonen. Noch. Als wären die Genius ein Beweis dafür, dass die Menschheit sich eines Tages als Spezies zum Guten entwickeln kann.

Chatan stellte sich vehement gegen seine Brüder und deren Ideale. Achak und Hassun verurteilten ihn dafür so sehr, dass sie mit allen Mitteln versuchten, seine Genius-Aura zu schwächen. Dazu taten sie etwas Unverzeihliches und töteten den

Habicht, das Krafttier Chatans. Chatan war außer sich und in seiner Wut stellte er sich kämpferisch seinen Brüdern. In diesem Kampf wurde er getötet und verabschiedete sich mit den Worten von der Welt: ‚Meine Ahnen werden eure Taten rächen.'

Seitdem leben Achak und Hassun, beide mittlerweile sehr alt, in der ständigen Angst vor der Rache des starken Chatan und bedrohen jeden Genius aus Chatans Abstammungslinie. Sie rechnen damit, dass eines Tages ein Genius-Nachkomme Chatans geboren wird, der sie alle vernichten wird.

Die Toka sind zwar weiterhin mit dem Netz des Lebens verbunden, aber ihre Verbindung ist so schwach geworden, dass sie nicht mehr als Genius-Aura spürbar ist. Im Gegenzug können sie selbst kaum noch die Aura anderer Genius spüren, es sei denn, diese sind besonders mächtig. Davon ausgenommen sind Genius der eigenen Familie. Denn aufgrund der Blutsverwandtschaft können die Toka jeden Genius ihrer Familie erspüren. Dass auch Lonan die Toka spürt, obwohl er kein Genius ist, verdankt er seiner besonderen Feinfühligkeit. Seine hypersensible Reaktion auf Auren ist einmalig und nicht zu erklären.

Der Toka-Clan bestand niemals aus mehr als etwa zwanzig Personen. Im Vergleich zu den vermutlich um die 20.000 Genius weltweit ist das eine verschwindend geringe Zahl. Sie haben es nie geschafft, ausreichend Genius von ihrer Idee zu überzeugen. Also dümpelt der Toka-Clan seit vielen Jahren so vor sich hin. Für die Genius sind sie keine wirkliche Gefahr, doch für die Erben Chatans sind sie eine ernste Bedrohung.

„Die Geschichte der Toka erklärt überhaupt nicht, weshalb sie hinter mir her sind. Oder sie ist ein Beweis dafür, dass sie mich verwechseln." Antonia atmet laut aus.

„Tja, da hast du völlig recht. Das alles bringt kein Licht ins Dunkel", sagt Flinn und ergänzt: „Auch wenn Chatans Frau nach dessen Tod in ihre Heimat Deutschland gezogen ist, so hatte sie nur eine Tochter: Greta. Du hast nicht zufällig eine Großmutter, die Greta heißt?"

Antonia lacht. „Nein, da bin ich mir sicher."

„Schon verrückt, diese Toka, oder? Permanent voller Angst vor Chatans Erben. Sie haben Greta ihr Leben lang beobachtet, ließen sie aber in Ruhe, da sie selbst keine Genius war und somit nicht als Gefahr galt. Und Greta selbst bekam auch nur eine Tochter, Jona, und später einen Enkel, Lonan."

„Doch Lonan ist kein Genius und seine Mutter war auch keine. Zum Glück, denn damit waren sie außer Gefahr." Antonia schüttelt ungläubig den Kopf. „Ob sie sie umgebracht hätten, wenn sie Genius gewesen wären?"

Flinn sagt nachdenklich: „Keine Ahnung! Aber eines ist sicher: Das ist eine Menge Vergangenheit, die Lonan so mit sich rumschleppt."

„Ja, das stimmt. Apropos Lonan, er wollte mir noch was erzählen. Ich gehe mal zu ihm." Langsam erhebt sie sich.

„Klar." Flinn sieht ihr nach.

Als Antonia bereits an der Zimmertür angekommen ist, dreht sie sich nochmals zu Flinn um. „Danke!"

Flinn schaut sie irritiert an. „Wofür?"

„Einfach für alles. Dafür, dass du mir am Freitag geholfen hast. Dafür, dass du mich am Samstag im Wald gefunden und hierhergebracht hast. Dafür, dass du Spike gerettet hast." Nach einer kurzen Pause setzt sie sich wieder in Bewegung, geht auf Flinn zu und nimmt seine Hand. „Und ganz besonders dafür, dass du dir Sorgen um mich machst.“ Sie drückt kurz seine Hand, lässt los und verlässt das Zimmer.

Zurück bleibt ein völlig überforderter Flinn.

/14/

„Alles okay bei Flinn?“, fragt Lonan, als Antonia auf die Terrasse zurückkehrt.

„Ja, ich glaube schon“, sagt sie. „Er ist ein sehr fürsorglicher Mensch und möchte mich vermutlich kein drittes Mal aus einer gefährlichen Situation retten müssen.“

„Ich bezweifele, dass es ihm um reine Fürsorge geht.“

Antonia tut so, als hätte sie Lonans Kommentar überhört. In ihrem Bauch tummeln sich gerade eine Menge übergroßer Falter. Woher sie den Mut genommen hat, einfach auf Flinn zuzugehen und seine Hand zu nehmen, kann sie sich selbst nicht erklären. Ihre Finger zittern noch immer von der Berührung. Antonia verschränkt beide Hände hinter dem Rücken, damit Lonan nicht auffällt, dass sie erheblich durcheinander ist.

„Und bei dir? Auch alles okay?“ Lonan mustert sie mit leicht zusammengekniffenen Augen.

„Ja, klar! Alles bestens“, sagt sie schnell. „Ähm … was wolltest du denn mit mir besprechen?“

„Ich … also weißt du, ähm …“ Jetzt fällt es Lonan schwer, die richtigen Worte zu finden. „Ich will nicht, dass du denkst, ich würde leichtsinnig handeln. Und deshalb wollte ich dir versichern, dass ich weiß, was ich mir zutrauen kann und was nicht. Ich werde die Toka spüren können, lange bevor du in Gefahr gerätst. Und wir werden einen Ort finden, an dem sie dich auch dann nicht angreifen werden, wenn ich mich verschätze. In Ordnung?“

„Ja! Ist okay. Ich … ich vertraue dir.“

Lonan schaut Antonia überrascht an. „Habe ich das richtig gehört? Du vertraust mir? Du kennst mich doch kaum."

„Nein, also … doch", versucht Antonia zu erklären. „Ich meine, ich vertraue Horus. Er hat etwas an sich, das mir die Gewissheit gibt, dass du ein guter Mensch bist. Sonst wäre er nicht an deiner Seite."

„Wow. Das ist cool! Danke!" Lonan macht eine kurze Pause, bevor er fortfährt. „Tja, da Horus dich ziemlich klasse findet, kann auch ich mir sehr sicher sein, dass du in Ordnung bist."

„In Ordnung?" Antonia schaut Lonan schmunzelnd an.

„Sorry, das sollte nicht so platt klingen. Du bist, na ja, sagen wir es mal so … außergewöhnlich."

Antonia wird rot und schaut verlegen auf ihre Hände. „Klar, ich bin ja auch so eine Art Anomalie – mit dieser verworrenen Nicht-richtig-Genius-aber-irgendwie-doch-voller-Energie-Geschichte."

„Antonia, bitte versteh mich nicht falsch. Das sollte keine Anmache sein oder so. Also kein Grund, rot zu werden." Lonan zwinkert ihr zu.

Etwas verlegen senkt sie den Blick und gibt sich dann einen Ruck. „Na ja, dass man in deiner Nähe etwas unsicher wird, ist doch … vermutlich normal, oder?"

Provokant lehnt sich Lonan zu ihr hinüber: „Sag bloß du findest mich attraktiv?!" Dabei zwinkert er ihr erneut zu.

„Du bist blöd!", sagt sie scherzhaft. „Nein, ich meine, also …" Antonia kneift die Augen zusammen. „Das ist ein komisches Gespräch!"

„Ja, du hast recht." Lonan lacht.

Sie beugt sich zu ihm und boxt ihn scherzhaft in den Arm. „Bild dir jetzt mal ja nichts ein, klar?“

Gemeinsam versuchen sie, die sonderbare Situation zu entspannen, und beginnen zu lachen.

„Na, welchen Spaß habe ich verpasst?“, fragt Flinn und tritt auf die Terrasse.

Als fühlte Antonia sich ertappt, rückt sie ruckartig ein Stück von Lonan weg.

„Gar nichts, nur einen Scherz“, antwortet Lonan. „Setz dich doch. Ich wollte eh gerade unter der Dusche verschwinden.“

Lonan steht auf, klopft Flinn auf die Schulter und verschwindet Richtung Arbeitszimmer, um sich frische Klamotten zu holen.

Flinn, der vor wenigen Minuten beschlossen hat, das Feld nicht kampflos zu räumen, fasst seinen ganzen Mut zusammen. Ungefragt nimmt er Antonias Hand. „Komm mit, ich will dir was zeigen.“

Die Horde wilder Falter in Antonias Magengegend gerät erneut in heftigen Aufruhr. Ihr Herz springt gegen die Brust, als sie merkt, dass Flinn ihre Hand nicht loslässt, obwohl sie ihm bereitwillig folgt.

Er führt sie ans hintere Ende des Gartens, das sie bisher nicht einsehen konnte. „Schau mal!“ Er zeigt auf einen großen blühenden und duftenden Lavendelstrauch, um den sich zahlreiche Insekten versammelt haben. „Siehst du diesen hübschen Kerl dort?“

Antonia schlägt die Hände vor den Mund: „Flinn, das ist der kleine Vogel, der mir im Wald begegnet ist!“

„Das dachte ich mir. Deiner Beschreibung nach zu urteilen, war eigentlich klar, dass es ein Taubenschwänzchen sein muss. Dieses hier ist sicherlich nicht genau das Individuum, das du getroffen hast. Aber eines seiner Art.“

„Taubenschwänzchen? Sieht aus wie ein Kolibri.“

„Kolibris gibt es bei uns in Deutschland nicht. Dieser kleine Kerl hier erinnert aber aufgrund seiner Größe, seines langen Rüssels und seiner außergewöhnlichen Art zu fliegen an einen Kolibri. Taubenschwänzchen gehören zu den Schmetterlingen.“

„Wow, er ist wunderschön!“ Antonias Bauch fühlt sich so an, als würden Tausende Taubenschwänzchen auch darin herumflattern.

„Ja, das ist er. Ich dachte mir, dass du dich freuen würdest zu sehen, dass das Tier, das du im Wald gesehen hast, keine Einbildung war.“

„Danke, Flinn. Das … das bedeutet mir wirklich viel!“

Flinn merkt, dass er noch immer Antonias Hand hält. Vorsichtig lässt er sie los. Dabei verliert er sich exakt so viele Sekunden zu lang in Antonias grünen Augen, um diesem Moment die Beiläufigkeit zu nehmen.

Sie lächelt ihn an und hebt die Hand. Wie eben in Flinns Zimmer entwickeln ihre Finger eine Art Eigenleben und drängen in seine Nähe. Antonia ist kurz davor, Flinns Gesicht zu berühren.

Da dringt plötzlich das Bellen von Spike aus dem Haus und ihre Hand schreckt zurück.

„Ich glaube, ich geh besser mal rein und schau nach Spike", sagt sie mit leicht geröteten Wangen. Sie dreht sich um und geht mit schnellen Schritten zur Terrassentür.

Flinn schaut ihr nach und genießt die Wärme, die sich in ihm ausbreitet. Es sieht alles danach aus, als hätte er Antonia kurzzeitig aus der Fassung gebracht. Er hebt die Augenbrauen und atmet tief ein und aus. Diesen Moment wird er erst mal auf sich wirken lassen und versuchen, seine Gefühle wieder halbwegs in eine alltagstaugliche Verfassung zu bringen. *Krass!* Das einzige Wort, das ihm dazu einfällt. Aber selbst dieses Wort kommt nicht an das heran, was er gerade empfunden hat. Ein Lächeln brennt sich in sein Gesicht.

Als Flinn kurz darauf zurück ins Haus geht, trifft er auf Daniel. „Geht's dir gut, Flinn? Du strahlst ja bis über beide Ohren!"

„Es ging mir nie besser", erwidert Flinn und beginnt tatsächlich zu pfeifen, als er an Daniel vorbei durch die Terrassentür tritt.

/15/

Antonia ist aufgewühlt. Eigentlich sollte sie sich Gedanken um ihre Sicherheit und ihre ungewisse Zukunft in der für sie völlig neuen Welt der Genius machen, doch stattdessen hat sie Bilder von Flinn und blöderweise auch welche von Lonan im Kopf.

„Das ist doch alles völlig verrückt. Es gibt wirklich Wichtigeres, womit ich mich beschäftigen sollte", murmelt sie leise vor sich hin. „Kaltes Wasser ins Gesicht – das sollte helfen."

Sie durchquert strammen Schrittes das Gästezimmer und öffnet schwungvoll die Tür zum Gästebad. Im gleichen Moment fällt ihr ein, dass Lonan duschen wollte. Sie kann sich gerade noch abbremsen und wäre um ein Haar in ihn hineingelaufen.

„Woah, immer langsam! Schleichst du mir jetzt schon in die Dusche hinterher?", fragt er augenzwinkernd.

„Sorry, nein, bin schon wieder weg", stammelt Antonia, dreht sich verlegen um und verlässt das Bad genauso schnell, wie sie hineingestürmt ist.

Na super! Ein weiteres Bild in meinem Kopf: Lonan, der mit locker um die Hüfte gebundenem Handtuch und nassen Haaren vor mir steht.

Kurz bevor sie auf den Flur tritt, dreht sie sich nochmals um. Dabei wirft sie wie zufällig einen Blick auf Lonans unbekleideten Oberkörper. Seine Tätowierungen sind bei Weitem nicht auf die Arme beschränkt. Verschiedenste Muster füllen seinen gesamten Oberkörper aus und ziehen sich in geschwungenen Linien den Nacken hinauf, bis sie mit seinem Haaransatz verschmelzen. Antonia ist so abgelenkt, dass sie Flinn, der ihr im Flur entgegenkommt, zu spät bemerkt und unsanft mit ihm zusammenstößt. Da Flinn um einiges größer ist als sie, läuft sie ihm in die Arme und ihr Kopf landet an seiner Brust.

„Hey, du hast es aber eilig!" Flinn nutzt den Zufall und fängt sie etwas zu offensichtlich mit beiden Armen auf. Antonia stößt ihn von sich und blafft ihn an: „Kann man in diesem Haus nicht mal eine Sekunde allein sein?"

Flinn schaut ihr irritiert nach, als sie an ihm vorbei nach draußen stürmt. Sein Blick fällt ins Gästebad, in dem Lonan weiterhin mit der Pflege seines Körpers beschäftigt ist. *In diesem Haus lebt im Moment definitiv ein Mensch zu viel!* Flinn verzieht sich in sein Zimmer. Krachend wirft er die Tür hinter sich zu.

Karla und Daniel, die sowohl das Schlagen der Tür als auch Antonias aufgebrachte Stimme gehört haben, schauen sich an.

„Alles klar bei denen?" Karlas Frage ist eher rhetorischer Natur.

Daniel antwortet dennoch. „Ich glaube, das ist der verzweifelte Versuch jugendlicher Hormone, beim Tanz den richtigen Takt zu finden."

„Oh, das können wir ja im Moment mal so richtig gut gebrauchen." Karla seufzt.

/16/

Antonia hat sich auf die Terrasse verzogen und sich einen Platz im Liegestuhl gesichert. Sie streichelt Spikes Kopf, was sie sofort beruhigt. Schon jetzt tut es ihr leid, Flinn so angefaucht zu haben. Sie schiebt den Gedanken beiseite und geht stattdessen im Kopf die Optionen durch, die sich ihr nun angesichts der neuen Wirklichkeit in der Welt der Genius bieten. Trotzdem schweifen ihre Gedanken immer wieder zu Flinn und seinem optimistischen Lachen, aber auch zu Lonans nacktem Oberkörper. Sie redet sich ein, dass es ausschließlich die außergewöhnlichen Tätowierungen sind, die ihre Aufmerksamkeit so fesseln.

„Hi, störe ich?"

Antonia hat Lonan nicht kommen hören und zuckt zusammen.

Er wartet ihre Antwort nicht ab und setzt sich auf den Stuhl neben sie.

Antonia schirmt die Sonne mit den Händen ab und schaut Lonan an. „Weißt du, das könnte eigentlich der perfekte Start in meine ersten Sommerferien an der neuen Schule sein. Blauer Himmel, Sonne satt und Spikes Fell zwischen meinen Fingern."

„Das Wörtchen ‚könnte' hat schon so manche Illusion zerstört", entgegnet Lonan.

Antonia beschließt, die Gelegenheit zu nutzen, sich selbst davon zu überzeugen, dass sie die Bedeutung hinter den Mustern auf Lonans Körper verstehen möchte und nur deshalb permanent an die Szene im Gästebad denkt. „Warum hast du all diese Tattoos? Haben die Zeichen eine Bedeutung?"

„Dachte ich mir doch, dass du etwas genauer hingeschaut hast." Lonan zwinkert ihr wieder zu.

Antonia funkelt ihn böse an. „Die sind schließlich nicht zu übersehen. Außerdem, hättest du die Tür abgeschlossen, so wie normale Menschen es tun, hätte ich dich nicht zufällig überrascht."

„Zufällig?" Lonan kann es offenbar nicht lassen, sie aufzuziehen. Kurz überlegt sie, ihn einfach sitzen zu lassen, doch Lonan hält sie zurück: „Sorry, ist nur Spaß! Ehrlich!"

„Und? Was bedeuten die Zeichen also?"

„Das ist eine etwas längere Geschichte."

„Ich habe gerade nichts anderes vor."

Lonan lacht. „Da ist aber jemand hartnäckig!"

„Davon kannst du ausgehen."

Er atmet einmal tief durch. „Also gut." Lonan streckt seinen rechten Arm aus. „Hier auf dem Arm siehst du verschiedene Zeichen, die ihren Ursprung in den Sprachen der Native Americans haben. Es sind Symbole für Eigenschaften, die ich eines Tages besitzen möchte. Dieses hier zum Beispiel", Lonan zeigt auf zwei ineinander liegende Rauten, in deren Mitte ein kleiner Kreis zu sehen ist, „das ist das Auge des Medizinmanns. Es steht für Weisheit. Und dieses hier", nun deutet er auf zwei parallel zueinander verlaufende Linien, „steht für Friedfertigkeit. An beidem mangelt es mir derzeit noch." Er zwinkert ihr erneut zu.

Das scheint eine seiner Methoden zu sein, dem Gegenüber niemals die Sicherheit zu geben, ob er das, was er gerade sagt, ernst meint.

„Ein mir besonders wichtiges Zeichen ist das hier.“ Ohne zu zögern, hebt er sein Shirt an und deutet auf zwei aufeinander zulaufende Pfeile, deren Spitzen auf einen Kreis deuten. „Es schützt mich vor ‚bösen Geistern‘, wie meine Vorfahren sie nannten. Böse Geister, also vor der Disorder.“

Das Zeichen nimmt Lonans gesamte Brust ein.

Antonia hebt die Hand, als wollte sie mit den Fingern darüberfahren, zieht sie dann aber wohlüberlegt wieder zurück. „Und dieses hier?“, fragt sie und deutet auf ein geschwungenes Zeichen, in dem sie einen menschlichen Kopf oder eventuell den eines Vogels zu erkennen glaubt. Es befindet sich direkt auf Lonans Solarplexus.

„Das ist Wakan Tanka. In unserer Sprache bedeutet das Lebensenergie.“

„In unserer Sprache?“, fragt Antonia. „Bist du denn nicht in Deutschland aufgewachsen?“

„Doch, ich bin in Deutschland geboren. Aber ich fühle mich meinen Vorfahren stark verbunden. Für mich ist Lakota wie eine zweite Muttersprache. Offensichtlich habe ich auch ein paar Gene von Chatan abbekommen.“ Er deutet auf sein Gesicht.

„Der dunkle Teint.“

Lonan nickt. „Ich trage beide Seiten der ungewöhnlichen Liebe zwischen meinem Urgroßvater und meiner Urgroßmutter in mir. Sie brachen mit ihrer Heirat zahlreiche Traditionen und gesellschaftliche Normen – und natürlich auch die Bräuche der Kapaheos. Das kam bei keiner der beiden Familien gut an und führte dazu, dass die beiden ziemlich viel Ausgrenzung erfahren haben.“

„Das Blut von Chatan in den Adern? Nach allem, was ich bisher über ihn erfahren habe, ist das schon was Besonderes."

„Genauso sehe ich es auch. Meine Tätowierungen spiegeln meine Wurzeln und auch meine Ziele wider. Und ich habe diejenigen auf meinem Körper verewigt, die mich und mein Leben geprägt haben." Lonan streift sein Shirt nun gänzlich über den Kopf und legt es beiseite. „Siehst du das hier auf meinem linken Schulterblatt?" Er dreht Antonia seine Seite zu. „Das ist Greta, meine Granny. Sie war wie eine Mutter für mich!"

Antonia blickt auf eine Tätowierung, die so detailgenau ist, als hätte Lonan ein Schwarz-Weiß-Foto auf seinen Rücken drucken lassen. Das Bild zeigt das Gesicht einer stolz dreinblickenden Frau mit langen dunklen Haaren, wachen Augen und hohen Wangenknochen.

„Sie ist wunderschön!"

„Sie war wunderschön! Leider ist sie vor zwei Jahren gestorben."

„Wer ist der Mann neben ihr? Dein Großvater?"

„Nein, das ist mein Urgroßvater, Chatan."

„Was bedeutet sein Name?"

Lonan erklärt: „Chatan heißt Habicht. Mein Urgroßvater hatte ein hohes Ansehen in unserer Familie und galt als Schamane. Der Habicht war sein Krafttier. Man sagte Chatan nach, dass er unverwundbar wäre, solange der Habicht ihn mit seiner Kraft schützen würde."

Lonan wendet sich nun ganz um, sodass Antonia den kompletten Rücken überblicken kann. „Siehst du, hier! Das ist der Habicht – das Krafttier meines Urgroßvaters." Er zeigt auf einen stolzen Greifvogel, der als eines der größten Tattoos seinen

Körper ziert. Seine Schwingen ziehen sich vom linken unteren Rücken bis zur Vorderseite der rechten Schulter.

Antonia hält kurz die Luft an, betrachtet das Kunstwerk dann genauer und sagt verwundert: „Lonan, der Habicht auf deinem Körper sieht genauso aus wie der Sperber, der seit Samstagmittag in der Baumkrone dort drüben sitzt!"

„Was?"

„Ja, schau doch!" Sie zeigt nach oben.

Der Sperber sitzt im Schatten eines großen Astes inmitten der mächtigen Krone der alten Buche. Als hätte ihn gerade jemand aufgefordert, sein Gefieder zu zeigen, tritt er aus dem Schatten ins Sonnenlicht und öffnet für einen kurzen Moment kreischend seine Schwingen.

„Du hast recht!"

„Glaubst du, das ist Zufall?", fragt Antonia vorsichtig.

„Ich glaube nicht an Zufälle!", wiederholt Lonan den Satz, den er bereits gestern gesagt hat.

„Wenn es kein Zufall ist, ist das dort im Baum kein Sperber, sondern ein Habicht, oder war das Krafttier deines Urgroßvaters in Wirklichkeit ein Sperber?"

„Ich weiß es nicht. Aber ich vermute, dass dieser Vogel eine deutlich wichtigere Rolle spielt, als wir bisher vermutet haben."

„Lass uns das den anderen zeigen!" Antonia steht auf, um Karla und Daniel zu holen. Sie hat sich kaum aufgerichtet, da blickt sie in Flinns Augen, der gerade auf die Terrasse tritt.

„Oh, ich scheine zu stören!", sagt Flinn mit finsterer Miene und mustert Lonans unbekleideten Oberkörper.

„Hey, krieg dich wieder ein!", ruft Lonan ihm zu und steht auf. „Wir haben nur über meine Tattoos geredet."

„Oh, klasse!“, antwortet Flinn sarkastisch und geht auf Lonan zu.

Die beiden stehen dicht voreinander und funkeln sich drohend an.

Antonia zwängt sich dazwischen und schiebt sie bestimmt auseinander. Sie muss all ihre Kraft aufwenden, denn sowohl Flinn als auch Lonan scheinen auf Streit aus zu sein.

„Geht's noch? Was ist denn in euch gefahren?“, herrscht sie die zwei an. „Wir haben echt Wichtigeres zu tun, als die Größe eurer Egos zu vergleichen!“

Sie greift nach Flinns Hand und zieht ihn sachte von Lonan weg. Kaum hat sie ihn berührt, wird er sanft wie ein Welpe und wendet sich ihr zu.

Antonia redet auf ihn ein: „Flinn, wir haben etwas Eigenartiges entdeckt, das wichtig sein kann. Schau dir bitte mal das Tattoo auf Lonans Oberkörper an. Es sieht genauso aus wie der Greifvogel, der uns aus dem Wald gefolgt ist und immer noch dort oben sitzt!“ Sie zeigt in die Baumkrone.

Flinn wendet sich widerwillig Lonan zu, der sich bereits so platziert hat, dass Flinn direkt auf das Habicht-Tattoo schaut.

„Krass, ihr habt recht!“, sagt Flinn erstaunt. „Die sehen wirklich haargenau gleich aus. Aber das ist doch bloß Zufall.“

Bevor Lonan antworten kann, sagt Antonia: „Lonan glaubt nicht an Zufälle. Und ich langsam auch nicht mehr!“

Sie holen Karla und Daniel und erzählen ihnen von ihrer Theorie.

Daniel sagt nüchtern: „Also, ich kann ja verstehen, dass wir uns gerade an jeden Strohhalm klammern, aber ich halte das für reinen Zufall."

Wie im Chor antworten Lonan, Flinn und Antonia: „Das ist kein Zufall!"

Antonia lächelt Flinn dankbar an. Sie freut sich, dass sie ihn so schnell davon überzeugen konnte, dass der Vogel in der Baumkrone irgendwas mit der Tätowierung auf Lonans Körper zu tun haben muss.

Daniel versucht es noch einmal: „Das Tier im Baum ist ganz bestimmt ein Sperber. Die sehen Habichten zwar zum Verwechseln ähnlich, sind aber deutlich kleiner."

„Dann ist das auf der Tätowierung vielleicht auch kein Habicht, sondern ein Sperber! Was aber auch völlig egal ist! Tatsache ist, dass sich der Sperber in der Baumkrone und das Vogel-Tattoo gleichen wie ein Ei dem anderen. Und dass der Sperber sich sonderbar verhält, ist doch offensichtlich! Das muss etwas bedeuten!", insistiert Antonia.

Daniel bleibt bei seinem Standpunkt. „Aber was soll das denn bedeuten? Dass Chatan seinem Urgroßenkel aus dem Jenseits ein Krafttier schickt? Oder besser gesagt, dass er es zu Antonia schickt? Das ist doch Irrsinn!"

Karla umgreift Daniels Arm und schmiegt sich an ihn. „Daniel, es mag für dich völlig absurd klingen. Aber für uns Genius ist so etwas durchaus vorstellbar. Die Lebensenergie durchdringt alles Lebende, und nur weil ein Lebewesen stirbt, heißt das nicht, dass auch dessen Lebensenergie gestorben ist. Die Energie verändert vielleicht ihre Form, transformiert sich, aber sie verschwindet nicht einfach. Für mich ist es durchaus vorstellbar, dass ein Teil von Chatans Lebensenergie in diesem Sperber steckt und Lonan beschützen möchte."

Alle außer Daniel nicken zustimmend.

„Lonan vielleicht. Aber was hat Chatan mit Antonia zu tun?", gibt Daniel zu bedenken.

Lonan blickt Karla an. „In dem Punkt hat Daniel recht! Der Sperber ist schließlich nicht mir gefolgt, sondern Antonia."

Antonia massiert sich die Schläfen. „Ach Mist! Wir kommen einfach nicht weiter. Wir wissen nicht, was hier vor sich geht. Manchmal kommt es mir vor, als wären wir alle verrückt!" Sie richtet sich an Flinn: „Flinn, bitte! Ich weiß, dir gefällt Lonans Vorschlag nicht, aber wir müssen endlich weiterkommen. All diese Rätsel machen mich wahnsinnig. Ich brauche Klarheit. Lasst uns das Risiko eingehen und diese Idioten suchen, die mich angegriffen haben – ob sie nun Toka sind oder nicht, ist mir völlig egal. Ich will endlich wissen, was das alles zu bedeuten hat!"

Mit verschränkten Armen steht Antonia vor ihm und schaut ihn flehend an. Eine Strähne fällt ihr in die Stirn, die sie wie beiläufig zur Seite streicht. Eine kleine Geste, die in Flinn eine Kernschmelze auslöst. Sofort ist er seinen Gefühlen für Antonia gänzlich ausgeliefert und jeglicher Widerstand bricht zusammen. Er hat sich auf eine Art und Weise in Antonia verliebt, die er mit seinem Verstand nicht mehr erklären kann. Obwohl die Vorstellung, Antonia in Gefahr zu bringen, sein Innerstes brennen lässt, ist ihm trotzdem bewusst, dass es keine Bitte gibt, die er ihr jemals ausschlagen können wird. Er zieht einen Mundwinkel nach oben, schaut sie an und sagt: „Na dann, auf geht's!

Lasst uns Toka jagen und den Typen so richtig den Arsch versohlen!“

/17/

Es tut gut, nicht weiter herumzusitzen und zu überlegen, welche Bedeutung den letzten Tagen beizumessen ist, sondern endlich aktiv zu werden. Voller Eifer hat Antonia zusammen mit Flinn und Lonan einen Plan ausgeheckt. Die Lockvogelaktion soll demnach am Flughafen stattfinden. Am späten Abend, nachdem Daniel aus der Klinik zurück ist, weihen sie Flinns Eltern ein.

„Ja, das könnte funktionieren!", kommentiert Daniel das bis ins Detail durchdachte Konzept.

Karla betont noch einmal: „Denkt dran, wir wollen uns weder einer Auseinandersetzung stellen noch ein allzu großes Risiko eingehen. Unser Ziel ist es ausschließlich herauszufinden, ob es wirklich Toka sind, die Antonia im Visier haben, und ob sie sie finden, sobald der Sperber ausreichend weit entfernt ist. Keine Heldentaten!" Sie schaut sowohl Lonan als auch Flinn eindringlich an.

„Keine Heldentaten!", bestätigt Lonan, doch sein Blick verrät, dass er nicht unvorbereitet sein wird, sollte es doch zu einer Auseinandersetzung kommen.

„Was machen wir, wenn niemand kommt? Die Toka sind für ihre verhüllten Gesichter bekannt, das wird für sie im Flughafen schwierig. Menschen unter Kutten oder mit Motorradhelmen werden im Flughafengebäude wahrscheinlich nicht geduldet, oder?", wirft Antonia ein.

Flinn entgegnet: „Wenn sie dich kriegen wollen, lassen sie sich was einfallen. Aber das ist ein guter Hinweis. Wir sollten auf

Personen achten, die zum Beispiel Hoodies tragen und sich die Kapuzen über den Kopf ziehen."

Karla richtet sich an Antonia. „Antonia, es ist wichtig, dass du vor Ort versuchst, in dich hineinzuspüren. Wir vermuten ja, dass die Toka deine Aura triggern und erst deren Anwesenheit dein Energiefeld entstehen lässt. Wenn du also eine Veränderung wahrnimmst, könnte das bedeuten, dass sie in der Nähe sind. Achtest du drauf?"

„Ja, mache ich!"

Karla scheucht die drei Jugendlichen auf. „Okay, ab ins Bett mit euch. Wir starten morgen um acht Uhr."

„Gute Nacht zusammen!" Lonan verschwindet Richtung Arbeitszimmer, dreht sich kurz um und fragt: „Antonia, kann ich noch schnell ins Bad?"

„Klar! Ich warte noch ein paar Minuten hier draußen. Sag Bescheid, wenn du durch bist."

„Danke – bis gleich!"

Flinn bleibt mit Antonia auf der Terrasse zurück. „Ist es okay, wenn ich dir noch etwas Gesellschaft leiste?", fragt er zaghaft.

„Ja, gerne!" Sie setzen sich wieder an den Tisch und Flinn blickt sie eindringlich an. „Wie geht es dir? Kann ich irgendetwas für dich tun?"

„Hmmm, ich weiß selbst nicht genau, was ich mit dieser Mischung aus Angst, Panik, Neugierde, Wut und … und noch so vielen anderen Gefühlen gerade anfangen soll."

„Du bist unfassbar mutig, Antonia. Du stellst dich den Dingen, als wäre es das Natürlichste auf der Welt."

Antonia seufzt auf. „Welche Wahl bleibt mir denn? Es ist ja nicht gerade so, als hätte ich mir das ausgesucht. Wie heißt es so schön: ‚Niemand hätte jemals den Ozean überquert, wenn er bei Sturm die Chance gehabt hätte, das Schiff zu verlassen.' Das, was passiert, passiert. Ich bin mehr oder weniger ausgeliefert. Und wenn ich eines nicht bin, dann ist es mutig! Ich habe eine Heidenangst vor morgen!"

„Und genau das ist es, was Mut ausmacht! Mut ist niemals die Abwesenheit von Angst – das ist Dummheit. Mut ist die Fähigkeit, sich den Dingen zu stellen, obwohl man Angst hat!"

„Danke …", erwidert Antonia. „Du bist sehr lieb, weißt du das?"

Flinn ist sich unsicher, ob er das hören möchte. *Lieb? Lieb sind auch kleine Kätzchen und puschelige Kaninchen.*

Antonia scheint seine Gedanken zu lesen, denn sie fügt hinzu: „Lieb ist vielleicht nicht das richtige Wort. Außergewöhnlich trifft es eher."

Jetzt muss Flinn schmunzeln. Das gefällt ihm deutlich besser. Er rutscht mit seinem Stuhl näher an Antonias heran und wagt es, mit beiden Händen ihre Hand zu ergreifen. „Antonia, was immer morgen auch passiert, ich werde nicht zulassen, dass dir irgendetwas geschieht. Und ich bin mir sicher, Lonan sieht das genauso!"

Lonan steht im dunklen Flur mit seiner Zahnbürste und einem Handtuch in der Hand. Er betrachtet die Szene auf der Terrasse und schaut unglücklich auf Antonias zarte Hand, die so ruhig und geborgen in Flinns starken Händen liegt. Er seufzt leise und tritt mit hängenden Schultern ins Arbeitszimmer.

Auch wenn er von Anfang an wusste, dass er keine Chance gegen diese Konstellation haben wird, trifft ihn der Anblick der beiden doch mehr, als er es vermutet hätte. Aus dem Arbeitszimmer ruft er nach draußen: „Bin fertig! Das Gästebad gehört dir!“

„Danke!“, ruft Antonia nach drinnen und steht vorsichtig auf. „Gute Nacht, Flinn!“

„Gute Nacht, Antonia!“

Antonia geht ins Haus und Flinn schaut ihr hinterher. Als sie um die Ecke verschwunden ist, lässt er sich in einen Liegestuhl fallen. Jardy nutzt die Gelegenheit und springt an das untere Ende der Fußstütze. Er dreht sich zweimal im Kreis und rollt sich dann zu einer kleinen pelzigen Kugel zusammen. Mit großen dunklen Augen schaut er zu Flinn und brummelt kurz vor sich hin.

„Nicht traurig sein, mein Kleiner! Du bist und bleibst der Beste! Mein Herz ist groß genug für euch beide.“

Als hätte Jardy seine Worte verstanden, schließt er zufrieden die Augen und schläft ein. Flinn blickt hinauf in die sternenklare Nacht, verschränkt die Arme hinter dem Kopf und verliert sich in Bildern und Gedanken. Erst gegen drei Uhr morgens findet er genug Ruhe, um müde in sein Zimmer zu schleichen und dort in einen tiefen und traumlosen Schlaf zu fallen.

/18/

Kurz vor neun Uhr haben alle ihre Positionen eingenommen. Daniel steht in einer endlos langen Schlange vor einem Lufthansa-Check-in-Schalter und schaut sich scheinbar gelangweilt um. Er fällt in der Masse der wartenden Passagiere nicht im Geringsten auf und kann von hier aus die komplette Abflughalle überblicken.

Flinn lehnt an der Wand eines Seitengangs. Kaum einer der Flughafengäste nimmt ihn wahr. Dank Daniels unbezahlbarer Kontakte trägt er eine Polizeiuniform, die von einer echten kaum zu unterscheiden ist. In dem Seitengang ist er zwar weitestgehend außer Sicht, aber jederzeit einsatzbereit. Lonan hat Flinn gestern davon überzeugt, dass er als Antonias doppelter Boden fungieren soll. Die Toka werden nicht das Risiko eingehen und sich der Flughafenpolizei stellen. Sobald Flinn auftaucht und mit einem Funkgerät nach imaginärer Verstärkung ruft, werden die Angreifer das Weite suchen.

Lonan und Antonia geben sich als verliebtes Pärchen aus, das gerade die Last-Minute-Angebote eines Reiseveranstalters durchforstet. Diesem Punkt des Plans zuzustimmen, hat Flinn eine Menge abgerungen. Aber es ist nun mal eine Tatsache, dass nur Lonan spüren kann, wenn die Toka sich nähern. Um Antonia nicht in Gefahr zu bringen, muss sich Lonan in ihrer Nähe aufhalten, um sie rechtzeitig in Sicherheit bringen zu können. Gemeinsam mit Horus und Spike, die sich an lockerer Leine auf den Boden gelegt haben, stehen Lonan und Antonia nun an einem digitalen Terminal und scrollen durch verschiedene Urlaubsangebote.

Wie geplant ist Karla nicht mit ins Flughafengebäude gegangen. Sie ist im VW-Bus geblieben, der startklar auf einem nahe gelegenen Parkdeck steht. Im Fall der Fälle wird sie in wenigen Minuten vor Ort sein, um die anderen einzusammeln.

Der Greifvogel ist ihnen tatsächlich den kompletten Weg bis zum Flughafengelände gefolgt. Während der Fahrt über die Autobahn haben sie ihn zwar kurzfristig aus dem Blickfeld verloren, doch bereits als sie das Parkhaus zu Fuß verließen, sahen sie seine Silhouette auf dem Geländer eines der oberen Parkdecks. Ins Flughafengebäude konnte er ihnen nicht folgen, was er mit einem wütenden Schrei kommentierte. Dieser Teil des Plans ist somit aufgegangen. Sie mussten schließlich sicherstellen, dass der Vogel ihnen nicht folgen kann. Immerhin scheint es wahrscheinlich zu sein, dass der Sperber bisher die Toka von Antonia ferngehalten hat.

Eine gute halbe Stunde später ist Daniel beim Check-in an der Reihe. Er tut so, als hätte er seinen Ausweis vergessen, entschuldigt sich und bugsiert schwerfällig sein Gepäck von dannen. Über Bluetooth-Kopfhörer spricht er zu den anderen: „Und? Habt ihr irgendetwas Ungewöhnliches gesehen?“

Antonia verneint. „Alles ganz normal hier. Weder ich noch Lonan spüren etwas.“ Auch sie hat, wie die anderen, einen Kopfhörer im Ohr und ist der Fünfer-Konferenz zugeschaltet.

„Hier auch alles ruhig“, bestätigt Flinn.

„Okay, ich suche mir einen Platz am südlichen Ausgang und mime den Touristen, der noch auf den Rest seiner Familie wartet. Von dort aus kann ich euch bestens sehen."

„Wir wechseln auch mal den Standort. Sonst fallen wir auf." Lonan nimmt Antonia bei der Hand und die beiden schlendern weiter. „Wenn sich in der nächsten Viertelstunde nichts tut, sollten wir einpacken."

Der Anblick von Antonia und Lonan versetzt Flinn einen Stich. Gerne hätte er an ihrer Seite das verliebte Pärchen gespielt, doch er muss zugeben, dass Lonan in diesem Fall wirklich die bessere Wahl ist. Wenn auch nur ein Teil von dem stimmt, was Lonan ihnen erzählt hat, so ist er so etwas wie eine wandelnde Lebensversicherung für Antonia. Seit seinem 13. Lebensjahr hat er fast jede freie Minute damit verbracht, sämtliche Sportarten dieser Welt auszuprobieren, und dabei eigentlich nichts ausgelassen, was zu seiner Selbstverteidigung beiträgt. Flinn hat sich nicht mal die Hälfte dessen merken können, wovon Lonan irgendwelche Gürtel, Grade oder Auszeichnungen hat, doch er hat ziemlich klar herausgehört, dass es vor allem die ‚effizienten' Methoden sind, die ihn begeistern, so etwas wie Krav Maga und Muay Thai. Letzteres wohl mit einem recht beachtlichen Fight-Record. Doch wie sagte er so schön: ‚Im wahren Leben hat mich bisher meist mein sauberer rechter Haken gerettet. Und für die Distanz packe ich meine Shuriken aus.' Flinn hatte nicht weiter nachgefragt und so getan, als wüsste er genau, wovon Lonan redet. Seine Google-Recherche später ergab, dass Shuriken japanische Wurfwaffen sind. Daher kann er sich bildlich vorstellen, was in dem lässig coolen Crossbody-Bag versteckt ist, das Lonan vor der Brust trägt. Das alles führt dazu, dass Flinn sich wie in einem schlechten Actionfilm fühlt, in dem ein 19-Jähriger absolut unglaubwürdig in den Krieg mit höheren Mächten zieht, während zwei bis heute völlig normale Eltern, ein bildhübsches Mädchen und ein dämlich verkleideter Teenager an seiner Seite für das Gute kämpfen. Flinn schüttelt kurz seufzend den Kopf. *Hierherzukommen war wirklich eine absolute Scheißidee!*

In diesem Moment richtet sich Lonan auf, als würde etwas seine Wirbelsäule spannen. Er schließt die Augen für wenige Sekunden und wispert für alle über Kopfhörer hörbar: „Sie kommen! Es sind drei! Eingang Süd, Eingang West und hinten aus dem Seitengang, in dem Flinn steht. Sie müssten jeden Moment zu sehen sein."

Karla antwortet direkt: „Ich fahre los und erwarte euch am besprochenen Seiteneingang."

Flinn blickt sich wie beiläufig um und erkennt sofort zwei der Toka. „Blöd sind sie nicht", stellt er fest.

Einer der beiden hat sich in eine Burka gekleidet und nur der genaue Blick verrät, dass die Person unter der schwarzen Kleidung eine wenig feminine Motorik aufweist. Der Zweite und deutlich Größere schlendert in Jogginghose und Sweatjacke heran und hat eine übergroße Kapuze tief in die Stirn gezogen.

„Ich sehe den Dritten nicht", stellt Flinn fest und starrt in Richtung des südlichen Eingangs, über den er die Halle betreten sollte.

Daniel reagiert sofort: „Los, wir haben unseren Beweis. Es sind Toka und sie konnten Antonia erst finden, nachdem der Sperber nicht mehr in der Nähe war. Mehr wollten wir nicht wissen. Alle Mann sofort zum Seitenausgang und ab in den Van."

„Ich bin in spätestens zwei Minuten da", bestätigt Karla.

Nun ist es Lonan, der sich an Flinn wendet: „Flinn, komm sofort hier rüber und begleite Antonia nach draußen. Ich schaue mir die Jungs etwas näher an."

Kollektiver Protest.

„Bist du irre!", antwortet Flinn und durchquert bereits die Abflughalle.

„Auf keinen Fall!", befiehlt Daniel und hält auf Antonia zu.

Karlas Stimme ist fast flehend: „Lonan, nicht!"

Nur Antonia äußert sich nicht, als hätte sie bereits vorher geahnt, dass Lonan sich nicht damit begnügen würde, jetzt einfach nach Hause zu fahren. Sie drückt seine Hand und sagt: „Wehe, du kommst nicht heil zurück!"

Im nächsten Moment ist sie unterwegs zum Ausgang.

Flinn und Daniel folgen ihr in einiger Entfernung, wobei deutlich erkennbar ist, dass Flinn zügig zu Antonia aufholt. Er möchte schnellstmöglich an ihrer Seite sein. Lonan dreht sich in die andere Richtung und geht auf den Mann im Sweater zu. Horus folgt ihm ohne Zögern. Der Mann scheint sofort zu erkennen, dass er gegen die beiden den Kürzeren ziehen wird. Er hält inne, wendet sich langsam um und läuft dann eilig in die entgegengesetzte Richtung davon.

Flinn hat inzwischen zu Antonia aufgeschlossen und gemeinsam erreichen sie den Ausgang. Kurz darauf gesellt sich Daniel zu ihnen. Kaum schlägt ihnen die warme Sommerluft entgegen, halten sie nach dem Van Ausschau. „Karla, wir sind draußen! Wo steckst du?“

Keine Antwort.

„Mama?“, fragt Flinn. „Kannst du uns hören?“

Das Telefon bleibt still.

„Verdammt! Da ist etwas passiert!“, sagt Antonia ängstlich.

In diesem Moment sehen sie Karla mit dem Van um die Ecke biegen.

„Alles gut bei euch?“, fragt Lonan über Kopfhörer.

„Ja, alles okay. Karla kommt gerade. Vermutlich hat nur ihr Kopfhörer ein Problem. Und bei dir?“, fragt Daniel.

„Ich folge immer noch dem Toka, aber gleich bin ich an der Sicherheitskontrolle. Wenn er da durchgeht, kann ich ihm nicht folgen. Ich habe keine Bordkarte.“

In diesem Moment fährt Karla vor. Ihr Blick ist starr geradeaus gerichtet und ihr Mund zu einer schmalen Linie geformt. Noch bevor Antonia das eigenartig vorkommen kann, hat sie bereits die Seitentür geöffnet. Ihr Gesicht spiegelt sich in den verdunkelten Scheiben.

In der gleichen Sekunde hören sie Lonans hektische Stimme durch die Kopfhörer poltern: „Hier stimmt etwas nicht!“

Die Warnung kommt zu spät.

Antonia hat bereits einen Fuß auf das Trittbrett gesetzt und blickt in den Lauf einer Pistole. Hilfe suchend schaut sie sich um, doch die Stimme, die ihr entgegenschlägt, ist eisern und lässt keinen Spielraum. „Einsteigen, alle drei! Und die Tür schließen!“

Lonan hört die Stimme durch den Kopfhörer und redet auf die anderen ein. „Scheiße! Das war eine Falle! Verschafft mir etwas Zeit! Ich bin unterwegs!“ Er dreht um und sprintet durch den Seitengang zurück in die Abflughalle. Erschrocken springen Passanten zur Seite und sehen dem ungleichen Duo hinterher – ein junger Mann und ein schwarzer Hund, die unfassbar schnell auf den Ausgang zuhalten. Nur noch wenige Meter bis zur Drehtür, die nach draußen führt. Durch die Glasscheiben sieht Lonan den Van anfahren und beschleunigen. „Scheiße, Scheiße, Scheiße!“ Er flucht lauthals, sodass sich reichlich Flughafengäste nach ihm umdrehen. Lonan lässt Horus’ Leine los und ruft: „Lauf!“

Horus lässt sich nicht lange bitten, spannt seinen muskulösen Körper und nimmt die Verfolgung auf. Er rennt zwischen Passanten durch, während seine Leine wie eine Peitsche hinter ihm herwirbelt. Er schafft es durch die Drehtür, ohne dass sich das störende Anhängsel verheddert, wird aber deutlich ausgebremst. Kaum tritt er ins Freie, beschleunigt er erneut. Zuerst erscheint es, als würde Horus den Van einholen können. Doch als würde Murphys Law heute besonders gemein zuschlagen, ermöglicht eine grüne Welle dem Kleinbus freie Fahrt. Nach einem knappen halben Kilometer biegt er auf die Autobahn ab.

Horus verliert Meter um Meter, wird aber erst langsamer, als der Van zu einem kleinen schwarzen Punkt geschrumpft ist und aus seinem Sichtfeld verschwindet. Er bleibt stehen, dreht um und läuft zurück zum Flughafengebäude.

Völlig erschöpft und mit hängendem Kopf kommt Horus bei Lonan an. „Alles gut, mein Großer! Du hast alles gegeben! Vermutlich hättest du die eh nicht stoppen können. Ich bezweifle, dass der Toka gebremst hätte, wenn du ihm vor den Wagen gelaufen wärst."

Wütend auf sich selbst ballt Lonan die Fäuste. *Wie konnte ich nur so dämlich sein, in so eine simple Falle zu laufen!*

Ihm ist klar, dass er keine Antwort bekommen wird, aber er versucht es dennoch und fragt in das kleine Mikrofon an seinem Kopfhörer: „Könnt ihr mich hören?"

Doch die telefonische Verbindung zu den anderen wurde unterbrochen. Dafür hat der Toka gesorgt.

/19/

Antonia kann sich nicht daran erinnern, jemals solch eine Angst verspürt zu haben. Sie sitzt wie gelähmt auf der mittleren Sitzbank des Vans und drückt panisch Flinns Hand. Daniel sitzt auf der anderen Seite neben ihr und funkelt den Toka an, der noch immer nicht sein Gesicht gezeigt hat. Er ist unter der gleichen schwarzen Kutte verborgen wie der Angreifer, den Antonia im Wald gesehen hat.

Bis auf ein paar kurze Anweisungen zu dem Weg, den sie fahren sollen, hat er noch nichts gesagt. Er richtet nur weiterhin drohend seine Waffe auf Antonia.

Antonia hätte sich gewünscht, dass Spike seinen Heldenmut auspackt und den Toka angreift, aber bisher sitzt der Hund nur entspannt neben ihm und blickt den Angreifer schwanzwedelnd an.

„Was wollen Sie von uns?", fragt Daniel herausfordernd.

Die Antwort kommt prompt: „Zuerst einmal fragen, weshalb ihr so wahnsinnig seid und solch ein Risiko eingeht? Ihr hättet bei der Aktion draufgehen können."

Verwirrt tauschen die drei Blicke aus, während Karla weiterhin der Autobahn folgt. Jetzt fängt Spike doch tatsächlich auch noch an, dem Typen die unbewaffnete Hand zu lecken.

„Ja, mein Lieber! Ich freue mich auch, dich wiederzusehen!", sagt der.

Antonia versteht die Welt nicht mehr. „Was ist hier los? Und woher kennen Sie meinen Hund?"

Antonias Angst scheint zu verpuffen, denn dieser Toka macht keinerlei Anstalten, ihnen gefährlich zu werden. Dennoch blickt sie fragend auf seine Waffe, was dem Toka nicht verborgen bleibt.

„Okay, ich lege jetzt dieses Ding weg und wir fahren zu euch nach Hause. Vorher müssen wir irgendwie euren Freund einsammeln. Er steht sicherlich noch unter Beobachtung und darf die Toka keinesfalls zu eurem Haus führen. Wir müssen ihn an einem anderen Ort treffen und ihm das möglichst geschickt übermitteln. Ich glaube zwar nicht, dass die zwei anderen ihn überwältigen werden, aber man weiß ja nie." Der Toka schaut in verdutzte Gesichter und fährt fort: „Ich bin auf eurer Seite, auch wenn das bisher nicht so ausgesehen hat." Zu Karla gewandt sagt er: „Fahr bitte etwas langsamer. Helios muss uns folgen können, sonst fliegt alles auf."

„Helios?", fragt Flinn. „Ich glaube, ich bin im falschen Film. Ich kapituliere. Ich verstehe gar nichts mehr."

Der Toka zieht seine Kapuze vom Kopf und entblößt das sympathisch wirkende Gesicht eines Mannes, der gute fünfzehn Jahre jünger als Daniel zu sein scheint. Er legt die Waffe beiseite und Daniel wechselt kurz einen Blick mit Flinn, als wäge er ab, ob sie ihn jetzt einfach überwältigen sollen. Es wäre vermutlich ein Leichtes, wenn nicht die Waffe noch in Reichweite liegen würde. Zudem scheint es nicht so, als würde weiterhin eine Gefahr von dem Mann ausgehen. Daniel entspannt sich etwas.

„So, mein Lieber! Und nun zu dir!" Der Mann lehnt sich zu Spike und legt seine Arme um dessen Hals.

Der große Hund freut sich mächtig und fällt schwanzwedelnd über den Mann her. Er begräbt ihn fast unter sich und leckt ihm quer übers Gesicht, sodass nur noch Lachen und freundlich abwehrende Worte zu hören sind. „Danke, dass du mir vertraut hast! Und sorry für die Sache im Wald – du weißt, dass ich keine andere Wahl hatte.“

Wie zur Bestätigung bellt Spike auf und macht etwas Platz, damit der Mann sich wieder aufrichten kann.

„Ich bin Will!“ Freundlich lächelnd hält der Typ Antonia die Hand hin. „Tut mir leid, wenn ich euch erschreckt habe, aber es musste alles sehr real wirken, sonst hätten sie mich gleich durchschaut. Jetzt haben sie mich aber nicht mehr auf dem Radar. Wir stehen unter Helios’ Schutz und sind für die Toka unsichtbar.“

„Wer oder was sind Sie?“, fragt Flinn.

„Ein Freund. Der Rest ist eine lange Geschichte.“

Karla meldet sich aus dem Fahrersitz. „Versteht irgendjemand von euch, was hier vor sich geht?“

Daniel antwortet, immer noch perplex: „Ich nicht! Aber das ist ja nichts Neues. Seit Samstag blicke ich auf Rätsel.“

„Die ich in Teilen lösen kann“, sagt Will. „Aber ich weiß nicht, ob euch die Lösung gefallen wird.“

/20/

Lonan hat sich noch am Flughafen einen Mietwagen gesichert und sitzt mit hängendem Kopf am Lenkrad. Noch hat er die Mietwagenstation nicht verlassen und harrt in dem geparkten Audi aus. Unschlüssig über das Ziel wägt er seine Optionen ab. Zu den Wetteraus zu fahren, wäre das Naheliegende, aber er kann zwei der Toka weiterhin spüren. Sie sind nicht in unmittelbarer Nähe, scheinen ihn aber aus der Distanz im Blick zu behalten. Er würde sie ungerne zu dem Ort führen, an dem sie die letzten Tage sicher waren. Allerdings hat der Toka, der Antonia und die anderen entführt hat, vermutlich längst die Identität von Karla, Daniel und Flinn herausgefunden und weiß daher, wo diese wohnen. Aber warum bleiben die beiden anderen dann in seiner Nähe? Logischer wäre es, wenn sie abhauen würden, dem Van gefolgt wären oder Lonan zumindest angreifen würden. Stattdessen scheinen sie genauso unschlüssig zu sein, wie er es ist. Das könnte bedeuten, dass es Antonia gut geht. Hätten die Toka sie bereits in den Händen und ihr Ziel erreicht, würden sie nicht mehr rumstehen und abwarten. Zumindest hofft Lonan das. Er wagt nicht, daran zu denken, dass Antonia und den anderen etwas zugestoßen sein könnte.

Sein Handy kündigt den Eingang einer E-Mail an. Lonan schaut auf den Absender und erstarrt. AnnyGr19@gmail.com hat einen kurzen Text geschickt. Bereits auf den ersten Blick erkennt er das Wortspiel: ‚AnnyGr' kann genauso gut ‚Granny' bedeuten und die 19 für den 1. September stehen – den

Geburtstag seiner Großmutter. Den kennen nicht viele, aber er ist sich sicher, dass Karla das genaue Datum im Kopf hat. Die E-Mail könnte von ihr sein, falls es ihr irgendwie gelungen ist zu entkommen.

Hastig klickt er die Nachricht an und liest:

Mein lieber Lonan,

Paul hat dir ein Bild gemalt. Er hat heute Hundespuren entdeckt und wollte diese unbedingt für dich festhalten. Du weißt ja, wie mein kleiner Bruder ist. Ich habe es abfotografiert und das Foto dieser E-Mail angehängt.

Lass dich mal wieder bei uns blicken. Weißt du noch, als wir damals die Schöne Aussicht genossen haben? Es war ein toller Tag. Vor allem, weil wir endlich mal Zeit nur für uns hatten – ohne nervige Gäste.

Ich freue mich auf dich!

Alles Liebe,

Deine Anny

Das Foto im Anhang zeigt den kläglichen Versuch eines kleinen Kindes, die Pfotenabdrücke eines Hundes zu zeichnen. Lonan ist sich sicher, dass die Nachricht von Karla stammt. Zum einen aufgrund des Absenders, zum anderen ist da der Hinweis auf die ‚Schöne Aussicht'. Das ‚S' ist großgeschrieben und ein Unwissender würde das als einen Tippfehler abtun. Doch Lonan weiß, dass sich seine Großmutter einige Wochen vor ihrem Tod mit Karla im Café „Schöne Aussicht" getroffen hat. Granny hatte lange davon erzählt, wie sehr ihr das Gespräch geholfen hatte, mit der tödlichen Diagnose zurechtzukommen. Dennoch ist Lonan unentschlossen. Er ist heute schon einmal in die Falle gegangen. Doch woher sollten die Toka von dem Café wissen? Es ist sehr unwahrscheinlich, dass sie damals Granny noch unter Beobachtung hatten. Viel wahrscheinlicher ist es doch, dass Karla die Nachricht geschrieben hat und sich unsicher ist, ob er alleine ist, wenn er die E-Mail liest. Daher das Rätsel, das nur er lösen kann. Eine E-Mail, die für Außenstehende wirkt, als würde eine seiner Freundinnen ihm schreiben. Eine verdammt schlaue Idee. Er schaut sich nochmals das Bild an, das der Nachricht beigefügt ist. Eine Hundespur also.

Ein Lachen breitet sich über sein Gesicht aus. *Karla, du bist die Größte!* Auf dem Foto ist keinesfalls eine Hundespur zu sehen. Die Abdrücke von Hundepfoten zeigen genau vier Zehen. Dieser Pfotenabdruck hier hat fünf. Vermutlich würde es keinem außer ihm so schnell auffallen, aber Lonan ist sofort klar, was gemeint ist. Fünf Zehen, das ist keine Pfote! Das ist eine Tatze! Und die Tatze eines Bären steht in der Sprache der Lakota für ein gutes Omen.

Lonan fällt ein Stein vom Herzen. Karla geht es gut und sie möchte ihn im Café ‚Schöne Aussicht' treffen. Auch den vorletzten Satz des Textes interpretiert er richtig: ‚ohne nervige Gäste', das heißt, er soll die Toka abhängen.

Lonan blickt auf die Rückbank. „Horus, es geht los."

Er startet den Motor und verlässt das Flughafengelände. Sein Ziel ist eine kleine Tankstelle etwa vier Kilometer vom Café „Schöne Aussicht" entfernt. Sollen die Toka ihm doch ruhig bis dahin folgen. Den Rest der Strecke werden sie nicht mithalten können. Das Gute an dem sonnigen Wetter ist, dass die

Tankstelle an solchen Tagen ein beliebter Zwischenstopp für Radfahrer ist, die ihre Getränkereserven auffüllen.

Keine halbe Stunde später parkt Lonan an der Tankstelle und spürt weiterhin die Nähe der zwei Toka, die ihm in einem verdunkelten SUV gefolgt sind. Gerade halten sie einige Parkbuchten entfernt an. Lonan schlendert mit Horus auf den kleinen Verkaufsraum zu und freut sich über die unzähligen Zweiräder, die davor aufgereiht sind. Wie er erwartet hat, ist die Hälfte der Räder nicht abgeschlossen. Mit geschultem Blick hat Lonan bereits das richtige Modell für sein Vorhaben entdeckt. Ein schickes Cannondale-Mountainbike, dessen Rahmengröße und Sattelhöhe passen sollten. Wie selbstverständlich geht er darauf zu, schnappt sich das Rad und steigt auf.

Dies geschieht nicht unbeobachtet, denn schon springt ein ziemlich sportlicher Typ aus dem Verkaufsraum und kommt auf Lonan zu: „Hey, Pfoten weg von meinem Rad."

Mehr Worte sagt er nicht, als sich ein drohendes Knurren gegen ihn richtet. Horus hat sich vor dem Radfahrer aufgebaut und gibt mit jeder Faser seines Körpers zu verstehen, dass sich niemand Lonan nähern wird.

Der Radfahrer hebt beschwichtigend die Hände: „Hey, alles gut. Du kannst das Rad gerne mal testen."

Während er bereits beschleunigt, ruft Lonan: „Sorry, ist ein Notfall. Ich borge es nur kurz."

Mit kräftigen Tritten fährt Lonan an dem verständnislos blickenden Radfahrer vorbei. Die Toka lassen hektisch den Motor ihres Wagens an, geben aber bereits in dem Moment auf, in dem

Lonan mit dem Bike in einem kleinen Trail verschwindet. Aus den Augenwinkeln sieht er sie aus dem Auto springen und auf die Fahrradständer zulaufen. Vor diesen stehen mittlerweile mehrere Sportler, die es den Toka nicht einfach machen werden, ein Fortbewegungsmittel zu ergattern.

„Auf geht's, Horus! Gib Gas! Wir brauchen schnell einen Vorsprung, dann finden sie uns nicht mehr. Sie können uns nur auf Sicht jagen, denn wenn es einen Vorteil gibt, kein Genius zu sein, dann den, dass die Toka mich nicht orten können."

Horus macht die Strecke weniger zu schaffen, als Lonan vermutet hätte. Der Trail ist ziemlich eng und kurvig, sodass er mit dem Bike langsamer vorankommt, als er geplant hatte.

Schweißdurchtränkt nähert er sich dem Café. Dieses macht seinem Namen alle Ehre und lässt auf ein schönes Tal blicken, in dem idyllisch ein kleiner Fluss mäandriert. Bereits von Weitem erblickt Lonan den Van. Er ist so geparkt, dass er jeden Moment beschleunigen und davonfahren kann.

Lonan hält an und versteckt sich hinter einer kleinen Baumreihe. In einigen Hundert Metern Höhe ist die Silhouette eines Greifvogels erkennbar, der ein lautes ‚Ki-Ki-Ki' ausstößt. *Der Sperber! Das ist ein gutes Zeichen.*

Lonan beobachtet den Van und hält Ausschau nach verdächtigen Personen. In diesem Moment steigt Karla aus der Fahrertür und schaut suchend in die Ferne.

Lonan blickt Horus an. „Und, mein Junge? Was meinst du? Falle oder nicht? Eigentlich sollte ich auf diese Distanz Karlas Aura schon spüren können. Aber da ist nichts. Das ist eigenartig."

Die Entscheidung wird ihm abgenommen, als sich die Seitentür des Vans öffnet und Spike herausspringt. Er hält kurz die Nase in den Wind und läuft auf die Baumgruppe zu, hinter der Lonan Schutz gesucht hat.

„Na dann, auf geht's." Lonan schwingt sein Bein über den Sattel und fährt auf das Café zu. Spike ist schnell an seiner Seite und läuft freudig neben ihm und Horus her.

Erleichtert atmet Karla auf, als die drei sich nähern. „Lonan! Gott sei Dank! Wir wussten nicht, ob du entwischen konntest! Schnell – wir sollten hier wieder verschwinden. Die anderen warten im Wagen!"

Das Glück, dass Lonan bei diesen Sätzen empfindet, ist kaum in Worte zu fassen. *Den anderen geht es gut! Ich hab es nicht völlig vermasselt!* So schnell er kann, schiebt er das Fahrrad in eine Ecke hinter dem Hotel. Aus dem Auto heraus wird er die Tankstelle anrufen und dem dort sicherlich noch wartenden Radbesitzer ausrichten lassen, wo er sein Bike findet. Er springt in den Van und erstarrt, als er den ihm fremden Mann erblickt.

Misstrauisch beäugt er Will. „Wer ist das?"

Karla schiebt ihn ins Auto und schließt die Tür, während Daniel sagt: „Ein Freund! Vermutlich …"

/21/

Die Terrasse der Wetteraus scheint sich zum Headquarter dieser Mission zu entwickeln. Wieder sitzen sie dort um den runden Tisch herum, mit dem einzigen Unterschied, dass ein weiterer Stuhl herangezogen wurde. Nun sind sie also zu sechst.

Auf der Rückfahrt vom Café wurden bereits erste Neuigkeiten ausgetauscht. Demnach ist Will ein Genius, der seit seinem vierzehnten Lebensjahr ein Doppelleben führt. Wie er es gelernt hat, seine Genius-Aura so zu beeinflussen, dass die Toka ihn über Jahre hinweg für einen von ihnen gehalten haben, ist Antonia immer noch ein Rätsel. Will hat versprochen, dieses Geheimnis sowie einige andere zu lüften, sobald Zeit dafür da ist. Die anderen haben sich gegenseitig versichert, wie froh sie sind, dass niemand verletzt wurde, und Lonan erzählte von dem Manöver, mit dem er die Toka abgehängt hat.

Nun haben alle ein kühles Getränk vor sich, während die Hunde zu einem großen Haufen versammelt in der Sonne dösen. Weniger entspannt sieht die menschliche Runde aus, denn hektisch prasseln nicht enden wollende Fragen auf Will ein.

„Bist du dir sicher, dass uns hier wirklich niemand finden wird?“ Antonia ist ihre Sorge anzumerken.

„Zu hundert Prozent! Du kannst dir nicht vorstellen, wie verärgert alle waren, als du uns im Wald entwischt bist. Der Clan hat getobt, sage ich dir. Ihr wart völlig vom Radar verschwunden und seid erst wieder Tage später am Flughafen aufgetaucht.

Wenn Helios in der Nähe ist, werden sie dich nicht finden … werden sie uns alle nicht finden."

Flinn unterbricht Will: „Leute, ich verstehe überhaupt nichts mehr. Können wir mal ganz am Anfang anfangen? Wer bist du genau, Will? Warum haben die Toka es auf Antonia abgesehen und wie konntet ihr sie finden, wenn selbst wir ihre Aura nicht spüren können? Und wer, verdammt noch mal, ist Helios?"

Will atmet tief durch. „Bevor ich euch alles erkläre, möchte ich gerne ein paar Minuten mit Lonan allein sprechen. Geht das?"

Wenig überzeugt davon, dass Will keine Gefahr darstellt, macht Lonan keinen Hehl aus seinem Misstrauen. „Ich habe keine Geheimnisse vor Antonia, Karla oder ihrer Familie!"

Will nickt verständnisvoll. „Nun gut. Ich muss mir dein Vertrauen erst verdienen. Das verstehe ich." Er atmet laut aus und konzentriert sich, als würde er das, was er jetzt zu sagen hat, bereits seit vielen Jahren üben. „Ich möchte euch – und im Besonderen dir, Lonan – meine wahre und nicht veränderte Aura zeigen. Anders würdest du, Lonan, mir keinesfalls glauben."

Lonan neigt den Kopf und schaut Will herausfordernd an. „Ach ja? Wer bist du denn, dass mich deine Aura so unglaublich erschrecken könnte?"

„Sie wird dich nicht erschrecken. Aber sie wird dir vertraut sein." Will schaut Lonan mit ernstem, aber weichem Blick an. „Ich bin Gretas Sohn, dein Onkel!"

Außer sich springt Lonan auf. „Du lügst! Meine Mutter war ein Einzelkind. Granny hätte mich niemals belogen!"

Will senkt den Kopf und nickt erneut. „Granny. Stimmt. Ich hörte, dass meine Mutter nach deiner Geburt diesen

Spitznamen bekommen hat. Sie war kaum vierzig Jahre alt, als sie Großmutter wurde." Nach einer kurzen Pause fügt er hinzu: „Greta hat dich niemals belügen wollen. Sie wollte dich beschützen. Und das bedeutete, dass du nichts von mir wissen durftest."

„Beweise es mir!" Lonan stellt sich drohend vor Will.

Langsam entfernt sich Will vom Tisch und geht auf den Baum zu, in dem der Sperber sitzt. „Helios? Sei vorsichtig!"

Wie auf Kommando spreizt der Greifvogel seine Schwingen und ruft ein lautes ‚Ki, Ki'.

Will schließt die Augen, verschränkt die Arme vor der Brust und atmet aus.

Etwa eine halbe Minute vergeht, bevor Karla, die Will am nächsten sitzt, erschrocken aufspringt. „Das glaube ich nicht!"

Wills unsichtbare Aura hat Karla erreicht und tastet sich amöbenartig über ihren Körper. Das Energiefeld hält kurz inne, als wollte es Karla begrüßen, und wandert dann entschlossen weiter. Nur wenige Sekunden später erreicht die Welle Flinn. Die Aura umschlingt ihn gierig und drückt ihn fest in seinen Stuhl.

„Krass! Was ist das?!" Flinn schaut sich irritiert um.

Dann endlich gelangt das Energiefeld zu Lonan. Vorsichtig, fast schüchtern, tastet es nach ihm, bevor es sich wie ein Schwall über ihn ergießt. Lonans Blick weitet sich vor Überraschung, als er ungläubig haucht: „Das ist nicht möglich!" In kürzester Zeit sind seine Augen mit Tränen gefüllt, die nichts anderes widerspiegeln als pure Freude. Kurz genießt er diesen besonderen Moment, bevor er mit bedächtigen Schritten auf Will zugeht. Er lässt sich von ihm in die Arme schließen.

„Auf diesen Moment warte ich seit 19 Jahren!" Es ist Will, der diese Worte wählt, wenngleich sie genauso gut von Lonan stammen könnten, wäre er sich früher der Existenz eines weiteren Erben Chatans bewusst gewesen.

Antonia, Flinn, Karla und Daniel unterbrechen die innige Umarmung nicht. Zu besonders ist dieser Augenblick, der Lonan eine Familie und den anderen einen neuen Freund schenkt.

„Wie ist das möglich?“ Lonan löst sich aus der Umarmung und tritt einen Schritt zurück. Er schaut Will fragend an.

„Das ist eine lange Geschichte!“ Will legt den Arm um Lonan und begleitet ihn zurück zum Tisch. Seine Aura hat sich wieder etwas zurückgezogen und gleicht nun der von Karla und Flinn: ein Genius-typischer konzentrischer Kreis.

„Wie schaffst du es, deine Aura zu kontrollieren? Sie zu bewegen? Woher nimmst du diese unfassbare Energie? Ich habe noch nie etwas Vergleichbares gespürt!“ Karla klingt überwältigt.

„Helios hat mich das gelehrt.“ Dankbar blickt Will in die Baumkrone. „Ich war vierzehn, als meine Aura begann, sich zu entwickeln, und die Toka vor unserer Tür standen. Meine ganze Kindheit über hatten sie mich genauso beobachtet wie Jona, meine Zwillingsschwester.“ Er blickt zu Lonan. „Deine Mutter.“

Lonan schaut zu Boden, seine Emotionen verdrängend.

„Jede Genius-Aura entwickelt sich langsam und meine war damals nicht mehr als ein beginnendes Glimmen. Aufgrund der Blutsverwandtschaft zu Achak und Hassun spürten die Toka dennoch sofort, dass ich ein Genius bin, und hatten unbeschreibliche Angst davor, dass ich ihnen – als Chatans Erbe – gefährlich werden könnte. Sie stellten Greta vor die Wahl.

Entweder würden sie mich mitnehmen und mich in ihrem Sinne großziehen, was nichts anderes bedeutet, als mich zu zwingen, mich vom Netz des Lebens abzuwenden, oder sie würden mich töten. Greta blieb keine andere Möglichkeit. Wenn sie mein Leben retten wollte, musste sie mich den Toka überlassen."

„Sie haben dich tatsächlich entführt?" Antonia ist schockiert. „Und Greta konnte nichts dagegen tun?"

„Nein, das konnte sie nicht. Sie drohten ihr, dass sie mich in dem Moment töten würden, in dem sie versuchen würde, mich zurückzuholen. Und mir drohten sie, Jona zu töten, sollte ich jemals an Flucht denken."

„Unfassbar!" Karla schüttelt verständnislos den Kopf.

„Von Jona getrennt zu werden, war damals fast noch schlimmer, als meine Mutter zu verlieren. Wir waren Zwillinge. Eng verbunden. Es brach uns beiden das Herz. Jona ist nie darüber hinweggekommen. Ihren späteren Drogenkonsum kann ich mir nur dadurch erklären, dass sie die Trennung nie verkraftet hat. Sie hatte schon immer ein sehr sensibles und zartes Wesen." Will schaut Lonan fest in die Augen. „Ohne diese Tat der Toka wäre sie niemals den Drogen verfallen. Sie hätte dich niemals so behandelt, wie sie es in ihrem schizophrenen Wahn getan hat. Lonan, es tut mir so leid, was du erlebt hast." Dann wendet er sich wieder der Gruppe zu und spricht weiter: „Ich musste jahrelang mit ansehen, welche Folgen die Taten der Toka für meine Familie hatten. Nur aus einem einzigen Grund konnte ich das ertragen … musste ich es ertragen. Es war mir immer schon klar, dass es nur einen Weg gibt, die Toka zu bezwingen. Ich musste auf die Rückkehr von Chatan warten."

„Chatan ist tot!“, sagt Lonan ungläubig. „Niemand kann von den Toten auferstehen!“

„Da hast du völlig recht“, stimmt Will ihm zu. „Aber jedes Leben besteht aus Lebensenergie, die nicht verloren gehen kann. Sie transformiert sich lediglich. Und ich glaube, Chatan hat einen Weg gefunden, einen Teil seiner Lebensenergie an einen Erben weiterzugeben, ohne dass die Toka das mitbekommen haben.“

„Wie ist das möglich?“ Antonia blickt Will gespannt an.

„Ich habe keine Erklärung dafür, doch glaube ich fest daran, dass dies möglich ist. Schau dir Helios an. Er sieht aus wie ein einfacher Sperber. Sperber haben eine Lebenserwartung von rund fünfzehn Jahren und doch ist Helios seit 24 Jahren an meiner Seite. Allein das ist ein Beweis dafür, dass mehr in ihm steckt als ein gewöhnlicher Sperber. Eine andere Lebensenergie, eine zusätzliche Lebensenergie. Vielleicht ist es die Lebensenergie eines Krafttieres, das vor langer Zeit einem starken Genius folgte. Vielleicht ist es sogar die Lebensenergie von Chatans Habicht. Ich weiß es nicht. Aber ich weiß, dass das Netz des Lebens eine Menge Dinge ermöglichen kann, um sein Fortbestehen zu sichern. Und dazu gehört ganz gewiss auch die gezielte Lenkung der Wiedergeburt von Lebensenergie.“ Er schaut liebevoll zu dem Greifvogel hinauf, bevor er weiterredet. „Vielleicht hat auch Chatan einen Teil seiner Lebensenergie als eine Art Energieinsel im Netz des Lebens weitervererbt. Chatan war ein sehr starker Genius. Man sagt ihm nach, dass er vor allem dann besondere Kräfte entwickelte, wenn der Habicht in der Nähe war.“ Will schaut kurz zu Boden und schüttelt dann langsam den Kopf. „Wisst ihr, wir messen alles in menschlichen

Maßstäben. Selbst wir Genius, die wissen, welche besonderen Mächte existieren, sind oft genug nicht dazu in der Lage, darauf zu vertrauen, dass die Lebensenergie uns leiten wird. Wir halten so vieles für unmöglich, nur weil unser Verstand nicht ausreicht, um es zu erklären. Als meine Aura begann, sich zu entwickeln, wenige Wochen bevor mich die Toka meiner Mutter wegnahmen, begegnete ich Helios bei einem Spaziergang im Wald. Er folgte mir und hält sich seitdem immer in meiner Nähe auf. Dabei achtet er ganz genau darauf, vor den Toka verborgen zu bleiben. Kurz nachdem ich ihn kennengelernt hatte, begann Helios, in Bildern zu mir zu sprechen. Erst waren es Träume, später dann plötzliche Eindrücke, die die Welt aus seiner Perspektive zeigten und mir am helllichten Tag vor dem inneren Auge erschienen. Es dauerte Monate, bis ich fähig war, die Bilder zu deuten und zu begreifen. Ich musste erst lernen, meinen Verstand zu beruhigen, der die Verbindung zum Transzendenten unterdrückte. Doch wenn dies einmal geschafft ist, wenn man einmal an dem Punkt ist, darauf zu vertrauen, dass Unmögliches möglich sein kann, ist es ganz einfach. Helios erklärte mir mit Bildern, dass ich ein stärkerer Genius bin als viele andere. Er zeigte mir, dass er als mein Krafttier die Begabung hat, meine Aura zu verändern und sie zu unterdrücken. Und er lehrte mich, meine Aura selbst zu beeinflussen. Wobei ich immer noch seine Hilfe brauche, wenn ich meine wahre Aura ganz nach außen strahlen lasse. Er hilft mir dabei, ihre Bewegungen zu kontrollieren und ihre Energie zu beherrschen. Auch ohne seine Hilfe kann ich allerdings schon seit vielen Jahren meine wahre Aura in mir einschließen und nur kleine Energiewellen nach außen lassen. So kann ich exakt eine Toka-Aura vortäuschen, und zwar so überzeugend, dass selbst Achak und Hassun immer in dem Glauben blieben, ich hätte mich vom Netz des Lebens abgewandt und würde ihren Idealen dienen."

„Achak und Hassun müssen doch schon sehr alt sein, oder?", fragt Karla nach.

„Nun ja, Hassun ist bereits gestorben. Er war der älteste der drei Brüder. Achak dürfte jetzt auf die achtzig zugehen, ist aber noch immer das Oberhaupt des Toka-Clans."

„Wie viele Toka gibt es denn noch?" Flinns Gedanken beschäftigen sich bereits mit der Frage, wie viele Gegner ihnen gegenüberstehen werden.

„Mit Achak sind es 19. Tja, seit heute dann nur noch 18. Ich habe ja endlich die Seiten wechseln können. Wenngleich die Toka mit hoher Sicherheit derzeit davon ausgehen, ihr hättet mich überwältigt und ich wäre euer Gefangener."

„Wie funktioniert das, dass Helios und du planen konntet, dass die Toka mich nicht finden können?" Langsam werden die Fragen in Antonias Kopf weniger.

„Helios kann nicht nur meine Aura unterdrücken", erklärt Will. „Er ist eine Art Schutzschild, der generell die Lebensenergie eines Lebewesens nach außen abschirmen kann, sodass sie von anderen nicht oder nur verändert wahrgenommen wird." Er schaut Antonia an. „Nachdem du im Wald bewiesen hast, dass du eine ganz besondere Lebensenergie in dir trägst, die du nicht kontrollieren kannst, habe ich dir Helios zur Seite gestellt. Seit er bei euch ist, dringt von niemandem von euch mehr ein Energiefeld nach außen. Wir leben gerade sozusagen unter einer Art Käseglocke." Will grinst die anderen an.

„Das bedeutet, ich bin wirklich eine von euch, eine Genius?" Antonia ist sich unsicher, ob sie die Antwort auf ihre Frage hören möchte.

Will seufzt, bevor er ihr antwortet. „Nein, Antonia. Ich muss dich enttäuschen. Ich bin mir ziemlich sicher, dass du keine Genius bist."

„Nicht? Aber ich habe es doch gespürt!", wirft Flinn ein.

„Was genau hast du gespürt?", fragt Will wissend.

„Ein unfassbar starkes Energiefeld!"

„Genau! Ein unfassbar starkes Energiefeld", bestätigt Will. „Aber keine Genius-Aura."

„Deshalb spüre auch ich nichts von einer Aura, wenn ich in Antonias Nähe bin, richtig?" Lonan findet Wills Erklärung einleuchtend.

„Ganz genau!", bestätigt dieser. „Lonan ist ein besonderer Erbe Chatans. Er ist sogar feinfühliger als ich. Das habe ich in all der Zeit gemerkt, die ich ihn beobachtet habe."

„Du warst das?", fragt Lonan überrascht.

„Ja, ich hatte den Auftrag zu prüfen, ob du der Erbe Chatans bist, der als starker Genius die Toka seine Rache spüren lassen kann. Ich war jahrelang in deiner Nähe. Es war kaum zu ertragen zu sehen, wie sehr du gelitten hast, ohne dir helfen zu dürfen. Und ich danke Horus unendlich dafür, dass er in dein Leben getreten ist und es dir ermöglicht hat, Frieden zu finden." Tränen sammeln sich in Wills Augen.

Antonia mustert den fast zwei Meter großen Mann. Ihm steht der Schmerz ins Gesicht geschrieben. *Niemand wird als Held geboren*, kommt ihr in den Sinn. *Niemand wird jemals nur Held sein. Egal wohin unsere Lebensreise uns führt, tief im Inneren bleibt jeder von uns verletzlich. Welch beruhigender Gedanke.*

„Lonan, es tut mir so leid, dass ich mich dir nicht zeigen konnte. Es schmerzte sicherlich auch Greta enorm, dass sie dir nichts vor mir erzählen durfte. Doch hätte sie es getan, hättest du versucht, mich zu finden. Du hättest versucht, mich von den Toka zu befreien …" Will scheint um Verständnis zu bitten.

„Das hätte ich! Mit allen mir zur Verfügung stehenden Mitteln!", unterbricht ihn Lonan.

„Siehst du? Deine Kraft und dein Mut hätten nicht vor den Toka haltgemacht. Aber ich wusste, dass ich zwischen ihnen untertauchen musste. Ich musste ihre Taten beobachten, ihre Wege gehen und ihnen immer einen Schritt voraus sei, um vorbereitet zu sein. Vorbereitet darauf, eines Tages den Erben zu finden, den Chatan ausgewählt hat, um seine Lebensenergie weiterzutragen. Damit ich diesen Erben schützen und vorbereiten kann auf seine Konfrontation mit Achak. Diesem Erben fühle ich mich bis heute verpflichtet, um die Taten der Toka zu rächen. Und ich werde ihn mit meinem Leben schützen. Oder besser gesagt sie!" Will schaut Antonia an und die anderen folgen seinem Blick.

„Oh, mein Gott! Nein! Nein, nein, nein! Das … das … das ist ein Missverständnis. Eine Verwechslung! Ich bin nicht die Erbin Chatans. Ganz sicher! Ich bin nicht mal mit Chatan verwandt. Ich habe keinerlei nordamerikanische Wurzeln!" Antonia blickt Hilfe suchend in die Gesichter der anderen.

Will zieht geräuschvoll die Luft ein. „Das ist so nicht ganz richtig, Antonia."

„Erklär es uns!", fordert Daniel ihn auf.

„Das ist wieder eine etwas längere Geschichte. Also gut. Wo fange ich an …“ Will denkt angestrengt nach. Dann setzt er an: „Niemand ist perfekt. Auch ein so großer Genius wie Chatan nicht.“

Ungeduldig unterbricht Antonia ihn: „Was soll das heißen?“

„Nun ja“, sagt Will. „Chatan hatte ein uneheliches Kind. Gezeugt mit der besten Freundin seiner Frau.“

„Oh!“, entfährt es Karla und Daniel unisono.

„Ganz genau! Ein unverzeihlicher Fehler. Und doch schaffte die Liebe seines Lebens es, über diesen Seitensprung hinwegzusehen. Seine Frau verzieh Chatan, aber nicht ihrer Freundin. Diese beste Freundin war zum Zeitpunkt der Liaison mit Chatan nur für wenige Wochen zu Besuch in Nordamerika und kehrte danach nach Deutschland zurück. Dort wuchs ihr Kind ohne Vater auf, da Chatan zwar von der Schwangerschaft wusste, aber noch vor Geburt des Sohnes verstarb. Somit wuchs der Junge ohne das Wissen über die Genius und seine Herkunft auf. Er selbst heiratete spät und wurde spät Vater. Vor etwas mehr als 17 Jahren kam seine Tochter auf die Welt. Antonia.“

Erneut wenden sich alle Blicke Antonia zu, die versucht, die Informationen zu verarbeiten.

„Es … ich … es könnte möglich sein. Mein Vater ist tatsächlich nur von seiner Mutter großgezogen worden. Meine Oma hat immer gesagt, dass sein Vater ein außergewöhnlicher Mann war, den sie leider nur kurz gekannt hat, bevor er bei einem Unfall ums Leben kam.“

„Antonia, ich bin mir sehr sicher, dass es die Wahrheit ist.“ Will schaut sie an. „Du bist eine Erbin Chatans, genau wie

Lonan und ich. Und du wurdest auserwählt, seine Lebensenergie zu tragen."

/22/

„Aber ich dachte, Antonia ist keine Genius!“ Flinn schaut Will verwirrt an.

„Das ist sie auch nicht. Chatans Lebensenergie steckt trotzdem in ihr, auch wenn Antonia nicht mit dem Netz des Lebens verbunden ist.“

„Heißt das … bin ich Chatan?“ Antonia ist völlig verunsichert.

„Nein, Antonia!“, sagt Will entschieden. „Du bist nicht Chatan. Du bist du! Du bist ein Mensch. So wie in Helios neben seiner Krafttierenergie auch ein ganz normaler Sperber steckt, bist du ein Mensch, der zusätzlich mit einem Teil der Lebensenergie eines Verstorbenen gesegnet ist. Wenn ein Lebewesen stirbt, kehrt dessen Lebensenergie ins Netz des Lebens zurück, vereinigt sich dort mit anderen Energiewellen und bildet dann neues Leben. In deinem Fall ist es nur ein kleines bisschen anders. Chatans Lebensenergie hat sich nicht mit anderen Energiewellen verbunden, sondern ist als eine Art verkapselte Energieinsel an dich weitergetragen worden.“

„Das macht es nicht wirklich besser!“ Antonia schaut an sich herab. „Das hat so was von ‚Alien‘!“

Lonan geht langsam zu ihr. „Weißt du, was noch viel verrückter ist?“

„Oh nein! Was immer es auch ist, ich will es nicht wissen. Ich habe für heute genug erfahren!“ Antonia flüchtet sich in Sarkasmus.

Lonan lächelt sie an. „Ich sag es dir trotzdem.“

„Na los, was ist es?“

„Wenn Will recht hat, heißt das, dass du um ein paar Ecken herum so was wie meine Tante bist!“ Er fängt an zu lachen.

„Ich wusste, dass ich es nicht hören will!“, antwortet Antonia, aber trotzdem zeichnet sich ein Lächeln auf ihrem Gesicht ab.

Flinn stellt sich in diesem Moment keine Fragen mehr über Genius, Toka oder die Vorfälle der letzten Tage. Seine Gedanken drehen sich einzig und allein um die Hoffnung, dass Antonia und Lonan aufgrund der – wenn auch entfernten – Verwandtschaft das Interesse aneinander verlieren könnten. Und das bringt auch ihn zum Lächeln.

Will steht auf und streckt seine langen Arme von sich. Dann nimmt er wieder seine typische, etwas geduckte Haltung ein, als wollte er niemanden mit seiner wahren Größe ängstigen.

Antonia mustert ihn. Seine Statur, seine Bewegungen. Und dann dämmert es ihr. „Du warst das auf dem Motorrad! Und du warst der Toka im Wald! Du wolltest Spike töten!“

Will hebt abwehrend die Hände. „Hätte ich Spike töten wollen, hätte ich es getan. Ich weiß, wie man mit Klingen umgeht! Vertrau mir. Ich musste so handeln. Ich war unter Beobachtung. Ich habe mich so verhalten, als würde ich es ernst meinen und ein Blutbad anrichten. Aber ich habe darauf geachtet, Spike keine lebensbedrohlichen Verletzungen zuzufügen. Glaub mir!“

Antonia ist alarmiert aufgesprungen.

Will beruhigt sie. „Sieh dir Spike an und wie er im Van auf mich reagiert hat. Er weiß, dass ich nicht anders handeln konnte. Helios hat es ihm erklärt!“

„Helios?!?“, fragt Antonia ungläubig.

„Ja, Helios.“

Antonia atmet tief durch und entspannt sich, als Spike an ihre Seite tritt und sie anstupst. Danach geht er zu Will und schmiegt sich an ihn.

„Leute, ich bin echt erledigt. Lasst uns bitte morgen weiterreden." Daniel lässt erschöpft die Arme hängen.

„Nicht ohne ein vernünftiges Abendessen!", insistiert Karla. „Ich zaubere uns schnell eine kalte Platte und dann kann Will uns noch erklären, wie die Toka Antonia überhaupt gefunden haben. Denn die Frage ist für mich noch nicht erklärt."

„Einverstanden!" Will steckt noch voller Energie. „Und nicht zu vergessen: unsere eigentliche Aufgabe steht uns noch bevor. Antonia muss sich Achak stellen."

„Muss ich das wirklich?", fragt Antonia mit sorgenvoller Miene.

Will geht auf sie zu, legt ihr beide Hände auf die Schultern und schaut sie ernst an. „Ja, Antonia. Das musst du. Achak ahnt nun, welche Energie in dir steckt. Die Energie, die er schon sein Leben lang fürchtet. Er wird alles dafür tun, um diese Energie zu zerstören."

Antonia blickt Will fast teilnahmslos an, als sie das fragt, was sie eigentlich längst schon weiß: „Wie kann Achak Chatans Lebensenergie töten?"

Will seufzt. „Antonia, ich werde nicht zulassen, dass dir etwas passiert. Ich nicht, Helios nicht, Spike nicht und ich bin mir sicher, alle anderen hier denken genauso."

Ein Nicken geht durch die Runde.

Will fährt fort: „Wir werden Achak zuvorkommen. Wir werden dich vorbereiten, ihn in eine Falle locken und mithilfe von

Chatans Lebensenergie werden wir ihn und die Toka vernichten. Und damit der Disorder einen herben Schlag versetzten."

Antonia zieht die Mundwinkel nach oben, lässt dabei aber die Schultern hängen und senkt den Blick zu Boden.

„Sieh mich an!", bittet Will.

Antonia hebt den Blick.

„Antonia, ich werde dich beschützten. Und wenn es das Letzte ist, was ich auf Erden tue. Dich zu schützen, ist meine Bestimmung." Er nimmt sie in den Arm.

„Und wir werden dabei helfen!", sagt Daniel bestimmt.

Wie in einer Choreografie gehen Daniel, Karla, Flinn und Lonan einen beherzten Schritt auf Antonia zu, als würde genau dies ihr Versprechen besiegeln.

/23/

Einige Stunden später sitzen Antonia, Flinn und Lonan mit gekreuzten Beinen auf Flinns Bett und können immer noch kaum glauben, was sie heute alles erfahren haben. Sie haben Will so ziemlich jede Frage gestellt, die ihnen durch den Kopf ging, und erstaunlich viele Antworten bekommen. Nach und nach kommt Klarheit in die Vielzahl an Rätseln, auch wenn einige Dinge weiterhin im Ungewissen liegen. Antonia hat nicht vergessen, was Will Spike angetan hat, doch seitdem sie weiß, dass das zu einem Plan gehörte, der sie retten soll, hat sich mal wieder ihre Welt auf den Kopf gestellt. Wahrnehmung und Wahrheit könnten nicht weiter auseinanderliegen und sie fragt sich, ob sie jemals wieder so etwas wie eine sichere Gewissheit spüren wird.

Dass Antonias Großmutter nach der Geburt ihres Sohnes Grannys Mutter einen Brief schrieb, machte die Toka viele Jahre später auf Antonia aufmerksam. Antonias Großmutter hoffte auf Versöhnung mit ihrer besten Freundin. Sie versuchte, ihre kurze Liebschaft mit Chatan zu erklären, und schrieb auch von dem daraus entstandenen Sohn. Granny erbte diesen Brief und brachte es nicht übers Herz, ihn zu zerstören. Stattdessen versteckte sie ihn jahrelang. Doch nach ihrem Tod gelangte er trotzdem irgendwie in Achaks Hände, sodass dieser auf weitere Erben Chatans aufmerksam wurde. Als die Toka Antonias Vater ausfindig gemacht hatten, war dieser schon seit Monaten verstorben. Kurz darauf entdeckten die Toka Antonia. Will sicherte sich den Auftrag, sie zu beobachten, doch auch als er

Achak berichtete, dass Antonia keine Genius-Aura ausstrahle, wollte dieser auf Nummer sicher gehen. Er beauftragte Will damit, sie einzuschüchtern, um zu testen, ob dies Antonias kaum spürbare Aura deutlicher machen würde. Daher der Angriff mit dem Motorrad. Doch selbst Will konnte nichts von der Chatan-Aura spüren, die Antonia in sich trägt. Achak bestand trotzdem darauf, Antonia zu entführen und zu befragen – er hatte Sorge, dass es noch weitere Verwandte geben könnte.

Wieder war Will derjenige, der sich freiwillig für den Einsatz, diesmal denjenigen im Wald, meldete. Nur so konnte er garantieren, dass er aus erster Hand erfahren würde, was vor sich ging. Er bekam allerdings einen zweiten Toka zur Seite gestellt. Will selbst war völlig perplex, als Antonia plötzlich dieses Energiefeld zur Abwehr erzeugte. Ab diesem Moment war ihm klar, dass Antonia Chatans Lebensenergie in sich tragen muss. Anders war es nicht erklärbar. Dumm nur, dass auch der andere Toka das natürlich mitbekommen hatte. Will war klar, dass er verhindern musste, dass die Toka Antonia erneut aufspürten. Das Einzige, was er tun konnte, war, Antonia Helios an die Seite zu stellen.

Bilder in Gedanken an Will zu übertragen, hatte Helios über die Jahre hinweg perfektioniert. Daher erfuhr Will auch aus der Distanz, dass Lonan zu ihnen gestoßen war und dass sie etwas planten. Er selbst schmiedete daraufhin seinen Plan: Er wollte das Zusammentreffen am Flughafen nutzen, um so zu tun, als wäre er in die Fänge der Genius gelangt.

„Was haltet ihr von alldem?“, beginnt Flinn das Gespräch und reißt Antonia so aus ihren Gedanken.

„Mich kann so ziemlich nichts mehr überraschen", antwortet Antonia. „Wenn mir morgen jemand erzählt, dass glitzernde Einhörner auf dem Regenbogen leben, Blumen eigentlich verzauberte Drachen sind und wir Menschen nur der Fantasie eines einäugigen Riesen entsprungen sind, dann werde ich vermutlich auch das glauben!"

„Na, zumindest hast du deinen Humor nicht verloren!", bemerkt Lonan und klopft ihr freundschaftlich aufs Bein. Flinn bemüht sich, bei diesem Anblick nicht seine gute Laune zu verlieren. „Was machen wir jetzt?", fragt er nach. „Ganz ehrlich – ich kann jetzt nicht schlafen."

Lonan springt auf. „Ich hab eine Idee! Ihr habt Ferien und wir machen jetzt einfach mal das, was andere Leute in unserem Alter auch tun würden! Es ist erst zehn!"

Flinn und Antonia schauen ihn an. Große Fragezeichen stehen ihnen in die Augen geschrieben.

„Und das wäre?", fragt Antonia.

„Party!", ruft Lonan.

„Echt jetzt?" Antonia klingt nicht überzeugt. „Meinst du nicht, wir sollten eher noch mal alle Fakten durchgehen und überlegen, was das für uns bedeutet?"

„Ach komm schon, Antonia!" Lonan legt all seine Überzeugungskraft in seine Stimme.

„Wir stecken mitten in einem Kampf der Genius gegen die Toka und du willst Party machen?" Auch Flinn zeigt wenig Verständnis für Lonans Idee.

„Ja, will ich! Weil wir bei alldem nicht vergessen dürfen, dass wir jung und frei sind und auch mal auf andere Gedanken kommen müssen."

„Ist das nicht zu gefährlich?“, fragt Antonia zögerlich, scheint aber doch langsam Gefallen an der Idee zu finden.

„Nein, wieso denn?“, fragt Lonan. „Nach allem, was wir wissen, wird Helios uns folgen und damit sind wir quasi unsichtbar!“

Flinn denkt kurz nach und schlägt dann vor: „Was haltet ihr von einem Kompromiss? Keine Party, aber wir packen ein paar Sachen zusammen, steigen ins Freibad ein und gehen schwimmen!“

„Grandiose Idee!“, freut sich Lonan.

„Okay, bin dabei“, stimmt jetzt auch Antonia zu. „Lasst uns kurz am Haus meiner Tante halten, ich würde mir echt gerne ein paar Dinge holen.“

„Klar! Also, dann ist es beschlossene Sache! Cool!“ Flinn strahlt bis über beide Ohren.

„So, jetzt müssen wir nur noch schauen, wie wir Horus, Spike und Jardy rausschmuggeln, ohne dass wir die anderen wecken. Die drei nehmen wir mit, sonst werden sie uns nur verraten.“

Keine zwanzig Minuten später sind sie unterwegs zu Antonias Wohnung. Handtücher, Badehosen, Snacks und ein paar Getränke sind in zwei Rucksäcken verstaut, die Flinn und Lonan geschultert haben. Sie haben es geschafft, ungesehen das Haus zu verlassen und sogar drei Fahrräder aus der Garage zu holen, ohne jemanden zu wecken. Nun radeln sie durch den lauen Sommerabend und halten hin und wieder Ausschau nach dem Sperber.

„Da oben ist er!“, ruft Antonia freudig. „Helios folgt uns!“

„Hast du etwas anderes erwartet?“, fragt Flinn zurück.

Lonan fällt ihr mahnend ins Wort: „Leute! Wir wollten Party machen! Und uns nicht den Kopf zerbrechen! Lasst uns einen Deal machen, okay? Heute Abend sprechen wir über nichts mehr, das irgendwie mit Genius, Toka, Disorder oder dem Untergang der Menschheit zu tun hat. Und ab morgen stürzen wir uns wieder ins Grübeln. Einverstanden?“

„Geht klar!“, antworten Flinn und Antonia lachend.

Im Schwimmbad angekommen, übernehmen Horus, Jardy und Spike die Aufgabe der Aufpasser und liegen neben den eher unsanft geparkten Fahrrädern am Rand des Schwimmbadgeländes. Das Überklettern der nur knapp zwei Meter hohen Mauer war leichter als gedacht, nachdem Lonan den anderen gezeigt hat, wie sie sich am besten nach oben schwingen. Nun stehen die drei in Badesachen bei herrlich warmen Temperaturen am Rand des Schwimmbeckens.

„Wer kommt mit rein?“ Flinn hat so gute Laune wie schon lange nicht mehr.

Sie sind im Schwimmbad und damit definitiv in seiner Komfortzone. Obwohl er das Schwimmtraining vor Kurzem aufgegeben hat, ist und bleibt Wasser sein Element. Egal ob es um Technik oder Geschwindigkeit geht – beim Schwimmen machen ihm nur wenige etwas vor. Jetzt hat er die einmalige Chance, Antonia zu beeindrucken. Lonan hat seine Tattoos, Flinn seine imposanten Schwimmbewegungen. Mal sehen, was Antonia anziehender findet.

Bevor Antonia oder Lonan antworten können, ist Flinn mit einem präzisen und äußerst eleganten Köpper ins Wasser eingetaucht und krault zum gegenüberliegenden Bahnende. Eine schnelle Wende und nach deutlich weniger als dreißig Sekunden taucht Flinn wieder auf.

Er strahlt über das ganze Gesicht. „Das Wasser ist herrlich! Worauf wartet ihr?“

„Ist das nicht etwas kalt?“, gibt Antonia zu bedenken.

„Wenn du nur zuschaust, schon!“, kontert Flinn.

Mir ist vom Zuschauen eher heiß geworden. Antonia versucht, nicht allzu auffällig auf Flinns beeindruckend definierte Schulterpartie zu starren. Als wäre das nicht genug, schaut Flinn sie mit einseitig hochgezogenem Mundwinkel verschwörerisch an und fährt sich durch die nassen Haare. Antonias Kniegelenke transformieren sich zu Kleinkindknete, sodass sie es nicht wagt, sich auch nur einen Schritt zu bewegen.

„Ich weiß nicht … ich lasse Lonan den Vortritt“, rettet sie sich aus ihrer misslichen Lage.

Lonan wehrt ab: „Ich habe gerade gesehen, wie Flinn diesen Hammersprung ins Becken hingelegt hat und dann torpedoähnlich die Bahn entlangraste. Das muss ich erst noch verarbeiten!“

„Ihr seid Spielverderber! Weshalb sind wir denn hier? Zum Rumheulen?“

Flinn stemmt die Arme auf den Beckenrand und drückt sich mit einem kräftigen Schwung nach oben. Dabei erhalten seine Oberkörpermuskeln ein um Aufmerksamkeit konkurrierendes Eigenleben und scheinen über sich hinauszuwachsen. Antonia bleibt kurz die Luft weg. Sie ist noch damit beschäftigt, die Fassung wiederzuerlangen, als Flinn bereits aus dem Becken springt und seine nasskalten Arme um sie schlingt.

„Rein mit dir!", befiehlt er scherzhaft und gibt Antonia genau den Schwung, den sie benötigt, um unausweichlich, aber doch würdevoll ins Becken einzutauchen.

Ihr entfährt ein kurzer Schrei, bevor sie nicht ganz spritzerlos im Wasser landet.

„Boah, das war ja so was von fies", prustet sie lachend, als sie wieder auftaucht. „Verdammt, ist das Wasser kalt!"

Lonan weicht ein paar Schritte zurück. „Ohne mich, Leute! Ich kühle mich lieber mit einem Bier ab!" Er schlendert zurück zu den Handtüchern und kramt in einem der Rucksäcke.

Flinn ist überrascht. Lonan überlässt ihm das Feld? Das heißeste Mädchen des Universums schwimmt nur mit einem Bikini bekleidet vor ihnen, während das Mondlicht auf ihrer nassen Haut glitzert, und Lonan holt sich ein Bier? Besser könnte der Abend gar nicht laufen! Er nimmt einige Schritte Anlauf und taucht mit einem zweiten perfekten Kopfsprung ins Wasser. Mit zwei kraftvollen Schwimmzügen ist er bei Antonia und durchbricht die Wasseroberfläche nur wenige Zentimeter vor ihrem Gesicht.

„Und, ist dir noch kalt?" Flinn fährt sich erneut durch die Haare und Antonia fragt sich, wie dieser Mensch plötzlich so unfassbar sexy sein kann.

Sie schluckt und sucht in ihrem Gehirn nach dem Sprachzentrum, das sich unauffindbar versteckt hat. „Ähm, also, wenn man mal drin ist, geht es eigentlich mit der Kälte." Sie ist dankbar, dass die Dunkelheit die Röte versteckt, die ihr in großen Wellen ins Gesicht steigt. Wenn sie eines im Moment gar nicht empfindet, dann ist es Kälte.

„Schwimmen wir ein Stück zusammen?", fragt Flinn mit einem Ausdruck in den Augen, der Antonia noch nervöser macht.

„Was hältst du davon, wenn du schwimmst und ich im Dunklen hinter dir herplansche und hoffe, dass du mich nicht zu genau beobachtest? Ich bin echt schlecht im nassen Element."

„So schlimm wird es schon nicht sein, oder?"

„Schlimmer!"

„Na komm! Lass uns zur anderen Seite schwimmen!" Alles, was dazu beiträgt, den Abstand zu Lonan zu vergrößern, ist Flinn recht. „Ich guck auch nicht!"

Antonia lacht und folgt Flinn, der betont langsam schwimmt und anstandsvoll seinen Blick nach vorne richtet. Am anderen Bahnende angekommen, haken sich beide mit gekreuzten Armen am Beckenrand ein und lassen sich im Wasser treiben.

„Schade, dass Lonan nicht mit reingekommen ist!" Flinn könnte sich selbst für diese doofe Bemerkung ohrfeigen. Antonia wird ihm das niemals abnehmen.

„Ja, er ist ein netter Typ!", antwortet Antonia.

Läuft!, denkt Flinn. *Nett ist ganz weit weg von cool.* Er schmunzelt, was Antonia nicht entgeht. Sie boxt ihn in den Oberarm.

„Was?", echauffiert er sich gespielt.

Antonia blickt ihn auffordernd an. „Komm schon, gib zu, dass du ihn nicht leiden kannst!"

„Das stimmt nicht!", wehrt Flinn sich.

„Sondern?", bohrt Antonia nach, während sie Sorge hat, dass das Beckenwasser rund um sie verdampfen könnte. Ihre Körpertemperatur nähert sich verdächtig dem Siedepunkt.

„Es ist nur, … na ja", stammelt Flinn.

Soll er etwas andeuten? Sie an seinen Gefühlen teilhaben lassen? Nein, keinesfalls. Der Abend ist zu schön, um zu riskieren, dass er Antonia überfordert.

„'Na ja' was?" Insgeheim hofft Antonia, dass Flinns Abneigung gegen Lonan etwas mit ihr zu tun hat.

„Ach, ich weiß auch nicht. Können wir nicht über was anderes reden?" Flinn ist sich sicher: *Nicht heute Abend! Das wäre alles viel zu früh. Was soll sie denn denken? Dass ich nichts Besseres zu tun habe, als mich in ihre unfassbar grünen Augen zu verlieben, während sie in lebensbedrohlicher Gefahr schwebt?*

Antonia versucht, ihre Enttäuschung zu verbergen. „Okay!", sagt sie. Eine kurze Weile herrscht Schweigen, bevor sie zaghaft fragt: „Warum triffst du dich eigentlich nicht mit deinen Freunden oder deiner Freundin, sondern kümmerst dich die ganze Zeit um mich und meine Probleme? Es sind doch Ferien!" Okay, jetzt hat sie sich eindeutig ein Stück hervorgewagt.

Flinn lacht. „Erstens, mein bester Freund hält gerade seinen Hintern in die Sonne Mallorcas – zusammen mit seiner neuen großen Liebe." Er schaut auf die Uhr. „Na ja, vermutlich ist sie jetzt bereits seine Ex. Er hält es nie länger als eine Woche aus."

„Oh, ich mag ihn jetzt schon", gibt Antonia ironisch zurück. „Und zweitens?"

„Zweitens, eine Freundin habe ich nicht."

Wieder entsteht eine Pause. Ob Flinn gemerkt hat, dass ihr Herz gerade in Standing Ovations ausgebrochen ist? So ganz kann sie nicht glauben, dass ein so cooler Typ wie er nicht fest vergeben ist.

Zaghaft fragt sie: „Sicher?"

Flinn lacht: „Ja! Da bin ich mir sicher!"

Die erneute Nachfrage zaubert ihm ein noch breiteres Lächeln ins Gesicht. Ob Antonia doch mehr in ihm sieht als einen guten Freund?

„Na, ich mein ja bloß." Antonia möchte noch nicht das Thema wechseln. Die Spannung, die gerade zwischen ihr und Flinn entsteht, ist das bei Weitem schönste Gefühl, das sie in den letzten zehn Monaten erlebt hat. Ob nur sie das Knistern in der Luft wahrnimmt oder ob er auch etwas spürt?

„Bloß was?" Flinn hält die Luft an. Er ist völlig überfordert mit der Situation.

„Ist ziemlich ungewöhnlich für einen Typen wie dich. Oder hältst du dich da an deinen Freund und legst dich nicht gerne fest?"

„Für einen Typen wie mich? Was soll das denn jetzt bitte heißen?"

„Na, du bist nett und schlau und hübsch!"

Während sie das sagt, schaut Antonia ihm erneut in die Augen und Flinns Verstand verabschiedet sich ins Nirvana. *Flirtet sie mit mir? Kann das wirklich sein?* Mit klopfendem Herzen sortiert er die wenigen Gehirnzellen, die er noch bewusst ansteuern kann, und zerrt seinen Verstand in die Realität zurück.

„Hübsch? Ernsthaft? Hübsch sind kleine Cousinen in rosa Kleidchen! Und nett und schlau deutet auf die Computer-AG hin. Du hast mich quasi als Nerd in Pink bezeichnet", scherzt er.

„So in der Art!", neckt Antonia ihn zurück.

„Da muss ich mich umgehend wehren! Tauchgang!", ruft Flinn und zieht sie mit sich unter Wasser.

Er hält es keinen Moment länger aus. Er muss Antonia einfach berühren. Jetzt und sofort und am liebsten für immer. Sie wehrt sich nicht, als er ihr die Hände auf die Schultern legt und sie durch das vom Mondlicht glitzernde Wasser anblickt. Kurz überlegt er, sie an sich zu ziehen, aber im gleichen Moment scheint ihr die Luft auszugehen und sie taucht wieder auf.

Prustend kommt Antonia an die Wasseroberfläche. Wenn sie noch eine Sekunde in Flinns Nähe bleibt, wird sie sich an ihn schmiegen und ihn nie wieder loslassen. Aber das geht nicht. Nicht hier, nicht jetzt. Nicht vor Lonan. Sie glaubt zu spüren, was in Lonan vor sich geht, und sie muss auf seine Gefühle Rücksicht nehmen. Schon jetzt – nach so kurzer Zeit – ist er ein wichtiger Anker in dem neuen Leben geworden, in das sie so unfreiwillig geworfen wurde. Antonias Verstand sucht verzweifelt nach weiteren Gründen, um nicht zugeben zu müssen, dass sie Angst hat. Angst davor, dass sie sich in jemanden verlieben könnte, der ihre Gefühle nicht in gleichem Maß erwidert. Angst davor, wieder jemanden zu verlieren, der ihr am Herzen liegt.

Sie schwimmt Richtung Beckenrand und ruft über die Schulter: „Wer zuerst am Handtuch ist!"

Flinn schaut ihr hinterher. *Verdammt! Genau das wolltest du vermeiden. Du bist ihr zu nah gekommen. Sie hat sich unwohl gefühlt. Hör auf, sie so zu überrumpeln!* Er krault hinterher und hat sie sofort eingeholt. Er fliegt förmlich an ihr vorbei und steigt bereits am anderen Beckenende aus dem Wasser, bevor Antonia nur die Hälfte der Strecke hinter sich gebracht hat. Er joggt zu den Rucksäcken und sprintet zurück zum Beckenrand, um Antonia aus dem Wasser zu helfen und ihr ein Handtuch über die

Schultern zu legen. *Nur diese eine Berührung noch. Ich helfe ihr nur aus dem Wasser.*

Mit hochroten Wangen kommen die beiden zurück zu Lonan. In der Dunkelheit kann er ihre Gesichter kaum erkennen, sagt aber dennoch: „Na, ihr zwei? War ganz schön heiß im Wasser, oder?" Dabei grinst er und öffnet seine zweite Flasche Bier.

Antonia geht nicht auf die Bemerkung ein. „Oh, du hast mit der Party schon alleine angefangen? Ist für mich auch noch was da?"

„Klar, was immer dein Herz begehrt! Wir haben noch vier Bier – mittlerweile vermutlich nur noch lauwarm – und ein paar giftgrüne Dosen mit irgendwelchem Zeug, das vermutlich atomar strahlt. Steht was mit Wodka drauf."

„Dann gib mir mal was von dem Wodka-Zeug!", sagt Antonia bestimmt.

Lonan hebt die Augenbrauchen. „Huh, da hat jemand wohl vor, sich so richtig abzuschießen?!?"

„Anders kann ich deine Gegenwart nicht ertragen!", antwortet Antonia mit einem Augenzwinkern.

„Na, dann pass aber auf! Jegliche Hemmungen fallen proportional zum steigenden Alkoholpegel", erwidert Lonan lachend.

„Keine Sorge, Antonia, ich passe schon auf, dass du nichts Dummes tust!", kontert Flinn und reicht ihr eine Dose Whiplash.

Antonia fühlt, wie die nicht mehr ganz kalte Flüssigkeit ihren Rachen hinunterläuft, und bereut bereits, sich für dieses Getränk entschieden zu haben. Der Geschmack bewegt sich undefinierbar zwischen etwas schmerzhaft Brennendem und einer

Packung saurer Skittles, die zu lange in der Sonne gelegen hat. Es scheint, als wäre selbst die verschmorte Plastikverpackung in den Drink gemixt worden. Zwei große Schlucke später setzt sie die Dose mit verzerrtem Gesicht und angewidertem Blick ab. „Was ist das denn für eine Plörre?!?"

Flinn spielt verletzten Stolz vor. „Was, du verweigerst mein Lieblingsgetränk? Da ist nur Gutes drin – Vitamine B, A, S, F und eine Menge Kohlenhydrate in Form kurzkettiger Zuckerverbindungen." Er lacht. „Gib her, ich trink aus."

Bevor er die Dose greifen kann, hat Antonia sie wieder an den Mund gesetzt und in einem Zug leer getrunken.

„Ist wie mit dem Wasser im Schwimmbecken", sagt sie mit ziemlich angeekeltem Gesicht. „Wenn man sich erst mal daran gewöhnt hat, macht es einem gar nichts mehr aus."

Lonan lacht. „Na, ich sehe schon - mit euch kann man feiern!"

Es wird ein ausgelassener Abend und ein stiller Beobachter hätte nicht den geringsten Grund zu der Annahme, dass diese drei jungen Menschen an der Front eines Kampfes zwischen zwei universellen Mächten stehen. Vermutlich ist es genau das, was die einen weiterkämpfen lässt, während andere hoffnungslos aufgeben – die Kunst, in jeder noch so bizarren Situation kleine Inseln der Normalität zu finden.

Viele Stunden nachdem sie aufgebrochen sind, sitzen Lonan und Flinn noch immer auf den Handtüchern auf der Liegewiese des Freibads und beobachten Antonia, die von Müdigkeit und zu vielen Wodka-Mixgetränken überwältigt eingeschlafen ist. Obwohl sie sich alle längst wieder angezogen haben, hat Flinn

Antonia zusätzlich eine Jacke übergelegt. Ihr Kopf ist auf seine Beine gebettet und ihre Gesichtszüge sind völlig entspannt. Flinn genießt jeden Atemzug.

„Sie mag dich!“, beginnt Lonan.

„Dich auch!“, entgegnet Flinn.

„Nicht so wie dich.“

„Was meinst du damit?“

„Nun ja. Ich mag spannend und interessant sein, aber ihre ehrliche Zuneigung gehört dir.“

„Woher willst du das wissen?“, fragt Flinn skeptisch.

„Das sieht man. Die Art und Weise, wie sie dich heute Abend angesehen hat. Außerdem sagt mir das meine Lebenserfahrung!“

„Schon klar! Du bist keine zwei Jahre älter als ich.“ Flinn lacht, freut sich aber sehr über Lonans Worte. *Vielleicht doch nicht so schlecht, der Typ.*

„In zwei Jahren kann viel passieren.“ Lonan blickt ernst auf die Flasche in seinen Händen und zupft unschlüssig an den abstehenden Ecken des Etiketts.

Flinn glaubt zu wissen, was in ihm vor geht. „Tut mir leid. Mom hat mir erzählt, was mit Granny geschehen ist. Es muss schlimm sein, seine Großmutter zu verlieren, wenn sie wie eine Mutter für einen ist.“

„Ja“, ist das Einzige, was Lonan darauf antwortet. Er leert die letzte Bierflasche und wechselt das Thema. „Und nun? Karla rechnet um acht am Frühstückstisch mit uns. Ich schlage vor, wir schieben unsere Bikes nach Hause.“

„Weise Entscheidung! Ich hatte zwei Bier und zwei Whiplash und sollte besser nicht mehr Rad fahren.“

Sanft weckt Flinn Antonia und gemeinsam brechen sie auf.

Schlaftrunken schafft es Antonia nur mit Lonans und Flinns Hilfe über die Schwimmbadmauer. Dagegen ist der Heimweg ein Kinderspiel. Die Hunde laufen voraus und Lonan schiebt zwei Räder – eins rechts und eins links von sich. Flinn schiebt sein Fahrrad mit dem einen Arm und hat den anderen um Antonias Schultern gelegt. Er bemüht sich, nicht allzu offensichtlich zu genießen, dass sie noch etwas unsicher auf den Beinen ist. Er weiß, dass sie sich in nüchternem Zustand sicherlich nicht in seinen Armen befinden würde. Lonans Einschätzung teilt er noch nicht, auch wenn er sich nichts mehr wünscht, als dass Antonia in ihm mehr sieht als einen guten Freund. Kurz blickt er zu Lonan, der ihn und Antonia scheinbar beobachtet hat und sich nun wie ertappt abwendet. Nicht schnell genug. Flinn hat den verletzten und fast traurigen Blick in seinen Augen gesehen. Schon wieder fühlt er sich wie in einem surrealen Blockbuster. Der Superheld und der Outsider buhlen um das gleiche Mädchen. Nur dass der Superheld gerade allem Anschein nach das Feld räumt und den Outsider in die Poleposition schiebt. Das soll mal einer verstehen.

Es ist fast vier Uhr morgens, als sie die Fahrräder beinahe lautlos in der Garage verstauen und müde in ihre Betten schleichen. Niemand scheint ihre Abwesenheit bemerkt zu haben.

/24/

„Wie siehst du denn aus?“, fragt Karla halbwegs entsetzt, als Flinn an den Frühstückstisch tritt. Vor ihr steht ein benutzter, aber leerer Teller, der beweist, dass Flinn etwas zu spät dran ist. „Schlecht geschlafen?“

Antonia sitzt bereits vor einer mit frischem Obst gefüllten Schale und schaut ihn gut gelaunt an. „Guten Morgen!“

„Na ja, hatte schon ruhigere Nächte. Guten Morgen zusammen!“ Das entspricht zumindest der Wahrheit. An Antonia gewandt sagt Flinn: „Und du? Gut geschlafen? Du siehst auf jeden Fall sehr ausgeruht aus.“

Antonia unterdrückt ein Lachen. „Ja, sehr gut geschlafen! Mein Kissen war etwas unbequem, aber sonst alles bestens.“

Ihr Blick verrät, dass sie auf ihren Schlaf im Schwimmbad anspielt, bei dem sie für ziemlich lange Zeit ihren Kopf auf seine Beine gebettet hatte.

„Ich bin mir sicher, das Kissen hat sich alle Mühe gegeben, möglichst bequem zu sein.“

Irritiert schaut Karla Flinn an. „So ganz wach im Kopf bist du noch nicht, oder?“

„Geht so … Wo stecken die anderen?“ Flinn wechselt gekonnt das Thema.

„Papa ist schon in der Klinik und von Lonan habe ich noch nichts gehört oder gesehen. Will müsste jeden Moment hier sein.“

Wie auf Kommando erscheint der Kopf des Angesprochenen im Türrahmen.

„Guten Morgen in die Runde! Das Sofa ist der Traum. Ich habe schon lange nicht mehr so gut geschlafen."

Flinn und Antonia schmunzeln und werfen sich vielsagende Blicke zu.

Flinn kann es nicht lassen und bemerkt: „Da sind wir aber froh, dass ihr alle so tief und fest geschlafen habt!"

„Also, deine Kommentare heute Morgen sind wirklich etwas sonderbar", erwidert Karla und runzelt die Stirn.

Nur in Shorts bekleidet kommt Lonan um die Ecke. „Fangt schon mal ohne mich an. Ich brauche erst eine Dusche!"

„Herrje, der sieht ja mindestens genauso fertig aus wie du!", sagt Karla zu Flinn. „Als hättet ihr kein Auge zugemacht. War Vollmond?"

„So ähnlich!", erwidert Flinn und schiebt sich einen großen Löffel Cornflakes in den Mund, um weiteren Fragen zu entgehen.

Karla steht auf. „So, ich bin schon durch und mache schnell noch ein paar Erledigungen. Wir treffen uns um halb zehn zur Lagebesprechung auf der Terrasse."

„Yep. Halb zehn im War-Room! Geht klar!" Flinn salutiert.

Eine gute Stunde später haben sich alle – mit Ausnahme von Daniel, der schon wieder in der Klinik ist – pünktlich um den runden Gartentisch versammelt. Karla hat eine rollbare Metaplanwand aus dem Büro auf die Terrasse gezogen und verteilt in bewährter Projektmanager-Manier Stifte und bunte Post-it-Blöcke.

„So, dann lasst uns mal überlegen, wie wir uns den Toka stellen wollen", fordert Karla auf. Sie zeigt auf die Metaplanwand, an der ein großer Bogen braunen Papiers befestigt ist, das sie in fünf Spalten unterteilt hat. „Ich habe uns hier schon mal fünf Felder aufgezeichnet: ‚Ort', ‚Zeitpunkt', ‚Drehbuch', ‚Akteure' und ‚Fragen'. Lasst uns gemeinsam Ideen sammeln, die uns zu den jeweiligen Themen einfallen. Wir können diese einfach auf die Post-its schreiben und in die entsprechende Spalte kleben. Die Titel sind ja wohl selbsterklärend!"

„Drehbuch?", fragt Flinn nach.

„Mit ‚Drehbuch' meine ich die genaue Abfolge unserer Aktionen."

Die anderen nicken zustimmend.

„Verstanden", sagt Flinn. „Das mit dem Drehbuch ist einfach. Ich schreibe schon mal auf ein Post-it: ‚Achak gewaltig in den Hintern treten', okay?"

Das verfilzte Knäuel aus Fragen und Rätseln, das sich in den letzten Tagen wie ein undurchdringliches Geflecht vor Antonia ausgebreitet hat, wurde gestern wie mit einem feinzackigen Kamm entwirrt, geglättet und liegt nun wie sauber sortierte Teppichfransen vor ihr. Während die anderen Post-its beschriften und Ideen entwerfen, nimmt Antonia sich zurück und gibt sich ihren Gedanken hin. Ein Seitenblick zu Lonan bestätigt ihr, dass es ihm ähnlich geht. Er stützt seine Ellbogen auf den Stuhllehnen ab und lässt sein Kinn auf den Spitzen seiner aneinandergelegten Finger ruhen. Gerade tut er so, als würde er den Gesprächen zwischen Flinn, Karla und Will konzentriert folgen, doch Antonia ist sich sicher, dass sein Geist ganz woanders ist. Antonia entgeht nicht, dass sich sein Blick nach kurzer Zeit noch weiter nach innen richtet. Die Melancholie, die er dabei ausstrahlt, hat etwas Tragisches. Sie glaubt, den Grund für seine Traurigkeit zu kennen. Die Gewissheit, dass sie seine Qual nicht lindern, sondern nur verstärken kann, hinterlässt einen pochenden Schmerz in ihrem Innern und sie wünscht sich, dass vielleicht auch in diesem Fall Wahrnehmung und Wahrheit weit auseinanderliegen.

Drei Stunden und ein paar Snacks später ist die Metaplanwand mit Post-its überfüllt und Karla sammelt zufrieden die Stifte ein. In der Spalte ‚Fragen' kleben nur noch zwei einsame Post-its. Auf einer neongelben, etwas zerknitterten Notiz steht: ‚Was wird passieren, wenn Antonia Achak das erste Mal gegenübertritt?' Eine weitere Frage in blauer Schrift auf grünem Grund klebt direkt darunter: ‚Welche Risiken erwarten uns?' Die letzten beiden Fragen, die sich hartnäckig halten und derzeit nur mit Hypothesen beantwortet werden können.

Vor wenigen Minuten ist Daniel zurückgekommen und sieht müde aus. „Ich habe leider nur eine knappe Stunde Mittagspause. Wie sieht es aus bei euch? Neue Erkenntnisse?"

„Das meiste hast du gestern mitbekommen. Aber ich glaube, wir haben heute alles ziemlich gut verknüpft und so zusammengefasst, dass wir nun ein Bild davon haben, wie wir vorgehen werden. Nur unsere zwei wichtigsten Fragen dümpeln noch im dunklen Teil des Sees." Karla begrüßt Daniel mit einer kurzen Umarmung und einem flüchtigen Kuss. Sie scheint in Gedanken noch ganz in die Diskussion der letzten Stunden versunken.

„Wir werden die Toka also wirklich in eine Falle locken? Und darauf hoffen, dass Chatans Lebensenergie uns nicht hängen lässt? Puh …", Daniel kratzt sich am Kopf.

„Wir haben keine andere Wahl!", entgegnet Will. „Die Toka werden nicht ruhen, bevor sie sich nicht sicher sind, dass von Antonia keine Gefahr ausgeht. Wenn wir uns also nicht ewig unter Helios' Schutzschirm verstecken wollen, müssen wir ihnen zuvorkommen. Noch ahnen die Toka nicht, was hier vor sich geht. Wir haben das Überraschungsmoment voll auf unserer Seite!"

Es entsteht eine Stimmung, deren Einzigartigkeit und Widersprüchlichkeit ihresgleichen sucht. Respekt, Neugier, Mut, Zweifel, Wut, Sorge, Tatendrang. Jeder der Anwesenden versucht, für sich selbst zu entscheiden, welches Risiko er einzugehen bereit ist.

Blicke werden gewechselt und allseitiges Nicken beweist, dass der einzige Weg der mutige Sprung nach vorne ist.

/25/

Sechs Personen, drei Hunde und Gepäck für mehrere Tage bringen auch einen geräumigen VW-Bus an seine Grenzen.

Antonia hat ihre wenigen Sachen schnell zusammengepackt und kümmert sich bereits um das Ziel ihrer Reise. Sie hat die Aufgabe übernommen, dem grünen Post-it mit der Aufschrift ‚ein abgeschiedener Ort' konkretes Leben einzuhauchen. Wenn Chatans Lebensenergie tatsächlich das Netz des Lebens beeinflussen kann, dann sollte ihr Plan dort vollzogen werden, wo es viele Verbündete gibt. Mit wenigen Worten hat Antonia den anderen erzählt, was sie sich unter der etwas vagen Angabe auf dem Zettelchen vorstellt, und die anderen stimmten vermutlich vor allem deswegen zu, weil sie keine bessere Idee hatten.

Während Flinn und Lonan das Gepäck im Wagen verstauen und Will Karla dabei hilft, Proviant vorzubereiten, gesellt sich Daniel zu Antonia. „Und, hast du schon etwas Passendes gefunden?"

„Ja, schau mal. Dieses Ferienhaus könnte etwas sein. Es ist groß genug für uns alle und es ist trotz Ferienzeit noch frei."

Daniel schaut auf die Anschrift. „Puh! Das ist weit!"

„Ja, ich weiß, aber ansonsten ist es optimal. Die Lage ist nahezu perfekt. Wir sind allein dort - es gibt so gut wie keine öffentlichen Wanderwege in der Nähe. Schau mal, das Foto hier. Zum Haus gehören sogar zwei Geländemotorräder."

„Was sollen wir denn damit?"

„Brötchen holen fahren?", scherzt Antonia.

„Nun gut. Ich hoffe echt, dass unser Plan aufgeht."

„Ja, das hoffe ich auch. Aber wir haben schließlich nichts zu verlieren. Sicher sind wir dort bestimmt und wir können uns erst mal sortieren und eine Art Generalprobe machen.“

Nach kurzem Zögern stimmt Daniel zu und reicht ihr seine Kreditkarte. „Also gut, buchen wir das Haus.“

Etwa vier Stunden später lenkt Daniel den Van von der Autobahn und steuert ihn über kleine Sträßchen durch einsame Ortschaften. Beeindruckende Natur umgibt sie, und als sie schließlich die letzten fünfhundert Meter auf einer unbefestigten Straße zurückgelegt haben, erreichen sie ein hübsches Holzhaus, das auf einer kleinen Lichtung mitten in einem dichten Waldgebiet steht.

Antonia ist begeistert und drückt ihre Nase an die Fensterscheibe. „Ist das schön hier!“

Der Wagen hat kaum angehalten, als sie bereits freudig hinausspringt und auf das kleine Haus zuläuft. Sie sucht den Schlüssel für die Haustür, den die Vermieter wie vereinbart in einem Blumenkübel deponiert haben. Fröhlich grinsend hält sie einen Schlüsselbund in die Höhe und schließt das gemeinsame Zuhause auf. Eine Woche konnte Daniel spontan freinehmen. Das sollte für ihr Vorhaben mehr als ausreichen.

Flinn schaut Antonia zu, wie sie aufgedreht von einem Raum in den anderen springt und in jedem etwas entdeckt, das sie beeindruckt.

„Schaut nur, dieser süße Balkon! Das Zimmer ist traumhaft, darf ich das nehmen?“, ruft sie aufgeregt aus dem ersten Stock.

Lonan flüstert Flinn zu: „Wir werden von Psychos gejagt, die Menschheit droht vernichtet zu werden, aber Antonia hat einen

Spaß, als wären wir auf Urlaubsreise. Ich weiß nicht, ob ich das beeindruckend oder unvorsichtig finden soll."

„Tja, so ist sie nun mal. Ich finde sie enorm mutig!", nimmt Flinn sie in Schutz.

Karla hat die Unterhaltung der beiden mitgehört und gesellt sich zu ihnen. „Ich glaube, das ist ein gutes Zeichen. Vergesst nicht, Antonia trägt Chatans Lebensenergie in sich. Das hier muss sich für sie wie zu Hause anfühlen. Umgeben von so viel Natur, die von Kraft durchströmt wird, muss sie sich unverwundbar fühlen."

„Ja, es war definitiv richtig hierherzukommen!", bestätigt nun auch Lonan.

Flinn stimmt zu, als Lonan ihn kurz darauf fragt, ob sie sich eines der Zweibettzimmer teilen wollen. Der Abend im Schwimmbad hat Flinns Blick auf Lonan verändert. Er sieht ihn immer mehr als einen echten Freund denn als einen Konkurrenten. Flinns und Lonans Zimmer liegt dem von Antonia genau gegenüber. Auf dem gleichen Stockwerk befindet sich ein kleines Bad, das sogar über eine Dusche verfügt.

Flinn stellt sich gerade die Frage, wie das hier im Nirgendwo mit dem Warmwasser und dem Abwasser funktioniert, als Karla von unten ruft: „Daniel und ich nehmen das kleine Zimmer hier unten und Will möchte den Dachspitz übernehmen. Also ist alles bestens aufgeteilt."

Hüpfend wie ein frisch aus der Produktion kommender Flummi erscheint Antonia im Flur und strahlt über das ganze Gesicht. „Hört ihr das? Überall zwitschert und summt es! Ist das nicht großartig!“ Sie springt die Treppenstufen hinab und verströmt dabei eine Alice-im-Wunderland-Stimmung.

Flinn und Lonan schauen ihr nach, bis sie im Erdgeschoss verschwunden ist.

Lonan hebt die Augenbrauen. „All das wegen der Natur? Oder doch eher Speed oder Ecstasy?“, fragt er scherzend.

„Ich tippe auf halluzinogene Pilze! Davon gibt es in diesem Wald sicherlich genug“, meint Flinn lachend.

Wenig später hat Antonia sich umgezogen und ihre Sachen in den kleinen Holzschränkchen in ihrem Zimmer verstaut.

„Wer geht mit nach draußen? Ich würde mich gerne etwas umsehen!“, ruft sie laut genug, dass alle im Haus sie hören können.

„Ich!“, rufen Lonan und Flinn unisono.

Lonan wirft Flinn einen fast entschuldigenden Blick zu und sagt leise: „Keine Sorge! Ich will mir nur einen Überblick verschaffen, um die Umgebung einschätzen zu können. Danach lasse ich euch allein. Passt aber bitte auf, dass ihr in der Nähe des Ferienhauses bleibt!“

Verdutzt schaut Flinn Lonan an. „Äh, klar, machen wir.“ Dann fügt er hinzu: „Danke!“

Lonan zuckt nur mit den Schultern und kramt das Crossbody-Bag hervor, dessen Inhalt Flinn weiterhin ein Rätsel ist. „Auf geht's!“ Freundschaftlich klopft er Flinn auf die Schulter und ergänzt mit einem Zwinkern: „Lass uns dein Mädchen abholen!“

Flinn folgt Lonan nach unten. Antonia steht bereits zum Aufbruch parat und hält ihr Gesicht in die Sonne. Ihre langen, schlanken und gleichmäßig gebräunten Beine, die sehr knapp unterhalb des Poansatzes in einer gewagt kurzen Jeans verschwinden, zwingen Flinn zu einem konzentrierten Durchatmen. Die Sonne umspielt ihr Haar und sorgt für blendende Goldreflexe zwischen haselnussfarbenen Strähnen. Ein weites, aber recht durchscheinendes Oberteil bedeckt nur eine ihrer Schultern, während es auf der anderen Seite fast bis zu den Ellenbogen nach unten gleitet. Die Träger eines mit bunten Perlen verzierten Bikinis werden sichtbar. Das Outfit schmeichelt Antonia enorm und doch wirkt es so, als hätte sie es in Windeseile aus dem Koffer gegriffen.

Als wäre dieser Anblick nicht genug, dreht sich Antonia um und lächelt ihnen entgegen.

Ein kurz stockender Atem reicht aus, um Flinns Motorik eine Millisekunde aussetzen zu lassen. Unvorteilhaft stolpert er über die Türschwelle. Ein schneller Griff zum Türrahmen erspart ihm zwar einen peinlichen Aufschlag auf der Veranda, dennoch fühlt er sich mal wieder so, als hätte er sich zum Idioten gemacht.

Lonan dreht sich kurz zu Flinn um und wirft ihm ein ironisches „Hoppala!“ zu, bevor er völlig selbstverständlich auf Antonia zugeht und in fast leidenschaftlichem Ton sagt: „Du siehst wunderschön aus, Antonia!“

Als wisse sie nicht mit Komplimenten umzugehen, geht ihr Blick verlegen zu Boden, während sie ein leises „Dankeschön!“ haucht.

Flinn konzentriert sich darauf, seine gallertartige Beinmasse wieder in ein stabiles Gleichgewicht zu bringen. Er sammelt die Gehirnzellen zusammen, die sich nicht in einen verliebten

Funkenregen verwandelt haben, und tritt halbwegs kontrolliert auf die Veranda. „Ja, du … ähm … sehr schöne Schuhe übrigens." Erst jetzt schaut er auf Antonias Füße und entdeckt ein paar ziemlich ausgetretene Sneaker.

Antonia strahlt ihn an und läuft los. „Dann lasst uns mal die Gegend erkunden."

Lonan folgt ihr ohne Zögern, während Flinn sich innerlich noch für seine Bemerkung ohrfeigt. *Schöne Schuhe? Echt jetzt? Ich bin so ein Volldepp!*

Lonan lässt sich ein paar Schritte zurückfallen, sodass er mit Flinn gleichauf ist, und flüstert ihm zu: „An deinen Komplimenten müssen wir noch feilen!"

Dann klopft er ihm freundschaftlich auf die Schulter und schließt wieder zu Antonia auf.

Horus, Spike und Jardy sind ihnen ohne Aufforderung gefolgt. Flinn freut sich, dass sein bester Kumpel an seiner Seite läuft und ihm etwas Selbstsicherheit gibt. Mit kleinen, schnellen Tippelschrittchen stolziert Jardy neben Flinn her und schaut in regelmäßigen Abständen zu ihm hoch, als wolle er sagen: ‚Du schaffst das schon. Einfach dranbleiben!'

Flinn schmunzelt. *Du kannst Gedanken lesen, nicht wahr?* denkt er und schaut Jardy dabei an. Das freudige „Wau!", das darauf folgt, hebt seine Laune sofort.

An Antonia und Lonan gewandt sagt er: „Wir sollten uns nicht so weit vom Haus entfernen."

„Ja, du hast recht!", bestätigt Lonan. „Aber ich bin mir sehr sicher, dass Helios uns folgt und hier in der freien Natur einen größeren Radius abdecken kann als in der Stadt. Trotzdem sollten wir kein Risiko eingehen. Mein Vorschlag wäre, dass ihr zwei in einem Bogen linksherum zum Ferienhaus zurückgeht und ich mich auf der anderen Seite umschaue."

„Okay!", antwortet Antonia. „Bis gleich!"

Lonan dreht um und verschwindet zwischen dicht stehenden Tannen.

Nachdem Antonia und Flinn langsamen Schrittes über kleine Pfade gewandert sind, ohne sich allzu weit vom Haus zu entfernen, haben sie sich auf einem Felsen auf einer Anhöhe niedergelassen und genießen die Sonne auf ihren Gesichtern. Jardy und Spike liegen zu ihren Füßen und nutzen die Pause für ein kurzes Schläfchen. Antonia legt einen Arm um die angezogenen Beine und schirmt mit der freien Hand die Augen gegen die blendende Sonne ab.

Sie schaut Flinn an. „Das klingt wahrscheinlich total esoterisch, aber ich fühle mich mit diesem Wald tief verbunden. Ich liebe diesen Ort!"

„Das sieht man dir an. Du strahlst noch mehr als sonst." Flinn hat seinen Stolperer und das äußerst laienhafte Kompliment von eben bereits aus dem Kopf verbannt und beobachtet Antonias Hand, die verdächtig nah an seiner liegt.

Der Anziehungskraft eines unsichtbaren Magneten folgend pirschen sich seine Fingerspitzen wie beiläufig in ihre Richtung. Wenige Millimeter vor einer Berührung hält er inne und fragt sich, weshalb es ihm so schwerfällt, Antonia näherzukommen. Er kann sich nicht daran erinnern, jemals in der Gegenwart eines Mädchens so unsicher gewesen zu sein. *Eigentlich bin ich derjenige, der mit einer Lonan-ähnlichen Entspanntheit mit Komplimenten um sich wirft und jedem weiblichen Blick standhält.* Aber in Antonias Nähe ist er zu kaum einem klaren Gedanken fähig, während sein Herzschlag permanent in einem viel zu schnellen Rhythmus pulsiert. Ein dünner Schweißfilm hat sich auf seiner Haut gebildet und glitzert in der Sonne.

Genau dieses Glitzern erregt Antonias eh schon gespannte Aufmerksamkeit noch etwas mehr. Völlig still bleibt sie sitzen, als könne auch nur die geringste Bewegung diesen Moment zerstören. Sie spürt regelrecht, wie die Luftteilchen um sie herum zu vibrieren beginnen.

Kurz sitzen die beiden nur so da und spüren ihren eigenen Empfindungen nach.

Flinn regt sich zuerst, als er bei dem Gedanken daran, dass er Antonia erst wenige Tage kennt und sich dennoch bereits wünscht, den Rest seines Lebens mit ihr zu verbringen, kurz auflacht. Die Vorstellung überrascht ihn selbst. Ungläubig schüttelt Flinn den Kopf.

Antonia schaut ihn an. „Alles okay bei dir?"

„Ähm, ja, sorry … ich habe nur nachgedacht."

„Scheint ein lustiger Gedanke gewesen zu sein."

„Na ja, wohl eher ein überraschender."

„Hm." Fragend schaut Antonia Flinn an. „Was machen wir eigentlich, wenn wir all das hier hinter uns gebracht haben? Können wir dann einfach wieder in unsere bisherigen Leben einsteigen und weitermachen wie vorher?"

„Ich würde sagen, wir versuchen einfach weiterhin, die Welt zu retten", antwortet Flinn scherzhaft.

„Sounds like a plan!", gibt Antonia zurück.

Nach kurzem Überlegen fährt Flinn fort: „Vielleicht brauchen wir auch gar keinen Plan. Je ausgefeilter der Plan, desto harter der Aufschlag auf dem Boden der Realität."

„Aber so ganz ohne Plan macht das Leben doch auch keinen Sinn, oder? So halbwegs muss man doch wissen, in welche Richtung das eigene Leben gehen sollte, oder?"

„Oder man macht sich weniger Gedanken um die Richtung als um das Ziel. Dann gibt man dem Leben die Chance, ein paar Umwege kennenzulernen. Der direkte Weg ist ja meist nur am Anfang asphaltiert."

„Guter Ansatz!", sagt Antonia, ohne zu überlegen.

„Wenn wir es dann noch schaffen, in unserem Denken und Handeln frei zu sein – ohne politische, gesellschaftliche, persönliche oder spirituelle Zwänge –, dann ist dem, was wir erreichen können, keine Grenze gesetzt." Flinn hat sich in Fahrt geredet.

„Hmmm." Antonia blinzelt in die tiefer sinkende Sonne. „Du bist schon besonders."

Flinn lacht. „Wow! Das klingt ein bisschen nach: ‚Du bist ziemlich seltsam.'"

„Nein, nein!" Antonia fällt in sein Lachen ein. „So meinte ich das wirklich nicht. Ich bewundere nur die Art der Gedanken, die du dir machst. Ist das typisch für euch Genius? Wie fühlt sie sich eigentlich an, so eine Genius-Aura? Wie war es, als du sie das erste Mal gespürt hast?"

„Nun ja, es ist ja nicht so, dass sich plötzlich eine Art Erleuchtung ergibt, sobald sich eine Aura entwickelt. So nach dem Motto: Donner, Blitz und Feenmusik und zack, hier ist die Aura." Flinn denkt kurz nach. „Ich war damals vierzehn und hatte natürlich immer schon eine sehr starke Bindung zu allem

Lebenden. Ich mochte schon immer das Gefühl, mit dem Rücken an einem Baumstamm zu lehnen. Und dann merkst du irgendwann einfach, dass du dieses gute Gefühl, das dir die Natur gibt, auch mit nach Hause nehmen kannst. Als würde etwas vom Wald in dir leben. Und dann kam der Zeitpunkt, ab dem ich andere Genius wahrnehmen konnte. Wenn du die Aura eines anderen Genius spürst, egal ob einer dir bekannten oder unbekannten Person, dann ist es eine Art warme Welle, die dir entgegenschlägt. Wie eine positive Energie, die es dir ermöglicht, auch einem völlig Fremden zu vertrauen. Man weiß einfach, dass man durch besondere Werte verbunden ist, und man fühlt sich ausgelassen und sicher in der Nähe anderer Genius. Kannst du das so verstehen?"

„Ich weiß nicht. Kann man das als Nicht-Genius verstehen können? Ich kenne so ein intensives Urvertrauen nicht. Eigentlich bin ich eher der skeptische Typ, der sich nicht so leicht auf neue Kontakte einlässt. Na ja, zumindest meistens. Du und deine Familie, ihr habt es mir leicht gemacht."

Sie sitzen noch eine Weile nebeneinander und sortieren jeder für sich ihre Gedanken.

Antonia fühlt sich in diesem Moment federleicht. Sie kann nicht einschätzen, ob das an Flinns Gegenwart liegt oder an diesem traumhaften Ort, der sie mit einer Energie füllt, die sie bisher nicht gekannt hat. Sie hat das Gefühl, schärfer zu sehen, deutlicher zu hören und klarer zu fühlen als jemals zuvor.

Dann traut sich Flinn aus der Deckung. „Du bist ein sehr einzigartiger Mensch, Antonia, weißt du das?"

Antonia lacht verlegen. „Nein, bin ich nicht. Ich bin eigentlich nur ein völlig überfordertes Mädchen, das viel zu früh seine

Eltern verloren hat und seit ein paar Tagen nicht mehr weiß, wie die Zukunft aussehen wird. Weißt du, als ich klein war, hatte ich immer große Pläne. Verträumte Pläne eines kleinen Mädchens, dem die Welt offenstand. Sicher eingebettet in eine großartige Familie. Aber diese Pläne sahen nicht vor, eine Waise zu werden. Und nun passen die früheren Pläne nicht mehr zu mir und meinem Leben. Und seit Freitag ist selbst das, was ich mir in den letzten Monaten versucht habe aufzubauen, irgendwie wertlos geworden."

„Das tut mir leid!", sagt Flinn ehrlich und knetet unsicher die Hände.

„Nein, das braucht es nicht. Erstens kannst du nichts dafür – im Gegenteil, ohne dich wäre ich längt in den Händen der Toka – und zum anderen ist in den letzten Tagen auch etwas sehr Schönes passiert, was mich selbst völlig überrascht!"

„Was meinst du?", fragt Flinn vorsichtig.

„Na ja, all das Neue hier, das Wissen über die Genius und meine Bestimmung in alldem, das ist wie ... ich weiß auch nicht ... Plötzlich gibt es wieder etwas Wichtiges in meinem Leben. Ich habe eine Rolle bekommen und eine Aufgabe. Auch wenn das alles viel zu groß für mich ist und mir mächtig Angst macht, ist es doch etwas, was meinem Leben im vergangenen Jahr vollkommen gefehlt hat. Mein Leben hat auf einmal wieder eine Bedeutung bekommen."

Flinn schüttelt ungläubig den Kopf und schaut Antonia mit großen Augen an. „Du bist unglaublich! Weißt du, dass vermutlich jeder andere auf dieser Welt angesichts der Herausforderungen verzweifeln würde, vor denen du so plötzlich stehst? Und du sitzt hier, und anstatt dich zu beschweren, suchst du nur das Gute an deiner neuen Situation. Allein das macht deutlich, dass du mehr in dir trägst, als wir alle hätten vermuten können."

„Ich, die Anomalie!", sagt Antonia scherzhaft. Sie lacht.

„Ja, vielleicht ist es so!", fährt Flinn ernst fort. „Du bist nicht wie die Menschen, die bist nicht wie die Genius. Du bist zu etwas Größerem bestimmt und ich kann sehr gut verstehen, weshalb Chatans Lebensenergie genau dich auserwählt hat."

„Ja? Kannst du das? Mir ist es ein völliges Rätsel!"

Der Ausdruck in Antonias grünen Augen verankert sich in Flinns Wahrnehmung und füllt auf einmal sein gesamtes Denken aus. Plötzlich kann er nicht anders, als langsam seine Hand zu ihren Fingerspitzen wandern zu lassen. Sanft streicheln seine Finger über ihre Haut, während er sich nicht von ihrem Blick lösen kann.

Antonia zieht die Hand nicht zurück. Sie spürt die Berührung mit einer Deutlichkeit, als hätte sich ihre Wahrnehmung um ein Vielfaches verstärkt. Sie dreht ihre Handfläche nach oben und fordert allein durch diese Nuance einer Bewegung Flinns deutlich größere Hand dazu auf, sich mit ihrer zu verschränken.

Kaum schließen sich seine sehnigen Muskeln um ihre zarten Finger, wird Flinn von einem Schmerz erfasst, den er nicht anders deuten kann als verzweifelte Sehnsucht nach weiterer Berührung. Langsam hebt er seine freie Hand, vergräbt sie im Nacken unter Antonias Haaren und zieht ihren Kopf sachte wenige Zentimeter zu sich heran. Als er keinen Widerstand verspürt, wandert sein Blick von Antonias Augen zu ihren Lippen. Der Schmerz in seinem Innern verändert sich von einem zerreißenden Ziehen zu einem lodernden Feuer. Seine versuchte Zurückhaltung wird von purer Leidenschaft überrannt. Flinns

Lippen haben Antonias kaum berührt, als seine Gefühle aus einer zarten Berührung einen temperamentvollen Kuss formen, der den brennenden Schmerz in ihm löscht. Als sich ihre Lippen voneinander lösen, schmeckt er eine süße Leichtigkeit, die ihn lächeln lässt.

Antonia saugt den Anblick von Flinns Lächeln in sich auf. Das war bei Weitem nicht der erste Kuss in ihrem Leben, dennoch hat er den Begriff ‚Kuss' völlig neu definiert. Die in Zärtlichkeit gehüllte Leidenschaft, mit der Flinn sie berührt hat, hinterlässt ein unbeschreibliches Gefühl. Noch nie hat sie etwas Ähnliches empfunden. Niemals hätte sie sich vorstellen können, dass ein einzelner Kuss sie so ergreifen kann. Ein Kuss, der nichts anderes verspricht als grenzenlose und unbändige Verehrung. Ein einzelner Kuss von Flinn gibt Antonia das Gefühl, einer der bedeutendsten Menschen zu sein.

Nichts kann diesen Moment zerstören.

/26/

Flinns Hand schmiegt sich noch immer an Antonias Nacken, als er ein Kribbeln in seinen Fingerspitzen spürt. Langsam breitet es sich über seine Hand aus. Obwohl Flinn die Wirklichkeit um sich herum noch immer in einer Art Trance wahrnimmt, ist er sich sicher, dass das Kribbeln nicht aus seinem Innern stammt. Langsam zieht er seine Hand zurück. „Machst du das?“, fragt er Antonia überrascht.

„Ich mache gar nichts … aber … irgendwas passiert gerade mit mir!“ Antonia schaut verwundert an sich herunter.

Jardy und Spike springen auf. Der Kleinere der beiden tanzt freudig im Kreis und bellt aufgeregt. Spike hingegen steht heftig schwanzwedelnd vor Antonia und mäht dabei eine Reihe Blumen um, die es gewagt haben, hinter ihm zu wachsen.

Flinn erhebt sich. „Antonia, ich konnte gerade etwas spüren! Das … es war wie …“

„Ist es noch da?“, unterbricht Antonia ihn.

„Ähm, nein. Im Moment nicht. Aber eben habe ich es ganz deutlich gespürt! Etwas tastete nach mir, als wolle es mich kennenlernen!“

Antonia denkt nicht lange nach und folgt ihren Instinkten.

„Flinn, darf ich?“ Sie stellt sie vor ihn und weist auf seine Hand.

„Oh, ja. Klar!“

Er hält ihr seine Hand entgegen, die Antonia langsam ergreift. Sofort tastet erneut ein Energiefeld nach Flinn, doch dieses Mal deutlicher, fordernder. Erst strömt es kraftvoll über seinen

Handrücken, bis es schließlich mit einer Ambivalenz an ihm reißt, als wollte es Flinn gleichzeitig festhalten und wegstoßen. Flinns Augen weiten sich. Unsicher löst er seine Hand von Antonias.

Scheinbar beleidigt zieht sich das Energiefeld zurück.

„Alles okay?“, fragt Antonia.

„Ich … ich weiß nicht! Das ist irgendwie … abgefahren. Ist das Chatans Lebensenergie? Sie bewegt sich! Wie machst du das?“, fragt Flinn verblüfft.

„Ich habe keine Ahnung! Ich habe nur gerade das Gefühl, als stünde ich innerlich unter Spannung. Da ist etwas, das raus will!“

„Okay“, sagt Flinn vorsichtig. „Aber du kannst es nicht beeinflussen? Kontrollieren?“

Als wäre er gerufen worden, erscheint plötzlich Helios mit einem lauten ‚Ki-Ki-Ki‘ über ihnen. Er lässt sich in einem nahe gelegenen Baumwipfel nieder.

Flinn zeigt nach oben. „Helios hat es sofort gemerkt. Er kommt näher zu uns, vermutlich um das Energiefeld besser abzuschirmen.“

„Er merkt, dass ich es nicht kontrollieren kann.“ Antonia horcht kurz in sich hinein. „Ich glaube, es zieht sich zurück. Das Gefühl ebbt ab.“

Ohne nachzudenken, lässt Flinn seine Fingerspitzen wieder über Antonias Handrücken balancieren. Antonia spürt, wie sich das Gefühl in ihr wieder aufbaut, als würde sie elektrisch aufgeladen werden. Ihr Blut scheint nicht mehr zu fließen, sondern durch ihren Körper zu tanzen und ihre Fingerspitzen kribbeln, als wollten sie in tausend Stücke zerspringen.

„Sollen wir es wagen?“, fragt sie Flinn.

Sein Blick ist Antwort genug und sie wartet seine Worte nicht ab. Sie verschränkt beide Hände mit seinen und zieht ihn näher an sich heran. Stück für Stück wird Flinn von etwas eingehüllt, das er noch nie zuvor gespürt hat. Ein bisschen erinnert ihn das Gefühl an Wills Aura, aber es ist bedeutend stärker. Wie ein eigenständiges Wesen wandert es um ihn herum. Auf eine Weise ist die Energie mit Antonia verbunden, aber scheint dennoch frei in ihren Entscheidungen. Sie tastet sich wie ein neugieriger Vogel, der zum ersten Mal sein Nest verlässt, Zentimeter für Zentimeter über Flinns Haut und flutet sämtliche seiner Nervenzellen mit Glückshormonen. Sie bewegt sich über seine Arme hinweg zu den Schultern, seinen Nacken entlang, den Rücken herunter und um seine Brust herum. Leichter Wind kommt auf, lässt die Blätter in der Umgebung tanzen. Der Gesang der Waldvögel schwillt an, wird heller, fröhlicher, erwartend. Ein Crescendo, welches den Hörer ahnen lässt, dass der Höhepunkt des Liedes noch nicht erreicht ist.

Die Energie fließt weiter über Flinns Körper wie warmer Honig und erreicht schließlich seinen Solarplexus. Flinns Gedanken explodieren in einem Farbenspiel der Superlative. Er atmet tief ein, bevor seine Beine nachgeben und er sich, Antonias Hände haltend, knieend auf dem Waldboden wiederfindet.

Vorsichtig lässt Antonia ihn los und das Energiefeld zieht sich aufmerksam und freundlich zurück. Flinn schnappt nach Luft, während Antonia sich zu ihm kniet und ihn vor Freude anstrahlt. Flinn ist keines Wortes fähig. Was er gerade empfindet, ist weit mehr, als ein Mensch begreifen kann. Eine Emotion, die zu viel, zu einzigartig, zu außergewöhnlich ist, als dass ein Wort für sie erfunden werden könnte.

Flinn nimmt Antonias Gesicht in seine Hände, als sich Tränen in ihren Augen sammeln, die so schnell an Größe gewinnen, dass sie bereits in Rinnsalen über ihre Wangen laufen. Ob vor Freude, vor Schmerz oder vor Trauer, kann Flinn nicht deuten.

„Alles in Ordnung?", fragt er zaghaft.

„Ich weiß es nicht!", sind die einzigen Worte, die er verstehen kann, bevor sie sich erschöpft an seine Brust schmiegt.

Antonia trocknet die Tränen und atmet tief durch. Sie richten sich gemeinsam auf, als Lonan ihnen in erstaunlich schnellem Tempo entgegenstürmt. Sein Körper ist angespannt wie der eines jagenden Raubtieres. Kurz vor ihnen bremst er energisch ab.

„Geht es euch gut?" Alarmiert sucht er in ihren Gesichtern nach einer Erklärung. „Habt ihr das auch gespürt? Was war das?"

Antonia und Flinn schauen sich kurz an.

„Es geht uns gut", sagt Antonia dann. „Chatan hat sich gezeigt oder besser gesagt, seine Lebensenergie."

Lonans Körperspannung löst sich und auf seinem Gesicht zeichnet sich Erleichterung ab. „Ich dachte schon, ihr wärt angegriffen worden." Nach einer kurzen Verschnaufpause fragt er: „Warum ausgerechnet jetzt? Und wie hat sich die Energie gezeigt?"

Flinn tritt von einem Fuß auf den anderen, wird etwas rot und sagt: „Das könnte meine Schuld gewesen sein. Ich habe … ähm … nun ja … sagen wir mal, ich habe Antonia überrumpelt."

Antonia zupft verlegen am Saum ihres Shirts, als ahne sie bereits, was die Erkenntnis in Lonan auslösen wird.

Lonan blickt von einem zum anderen und senkt dann langsam den Blick. Wissend nickt er und sagt: „Verstehe!“

Dann dreht er sich wortlos um und geht zurück Richtung Ferienhaus.

/27/

„Also hat Will recht!“ Daniel reagiert als Erster auf Antonias Bericht. „Du trägst eine besondere Lebensenergie in dir. Und es ist in der Tat nicht abwegig, dass die von Chatan stammen könnte.“ Er lässt seinen Blick über die Runde schweifen. „Aber warum zeigt sie sich gerade jetzt?“

Antonia und Flinn haben bisher nicht erwähnt, in welcher Situation sich das Energiefeld gezeigt hat. Antonia schaut Flinn unsicher an. Sie möchte nicht entscheiden, ob dies der richtige Moment ist, seinen Eltern zu erzählen, dass sie beide … nun ja … wie soll man es nennen?

Flinn kratzt sich verlegen im Nacken und sagt: „Also … ähmmm …“ Hilfe suchend blickt er zu Antonia, die feuerrot anläuft.

Karla, Daniel und Will schauen sich irritiert an.

„Oh! Ach so!“ Will ist der Erste, der die Zeichen richtig deutet. „Dann heißt das wohl, dass sich Chatans Lebensenergie vor allen Dingen in Situationen zeigt, die bei Antonia … nun ja … besondere Emotionen auslösen. Im Wald war es die Angst vor den Angreifern und der Schmerz um den vermeintlichen Verlust ihres Hundes und heute nun … Gefühle, die einen ziemlich umwerfen können.“

Jetzt verstehen auch Daniel und Karla, was gemeint ist.

„Oh!“, ruft Karla aus.

Flinn verdreht die Augen. Er bezweifelt sehr, dass Antonia sich nach einem Kuss schon als eine Art ‚Paar‘ outen möchte. Sich sichtlich unwohl fühlend schaut er zu seinem Vater, dem ein breites Grinsen ins Gesicht geschrieben steht. Daniel strahlt ihn an und winkelt dabei kraftvoll seinen rechten Arm an. Es fehlt nur, dass er noch lauthals ‚Strike!' ruft. Flinn hofft inständig, dass nur er diese Geste gesehen hat.

Will rettet die peinliche Situation. „Okay, Leute! Jetzt sollten wir nicht mehr lange zögern und unseren Plan bis ins Detail vorbereiten. Wir wissen jetzt, wie wir Chatan hervorlocken können, auch wenn Antonia die Energie nicht bewusst steuern kann. Es ist an der Zeit, unseren Plan in die Tat umzusetzen. Lagebesprechung auf der Veranda – beim Abendessen. Ich springe jetzt erst mal unter die Dusche."

Zustimmend löst sich die Runde auf.

Antonia flüchtet sich in ihr Zimmer, um Lonan nicht ansehen zu müssen, der in einer Zimmerecke an der Wand lehnt und mit verschränkten Armen zu Boden schaut. Sie wird mit ihm reden müssen und auch mit Flinn, aber jetzt muss sie erst einmal ein paar Minuten allein sein.

Flinn sieht ihr nach und erneut breitet sich dieser ziehende und brennende Schmerz in seinem Körper aus, an den er sich vermutlich wird gewöhnen müssen. Jetzt weiß er, wie sich Sehnsucht anfühlt. Er blickt vorsichtig zu Lonan, der ihn scheinbar beobachtet hat. Die wenigen Sekunden, in denen Flinn in Lonans Gesicht blickt, lassen ihn das gleiche Leid empfinden, das er fühlen würde, hätte er davon erfahren, dass Antonia einem anderen Mann nahe war. Er wird mit Lonan reden müssen.

Gerade als er zu ihm gehen will, tritt Will zu Lonan und legt ihm einen Arm um die Schultern. „Na? Hast du kurz ein Ohr für mich?" Dann führt Will Lonan, der ihm bereitwillig folgt, nach draußen.

Karla und Daniel sind in die Küche gegangen. Vermutlich geht Karla in Gedanken bereits die Zubereitung der nächsten Mahlzeit durch. Kochen ist ein Hobby, das sie erst für sich entdeckt hatte, als Flinn etwa zehn Jahre alt war. Seitdem hat sie es perfektioniert und Daniel ist von Herzen gerne ihr Assistent.

Flinn steht in der Mitte des Raumes, unschlüssig, was er als Nächstes tun soll. Antonia folgen – keinesfalls. Jetzt einen auf nervende Klette zu machen, wäre sicher der ganz falsche Weg.

„Komm, Jardy! Wir drehen eine Runde!"

Jardy lässt sich nicht lange bitten und folgt Flinn zur Tür. Auch Horus und Spike springen auf.

Kurz ruft Flinn durchs Haus: „Ich gehe mit Jardy raus! Horus und Spike kommen mit."

Er wartet auf eine Reaktion von Antonia, die allerdings ausbleibt. Er zuckt mit den Schultern, bevor er mit den Hunden nach draußen tritt. Trotz der sommerlichen Temperaturen ist ihm kalt geworden. Der Gedanke daran, dass Antonia den Kuss vielleicht bereuen könnte, kriecht mit Eiseskälte seinen Rücken hinauf.

„Wie geht es dir?", beginnt Will das Gespräch.

Lonan zuckt mit den Schultern.

„Ich weiß, was dich beschäftigt. Und ich glaube, Antonia weiß es auch. Das liegt in der Natur unserer Familie – wir haben vermutlich alle einen Teil von Chatans Feinfühligkeit geerbt." Will lehnt sich neben Lonan an das Verandageländer. „Du musst mit Flinn reden!"

„Er wird es nicht verstehen." Lonans Worte klingen traurig.

„Bist du dir da so sicher?“

Lonan schließt seine Augen und flüstert. „Verdammte Scheiße!“

„Du musst trotzdem mit ihm sprechen. Sonst riskierst du eure Freundschaft.“

„Riskiere ich die nicht viel eher, wenn ich ihm die Wahrheit sage? Die Wahrheit wird er nicht mögen.“

„Die Wahrheit wird immer zwischen euch stehen, wenn sie nicht ausgesprochen wird.“

„Hmmm …“, seufzt Lonan und nickt Will zu. „Aber die Wahrheit schmerzt.“

„Das liegt in der Natur der Wahrheit.“ Will klopft ihm auf den Rücken und geht zurück ins Haus.

/28/

In der Diskussion geht es ebenso heiß her, wie der Auflauf heiß ist, der eben aus dem Ofen kommt. Seit einer Stunde feilen sie bereits an dem Plan, der es Chatans Lebensenergie ermöglichen soll, Achak und die Toka zu besiegen.

„Das soll funktionieren? Und damit ist das Böse besiegt? Klingt das nicht etwas zu einfach?“ Daniel scheint nicht ganz überzeugt.

Karla geht es ähnlich. „Was machen wir, wenn die Toka uns zuvorkommen? Was ist, wenn sie Antonia erwischen, bevor das Energiefeld reagieren kann?“, fragt sie.

Auch Flinn ist noch unschlüssig. „Und was, wenn das Energiefeld sich gar nicht zeigt? Wenn es, sagen wir mal, Angst bekommt?“

Antonia zuckt mit den Achseln. „Es wird da sein. Ganz bestimmt!“

„Wie kannst du dir da so sicher sein?“, möchte Will wissen. „Du kannst es nicht kontrollieren.“

„Muss ich doch auch nicht. Meint ihr nicht auch, dass in dem Moment der Gefahr durch die Konfrontation mit den Toka meine Angst so intensiv sein wird, dass Chatan das kaum verschlafen wird?“

„Wir können aber nicht mit Sicherheit sagen, wozu das Energiefeld fähig ist. Was wird es tun, wenn du Achak gegenübertrittst?“, bohrt Lonan nach. Die detaillierte Auseinandersetzung mit dem Plan lenkt ihn von seinen Gefühlen ab, sodass er sich energiegeladen hineinstürzt.

„Vielleicht gibt es eine Art Energieexplosion?", vermutet Antonia.

„Aber was ist, wenn wir bei dieser Energieexplosion alle draufgehen?", fragt Daniel vorsichtig.

„Das werden wir nicht!" Antonias Antwort klingt bestimmt.

Unsicher wechseln Daniel und Karla einige Blicke.

„Ich kann es nicht erklären, aber seitdem sich heute Chatans Lebensenergie gezeigt hat, glaube ich fest daran, dass der Plan funktionieren wird. Ich hab es im Gefühl!", ergänzt Antonia.

Daniel zieht hörbar Luft durch die Zähne ein. „Also, wir riskieren eine offene Konfrontation mit den Toka, weil wir glauben, dass das der richtige Weg ist und weil Antonia so ein Gefühl hat, dass das gut gehen wird? Puh!"

„Ist doch so ähnlich wie bei deinen OPs in der Klinik, oder?", scherzt Flinn.

„Ich weiß ja, dass es wenig überzeugend klingt", sagt Antonia. „Aber ich bin fest davon überzeugt, dass Chatans Lebensenergie die Toka umstimmen kann. Dann müsst ihr mir halt einfach mal vertrauen." Fast wütend stampft sie mit dem Fuß auf.

Flinn kaut auf der Unterlippe, holt tief Luft und tritt nach vorne: „Also, ich bin dabei. Ich bin überzeugt davon, dass sich die Lebensenergie ganz bewusst Antonia ausgesucht hat. Sie irrt sich nicht. Wenn Antonia sagt, dass es so funktioniert, wird es so funktionieren!"

„Immer langsam mit den Entscheidungen! Lasst uns das alles nochmals sauber durchdenken. Was haben wir zu gewinnen und was haben wir zu verlieren?" Daniel schaut die anderen an.

„Wenn der Plan aufgeht, werden wir die Genius, die sich zu Toka entwickelt haben, von den Kräften der Disorder befreit haben. Wir könnten also erreichen, dass nicht nur Antonia, sondern auch alle anderen aus den Familien von Chatan, Achak und Hassun künftig in Sicherheit leben. Damit hätten wir außerdem die Disorder geschwächt und die Lebensenergie gestärkt. Wer weiß, vielleicht retten wir indirekt auch die Menschheit oder besser gesagt, wir verschaffen ihr mehr Zeit. Das ist vielleicht mehr, als sie verdient. Aber wenn wir versagen, fällt nicht nur Antonia den Toka zum Opfer, sondern auch Karla und Flinn. Ich würde meine Familie verlieren!" Betroffen schaut er zu Boden.

Karla nimmt seine Hand und schaut ihn an: „Aber auch wenn wir nicht handeln, werden sie uns irgendwann erwischen. Vermutlich werden sie sich auch dann nicht mit Antonia zufriedengeben. Lieber stelle ich mich vorbereitet der Gefahr, als dass ich vor ihr weglaufe und eines Tages von ihr überrascht werde. In einem vielleicht völlig aussichtlosen Moment. Antonias Plan ist riskant, aber nicht aussichtslos."

Flinn bestätigt: „Nichts tun, weglaufen und uns verstecken, ist keine Option."

Daniel lenkt ein. „Da hast du recht. Und ich könnte euch für den Rest des Lebens nicht eine Sekunde aus den Augen lassen, ohne in permanenter Angst um euch zu sein." Er atmet tief durch. „Wir haben keine andere Option. Aber wenn wir dieses Risiko eingehen, müssen wir optimal vorbereitet sein."

„Genau deshalb arbeiten wir ja gerade an den Details!", betont Will. „Als Erstes schauen wir uns morgen früh die Lichtung an, die Lonan entdeckt hat. Dann gehen wir Schritt für Schritt unseren Plan durch und versuchen, uns mehrere doppelte Böden zu schaffen. Und wir sollten sichergehen, dass uns im entscheidenden Moment die Hilfe von Chatans Lebensenergie gewiss ist." Eindringlich schaut er Antonia an. „Du musst versuchen, mit ihr zu kommunizieren. Ihr unsere Absichten darzustellen. Wir müssen uns auf sie verlassen können."

Antonia tritt von einem Bein auf das andere. „Wie soll denn das gehen?"

„Genauso wie ich mit Helios kommuniziere. Über Bilder." Will strahlt Überzeugung aus.

„Du hast erzählt, du hättest Monate gebraucht, um das zu lernen!", entgegnet Antonia.

„Das stimmt", sagt Will. „Ich habe viele Monate gebraucht. Dir bleiben leider nur ein paar Tage."

„Wie beruhigend!", sagt Antonia sarkastisch.

„Du wirst es schaffen!", sagt Lonan.

„Ach ja? Und was gibt dir diese Gewissheit?"

„Ganz einfach. Wenn es nicht klappt, gehen wir vermutlich alle drauf. Und das wäre irgendwie auch schade." Lonan zwinkert ihr zu.

Dieses Zwinkern bedeutet Antonia viel mehr als all die aufmunternden Worte der anderen, die noch folgen. Denn das Zwinkern zeigt ihr, dass Lonan noch für sie da ist. Dass er sich nicht in seine Melancholie flüchtet, sondern weiterhin an ihrer Seite steht. Sie muss lachen und ihr Lachen mischt sich mit der Aufbruchstimmung, die alle erfasst hat: Daniel, Karla, Will, Flinn, Lonan und sie selbst. Je beängstigender der Weg, desto kraftvoller die Schritte. Als würde das laute Trampeln die Feinde vertreiben. Selbst Spike bellt auf, als würde er sich freuen, dass es bald ein paar Toka einzuschüchtern gilt.

Im selben Raum steht Jardy neben Flinn und schaut kurz zu ihm hoch. Traurigkeit legt sich wie ein dunkler Mantel über seinen kleinen Körper und seine Augen treffen die von Horus, der etwas entfernt steht und wie ein stiller Beobachter die Stimmungsveränderungen der Menschen in sich aufgenommen hat. Jardys Kopf senkt sich, bis seine feuchte Nase den Boden berührt. Horus setzt sich in Bewegung, erreicht mit wenigen Schritten den kleinen Körper und stupst ihn von der Seite aufmunternd an. Jardy drückt sich an ihn, auch wenn das keinen Trost bringt. Menschen, ob Genius oder nicht, vergessen zu schnell das einzige Naturgesetz einer jeden Auseinandersetzung. Kämpfe fordern Opfer. Auf beiden Seiten.

/29/

Am nächsten Morgen vibriert die Luft vor Tatendrang. Keinen von ihnen hat es lange im Bett gehalten, nachdem die Sonne ihre ersten Strahlen durch die kleinen, milchigen Fenster des Holzhäuschens geschickt hat. Noch vor dem Frühstück haben sie gemeinsam die Lichtung in Augenschein genommen und entschieden, dass sie der optimale Platz für ihr Vorhaben ist.

Nun sitzen und stehen sie gemeinsam auf der Veranda. Da man im Nirgendwo weder an das Breitband- noch an das Kabelnetz angeschlossen ist, gibt es im Ferienhaus keinen Fernseher und keinen Internetanschluss. Stattdessen steht im Wohnzimmer eine Kiste voller Gesellschaftsspiele, deren Spielfiguren gerade eifrig zum Einsatz kommen.

Antonia platziert zahlreiche schwarze Backgammonsteine rund um eine weiße Schachkönigin und demonstriert damit anschaulich, welcher Akteur welche Position einnehmen muss, damit die Spielzüge zu ihrem Gedankentrailer passen. Angeregt diskutieren sie darüber, welcher Zug an welcher Stelle der raffinierteste wäre. Außerdem steht immer wieder die Frage im Raum, ob sie weitere Genius zu sich bitten sollten. Aber nach einigem Hin und Her entscheiden sie sich dagegen, denn im Worst Case wollen sie nicht weitere Genius an die Disorder verlieren.

„Unser unschätzbarer Vorteil ist, dass die Toka nicht in Erwägung ziehen werden, ich könnte die Seiten gewechselt haben. Ich mache mich also auf den Weg in den nächsten Ort, führe ein paar Telefonate und erzähle, dass ich aus eurer

Gefangenschaft geflohen bin. Dann verrate ich unseren Standort und sie werden binnen drei bis vier Stunden hier versammelt sein. Ich werde ihnen vorgaukeln, dass ihr nur noch zu viert seid, weil Lonan sich nach einem heftigen Streit aus dem Staub gemacht hat." Will wiederholt den Plan, den Antonia ausgeheckt hat. „Ich werde die Toka auf die Lichtung führen. Die Lichtung hat nur zwei gut begehbare Zugänge. Nur den unteren können sie vom Ferienhaus aus erreichen. Von dort werden sie sich anschleichen und sich dann am Waldrand entlang verteilen und auf euch zugehen. Der nördliche Zugang zur Lichtung wird frei sein. Dort verstecken sich Lonan und Horus, um uns im Notfall zur Hilfe zu eilen."

„Und wir verhalten uns überrascht und verängstigt und sorgen dafür, dass uns Achak nahe genug kommt", ergänzt Antonia.

„Und du bist dir wirklich sicher, dass die Lebensenergie sich dann zeigen wird und Achak bekehren kann?", fragt Karla noch immer etwas unsicher.

„Ja, ziemlich sicher!", bestätigt Antonia.

„Und das war es dann!", freut sich Will. „Sobald Achak und die Toka von Chatans Energiedichte erfasst werden, werden sie einknicken und die anderen werden folgen. Sie werden ihre Genius-Wurzeln spüren und sich von der Disorder abwenden. Wir werden unsere Feinde auf beeindruckende Weise vernichten: Indem wir sie zu Freunden machen."

„Was tun wir mit denen, die nicht zu uns überlaufen?", fragt Flinn nach. „Bleiben wir dabei, dass wir sie einfach gehen lassen?"

„Ja, dabei bleiben wir! Keine Konfrontation!“, antwortet Antonia bestimmt. „Wir sind nicht hier, um uns einer Auseinandersetzung zu stellen! Das können wir gar nicht. Wir sind keine ausgebildeten Kämpfernaturen.“

Flinn nickt. „Und wir werden weitestgehend unbewaffnet sein“, betont er. „Mehr als das hier haben wir nicht.“ Er zeigt auf eine Ansammlung von Pfeffersprays und Elektroschockern, wie sie in jedem Onlinehandel zu kaufen sind. „Wir könnten uns gar keinem Kampf stellen, selbst wenn wir wollten.“

„Ein ziemliches Ungleichgewicht, denn die Toka kommen uns bestimmt nicht mit leeren Händen besuchen.“

Will übernimmt das Wort. „Unterschätzt die Hunde nicht. Und schließlich müssen wir ja nur Zeit gewinnen. Trotzdem müssen wir die Gefahr ernst nehmen. Sie wollen Antonia um jeden Preis und sind bereit, über Leichen zu gehen. Die Standardwaffe der Toka ist ein Jagdmesser. Nur einzelne werden auch Schusswaffen bei sich tragen, aber ich bezweifele sehr, dass sie diese anwenden werden. Sie wollen Antonia nicht sofort umbringen, sondern erst sichergehen, dass sie wirklich Chatans Lebensenergie in sich trägt. Achak will die Gefahr, die von Chatan ausgeht, ein für alle Mal bezwingen, da wird er gewiss sein wollen, das richtige Ziel zu treffen. Doch er wird nicht ahnen, was wir vorhaben.“ Mit einem Seitenblick auf Antonia ergänzt er: „Entschuldige bitte diese ehrlichen Worte, aber du musst dir keine Sorgen machen. Sie werden dich nicht verletzten. Das werden wir und Chatan nicht zulassen. Chatans Energie wird uns helfen, wenn wir in der Klemme stecken.“ Will legt einen Arm um Antonias Schulter und drückt sie an sich.

„Was, wenn etwas schiefläuft? Wenn zum Beispiel nur eine Handvoll Toka auftaucht und Achak gar nicht kommt?“ Karlas Unsicherheit ist weiterhin spürbar.

Will versucht, sie zu beruhigen. „Das hier ist viel zu wichtig. Die Episode am Flughafen wird ihnen deutlich gemacht haben, dass sie nicht noch mal in kleiner Besetzung antanzen sollten.“

Karla seufzt laut. „Für mich klingt das alles immer noch so, als würden wir uns mit diesem Plan völlig überschätzen.“

„Wir haben aber leider nur diesen einen Plan. Ich vertraue darauf, dass wir das schaffen!“ Antonia versucht, möglichst viel Überzeugungskraft in ihre Stimme zu legen. „Vergesst nicht, wir haben die Lebensenergie auf unserer Seite. Und die Toka wissen nicht, dass wir die Regisseure des Abends sind. Auch dieser Überraschungseffekt wird uns helfen. Also, keine Zweifel bitte. Wir brauchen jetzt vor allem Zuversicht.“

Lonan hat sich ein paar Meter entfernt von der Szenerie an das Verandageländer gelehnt und schaut den anderen zu. Jardy und Horus bewegen sich in sein Blickfeld, suchen sich einen sonnenbeschienenen Flecken und kuscheln sich aneinander.

Flinn, der bisher auffallend dicht neben Antonia saß und so ziemlich jede ihrer Ideen großartig fand, reckt die Arme zum Himmel. Sein Rücken braucht eine Lageveränderung, sodass er aufsteht und sich zu Lonan gesellt.

„Na, habt ihr den Masterplan fertig?“, fragt Lonan halb belustigt, halb ernst.

„Bisher ähnelt alles eher noch einem ziemlich wirren Durcheinander. Man merkt, dass wir alle keine Kriegsstrategen sind. Was ist mit dir? Du hältst dich so zurück?“

„Ich lasse euch lieber mal austüfteln und suche mir dann eine passende Rolle. Ich glaube ohnehin, dass wir improvisieren müssen. Wie heißt es so schön: ‚Je mehr wir planen, desto härter trifft uns der Zufall.' Außerdem habe ich gerade andere Sorgen."

„Echt? Was ist los?"

„Sieh mal die beiden hier." Lonan zeigt auf Jardy und Horus. „Dein Kleiner scheint sich nicht wohlzufühlen."

Flinn schaut Jardy an, der seine Schnauze mit geschlossenen Augen an Horus' Pfote drückt.

„Ja. Seit gestern ist Jardy anders", sagt Flinn nachdenklich. „Er scheint plötzlich in Horus seinen besten Freund gefunden zu haben und meidet meine Gegenwart. Er sieht traurig aus."

„Ja, genau das meine ich. Auch Horus verschließt sich vor mir. Er ist mein bester Buddy, aber im Moment habe ich den Eindruck, er würde ein Geheimnis vor mir verbergen."

Flinn seufzt, löst seine verschränkten Arme und sagt in aufmunterndem Tonfall: „Vielleicht sehen wir nur Gespenster. Schließlich sind wir ziemlich abgelenkt und verbringen sicherlich weniger bewusste Zeit mit unseren Hunden als noch vor wenigen Tagen."

„Vor allem du!", neckt Lonan ihn.

„Es fällt dir schwer, oder?", fragt Flinn in vorsichtigem, aber ernstem Ton.

Lonan denkt kurz nach. Eigentlich ist er ein Freund wahrer Worte. Er blickt in die Ferne und antwortet: „Ja, vermutlich schon …"

„Lonan, weißt du, was ich nicht verstehe?“, fragt Flinn. „Man sieht dir doch an, wie sehr du damit kämpfst, dass … nun ja … dass ich Antonia mag und sie mich vielleicht auch ein bisschen.“

„Sie mag dich!“, insistiert Lonan. „Sehr!“

„Ach ja?“

„Ja!“

Ein passendes Wort im richtigen Ton hindert Flinn daran zu widersprechen. „Und?“, fragt er stattdessen.

„Und was?“

„Himmel, jetzt weich mir doch nicht immer aus! Warum tust du nichts dagegen?“

„Was sollte ich denn deiner Meinung nach tun?“

„Na ja, wenn es nach mir geht, hältst du dich weiterhin zurück, aber ich an deiner Stelle würde versuchen, dieses absolute Hammermädchen für mich zu gewinnen. Ich würde um sie kämpfen!“

„Du würdest einen aussichtslosen Kampf führen?“ Lonans Körperhaltung verändert sich, als hätte man ihm eine Bleiweste übergelegt.

„Aussichtslos? Bitte?!? Schau dich doch mal an! Du bist so eine Art Mr Universum mit Hirn und Verstand, endlosem Charme und einer unfassbar coolen Art. Antonia hätte dir niemals widerstehen können, wenn du es drauf angelegt hättest! Und am Anfang sah es auch ganz danach aus, als wäre die Sache zwischen euch schon klar. Doch seit dem Abend im Schwimmbad überlässt du mir das Feld. Warum?“

Die Ironie in Lonans Lächeln wird durch ein müdes Kopfschütteln in Beton gemeißelt. „Lass das mal meine Sorge sein.“

Lonan lässt einen ziemlich ratlosen Flinn zurück und setzt sich neben Daniel auf die Verandastufen. Vielleicht ist es doch das Beste, so zu tun, als würde er intensiv am Plan mitarbeiten wollen.

Erst nach dem Mittagessen hat Flinn die Gelegenheit, Antonia kurz allein zu sprechen. Seit dem Kuss gestern im Wald hatten sie keine Möglichkeit mehr, sich näherzukommen, und Flinn fragt sich schon, ob er sich das alles nur eingebildet hat. Ein Wunschtraum sozusagen.

Umso mehr freut er sich, als Antonia nach dem Mittagessen ganz unbefangen auf ihn zukommt und ihm ins Ohr flüstert: „Kurzes Treffen in meinem Zimmer?" Dabei berührt sie beiläufig seine Brust, was sofort dieses immense Verlangen in ihm weckt.

Er ist aufgesprungen, bevor sie den Satz beendet hat, und folgt ihr in ihr Zimmer. Dankbar darüber, dass niemand diese Verabredung mitbekommen hat, schließt er leise die Tür hinter sich.

Antonia sitzt auf der Bettkante und strahlt ihn an. „Und?"

Flinn vergräbt die Hände tief in den Taschen seiner kurzen Cargo-Pant, was sein Shirt dazu veranlasst, sich fest über seinen Oberkörper zu spannen. Antonia spürt Wärme in sich aufsteigen, als ihr Blick erst Flinns sehnigen Armen folgt und dann an den breiten und wohldefinierten Schultern hängen bleibt.

„Und? Gute Frage!", entgegnet Flinn und strahlt von einem Ohr zum anderen. „Schon irgendwie eine komische Situation, oder?"

„Ja, etwas." Ihre Wangen röten sich leicht.

„War das okay gestern für dich? Also … du weißt, was ich meine …?“, fragt er unsicher.

„Ja, das war sogar sehr okay!“

Sein Lächeln wird noch breiter. „Und … ich meine … ähm … wäre es okay, wenn wir das noch mal tun?“

Sein Atem wird mit jeder Sekunde schneller, es bleibt die Angst vor ihrer Antwort. Noch immer steht er an der Zimmertür, während sie verlegen auf der Bettkante herumrutscht.

„Ja, auch das wäre sehr okay!“

Mit einem großen Schritt ist Flinn bei Antonia, die bereits aufgestanden ist und ihm entgegenfliegt. Er schließt die Arme kraftvoll um ihren Körper, der die Berührungen leidenschaftlich erwidert. Noch während seine Lippen ihren Hals entlangwandern, ziehen ihre Hände bereits ungeduldig an seinem T-Shirt. Antonias Fingerspitzen wandern die Konturen seiner Bauchmuskeln entlang – und werden durch lautes Klopfen an der Tür jäh zum Innehalten gezwungen. Die beiden lassen voneinander ab und streichen ihre Kleidung glatt.

Flinn ist schon ans andere Ende des Zimmers gesprungen und versucht, sich möglichst unauffällig an den Fensterrahmen zu lehnen, als Antonia, immer noch heftig atmend, ein kaum vernehmbares „Ja?“ haucht. Es klopft erneut und sie räuspert sich kurz, um endlich eine Tonlage zu treffen, die bis auf die andere Seite der Zimmertür dringt. „Ja!“

Die Tür öffnet sich und Will tritt ein. „Hallo Antonia, ich …“ In diesem Moment entdeckt er Flinn und sagt: „Ähm, sorry! Ich wollte nicht stören.“

„Alles gut, du störst nicht“, sagt Antonia so unschuldig wie möglich.

Will legt den Kopf schief und grinst. „Schon klar!“

Da prustet Flinn los und auch Will und Antonia beginnen zu lachen.

„Nichts für ungut, Will!“, bringt Flinn nur unter Lachen hervor. „Aber dein Timing ist echt scheiße!“

„Ja, das scheint mir auch so!“ Will wendet sich zum Gehen und lächelt Antonia über die Schulter zu: „Ich gebe euch fünf Minuten, dann beginnt dein erster Unterricht in der Kommunikation mit anderen Lebensenergien. Ich warte unten.“

Kaum hat Will die Tür hinter sich zugezogen, schließt Flinn Antonia sacht in die Arme, haucht ihr einen Kuss auf die Stirn und sagt: „Genieße deinen ersten Unterricht. Ich möchte nicht der Grund dafür sein, dass du unkonzentriert bist.“

„Zu spät!“, antwortet Antonia.

/30/

„Der Schlüssel liegt im gedanklichen Zulassen dessen, was unser Verstand als unvorstellbar einordnet."

Seit bereits zwei Stunden sitzen Will und Antonia im Schneidersitz auf der Lichtung und Antonia versucht, in Kontakt mit der Lebensenergie in ihrem Innern zu treten. Bisher ohne jeglichen Erfolg. Sie hat sich entspannt, meditiert, ihren Geist gereinigt und was immer sonst Will ihr versucht hat zu erklären, aber von Kommunikation ist sie unendlich weit entfernt.

„Weshalb redet Chatan nicht einfach mit mir?" Antonia ist frustriert.

„Weil es eben nicht Chatan ist, sondern die Lebensenergie, die in ihm steckte. Sie kennt keine Sprache, außer die der Emotionen. Ich bin fest davon überzeugt, dass sie genau dann aktiv wird, wenn deine Gefühle überkochen. Dann reagiert sie entweder mit Abwehr und dem Ruf nach Hilfe – wie im Wald. Oder eben mit Interesse und Zuneigung, so wie sie es bei Flinn getan hat. Um ihr deine Absichten mitzuteilen, musst du sie auf einer emotionalen Ebene erreichen. Stell dir vor, was du ihr sagen möchtest, und lass dann dein Herz das passende Bild dazu malen. Und vor allem: Vergiss den Verstand!"

Antonia schließt die Augen und konzentriert sich. Sie denkt an die Toka und an Achak und dass sie sie bezwingen will, doch in ihrem Innern regt sich nichts. „Will, ich kann das nicht!"

„Das ist okay! Es braucht Zeit. Lass uns morgen weitermachen."

Sofort bessert sich Antonias Laune. Sie schaut auf die Uhr. Wie gern würde sie den Nachmittag mit Flinn verbringen und einfach mit ihm hier auf der Lichtung liegen. Sie schließt kurz die Augen und stellt sich vor, wie seine Lippen ihren Hals berühren.

Es blitzt feuerrot auf.

„Hoppla!“, ruft Will. „Na, sieh mal einer an, das geht doch schon ganz gut!“

„Was?“, fragt Antonia überrascht.

„Du hast gerade einen Farbimpuls gesendet. Der kam sogar bei mir an. Es war zwar noch nicht mehr als ein kurzes Aufflackern, aber immerhin. Du musst deinen Fokus intensiver nach innen richten. Versuch es noch mal!“

Antonia lässt ihre Gedanken wieder zu Flinn schweifen. Zu dem Abend, an dem sie gemeinsam im Freibad waren und sie Flinn zum ersten Mal kraftvoll seine Bahnen ziehen gesehen hat.

Dieses Mal ist es kein Aufblitzen, sondern ein bleibendes tiefes Rot, das für wenige Sekunden vor ihren Augen pulsiert.

„Großartig, Antonia!“ Will ist begeistert. „Ich habe Wochen gebraucht, um an diesen Punkt zu kommen!“

„Du kannst die Farbe auch sehen?“ Antonia ist irritiert.

„Ja, ein strahlendes Dunkelrot! Das ist ein sehr guter Anfang! Kompliment! Morgen bitte ich Helios, uns zu helfen und die Bilder zu kanalisieren. Dann bilden sie vielleicht erste Konturen.“ Will klopft Antonia anerkennend auf die Schulter.

„Wenn andere die Bilder auch sehen können, könnte uns das nicht verraten, wenn die Toka in der Nähe sind?“, fragt Antonia.

„Keine Sorge“, beruhigt Will sie. „Es braucht sehr feinfühlige Genius oder eben Krafttiere, um diese Bilder wahrzunehmen.

Keinem Toka wird es gelingen. Außerdem wirst du noch lernen, die Bilder so zu erzeugen, dass sie nur bei dem gewünschten Adressaten ankommen.“ Er lächelt sie an. „Wäre ja auch etwas blöd, wenn jeder von Weitem sehen könnte, dass du bis über beide Ohren verliebt bist!“

/31/

Nachdem Antonia schon fast zwei Stunden mit Will unterwegs ist, macht sich Flinn auf die Suche nach Lonan. Irgendwie muss er es schaffen, das zwischen ihnen zu klären. Er findet ihn im Geräteschuppen neben dem Haus.

„Hi, Lonan. Was machst du? Kann ich dir helfen?", fragt er.

„Ich wollte dir ein paar Fahrstunden geben!", antwortet Lonan. „Könnte nützlich sein."

Lonan scheint entspannt zu sein und Flinn atmet auf. Er hat nicht damit gerechnet, den Freund in so guter Stimmung anzutreffen.

Lonan geht ans hintere Ende des Geräteschuppens und reißt mit einem Ruck eine Abdeckplane von zwei Geländemotorrädern. Dabei wirbelt er ordentlich Staub auf.

Als Flinn die Maschinen sieht, ist er begeistert. „Krass!" Er bestaunt die beiden KTM 450 SF-X. „Wem auch immer dieses Haus im Nirgendwo gehört: Er weiß auf jeden Fall, was Spaß macht!"

„Drehen wir eine Runde? Ich zeige dir, wie es geht!", bietet Lonan an.

„Du willst mir zeigen, wie man die Teile fährt? Du wirst dich wundern!" Flinn stellt sich strahlend und mit gekreuzten Armen vor Lonan.

„Okay, wenn du schon ein Profi bist, gehen wir direkt zum Fun über! Dahinten steht ein Kanister mit Benzin. Lass uns mal schauen, was die Teile so draufhaben!"

„Gibt's auch ein paar Helme!"

„Helme? Sind wir hier im Kindergarten?“, scherzt Lonan, fügt dann aber hinzu: „Klar gibt es Helme – schau mal da rüber.“ Er zeigt auf zwei ziemlich lässig aussehende Motocross-Helme, die an einem Haken an der Wand hängen. Sie sind von einer dicken Staubschicht überzogen.

Flinn schnappt sich einen der Helme und pustet den Dreck herunter. Nachdem er mit dem Saum seines T-Shirts über den Kunststoff gerieben hat, kommt eine beißend neongrüne Schrift auf mattschwarzem Grund zum Vorschein. ‚Grip it and rip it‘.

Flinns Strahlen wird noch breiter. Er wirft Lonan einen der Helme zu und schnappt sich den anderen. „Na dann! Rauf auf die Maschinen!“

Kurz darauf sind die Dirtbikes aufgetankt und ins Freie geschoben. Lonan und Flinn schwingen fast synchron ihre Beine über die Sättel. Es braucht nur wenige Kicks, bis ein sattes Dröhnen den Wald erfüllt. Begeistert spielen sie mit den Gashebeln, legen einen Gang ein und lösen das Standbein vom Boden. Sand und Steine springen zu allen Seiten weg, als die Räder nach Halt suchen und dann zügig einen Trail hinauf beschleunigen.

Genau in diesem Moment tritt Karla auf die Veranda und Antonia kommt mit Will zum Ferienhaus zurück. Sie sehen aufgewirbeltem Staub hinterher und hören in der Ferne noch das begeisterte Johlen.

„Wann werden Jungs noch gleich erwachsen?“, fragt Antonia lachend.

Karla schaut kurz in Richtung Daniel, der gerade mit den Fingern die kalten Reste des Mittagessens aus einem Topf angelt. „Gute Frage! Ich glaube, nie!“

„Und ich?“, fragt Will und schaut sehnsüchtig dem sich langsam legenden Staub hinterher.

Es dämmert bereits, als Flinn die Scheune abschließt und den klobigen Schlüssel in seiner Hosentasche verstaut. Lonan ist schon vor einer halben Stunde nach drinnen verschwunden, nachdem er den kleinen Contest gewonnen hat, den die beiden spontan gestartet haben.

Erster Platz: Dusche! Zweiter und letzter Platz: Motorräder sauber machen, auf Verschleißerscheinungen und Defekte überprüfen und erst danach unter die Dusche.

Flinn klopft sich den Staub von der Kleidung, als Antonia nach draußen auf die Veranda tritt. „Hey, wie war euer kleiner Ausflug?“

Flinn strahlt bis über beide Ohren. „Großartig! Hat echt Megafun gemacht. Jetzt bin ich aber definitiv reif für eine Dusche.“ Er schaut auf seine Oberarme, an denen sich roter Sand mit Schweiß gemischt und eigenartige Muster auf seine Haut gezeichnet hat.

„Lonan ist schon fertig. Ich glaube, er ist direkt ins Bett gefallen.“ Antonia zögert kurz, bevor sie ergänzt: „Hast du noch Lust auf einen Eistee hier draußen?“

„Ähm … klar! Also, gerne! Ich wasch nur schnell den Dreck runter. Okay? Ich beeil mich auch!“

„Ja, klar. Ich warte hier auf dich.“

„Super!“ Flinn springt an Antonia vorbei ins Haus und stürmt die Treppe hinauf.

Oben angekommen hat er bereits sein Shirt ausgezogen und entledigt sich auf einem Bein hüpfend seiner Socken. Die Aussicht auf ein paar Minuten allein mit Antonia treiben ihn genauso an wie die Sorge, dass ihnen irgendwer oder irgendwas dazwischenfunken könnte.

Mit kaltem Wasser spült er Sand, Staub, Schweiß und eine Menge Aufregung von seinem Körper. Keine sieben Minuten später ist er abgetrocknet, hat sich ein frisches Shirt und eine fast saubere kurze Hose übergezogen und sogar seine Haare in eine halbwegs brauchbare Form gebracht. Seine Haut hat heute einen deutlichen Bräunungsgrad zugelegt und glänzt dank hastig aufgetragener After-Sun-Lotion beeindruckend. Das alles hat er geschafft, ohne Lonan zu wecken, der in der Tat bereits tief schlafend im Bett liegt. Auch Daniel, Karla und Will sind nirgends zu sehen. Vermutlich stecken auch ihnen die letzten Tage in den Knochen, sodass sie sich früh zurückgezogen haben.

Mit vor Eile und Vorfreude gerötetem Kopf tritt Flinn auf die Veranda. Antonia sitzt auf der Treppe und hat zwei Gläser Eistee neben sich gestellt, die mit übergroßen Orangenscheiben dekoriert sind. Flinn setzt sich zu ihr und ergreift dankend ein Glas. Etwas ungelenk hantiert er damit herum und versucht, einen großen Schluck zu nehmen, ohne sich die Orangenscheibe in den Augapfel zu rammen. Das klappt nicht sonderlich überzeugend, sodass er versehentlich gut ein Drittel des Eistees über seine Hose gießt. *Scheiße!* Die klebrige Flüssigkeit versickert in seinem Schritt.

Antonia beobachtet das Schauspiel amüsiert und kann sich ein „Ups!“ nicht verkneifen. „Warte, ich hole dir ein Tuch!“, sagt sie lachend.

„Nein, lass mal. Das lohnt sich nicht. Ich beweise seit ein paar Tagen erhebliches Trottel-Talent und jeglicher Versuch, die Spuren meiner Dämlichkeit zu verwischen, macht es vermutlich nur noch schlimmer.“

Rücksichtsvoll wechselt sie das Thema. „Sollen wir noch ein paar Schritte gehen?“

„Gern!“ Flinn bemüht sich, seine Aufregung zu verstecken, und ermahnt sich zur Gelassenheit.

„Sollen wir kurz zur Lichtung hoch? Dort hat man vermutlich einen grandiosen Blick auf einen atemberaubenden Sternenhimmel!“

„Nichts lieber als das!“ Flinns Körper wirft bereits einen Glückshormonregen in seine Blutbahnen.

Antonia steht zuerst auf und zieht Flinn zu sich hoch. Ihre Haut ist zart und warm, während ihr Griff um seine Hand Stärke beweist. Im gleichen Moment, in dem Flinn sich fragt, wie lange Antonia seine Hand wohl festhalten wird, haben sich ihre Finger bereits gelöst und sie läuft ein paar Meter voraus.

„Auf geht’s! Gleich ist es ganz dunkel. Noch können wir wenigstens den Hinweg ohne Stolperer überstehen.“

Sie erreichen die Lichtung in wenigen Minuten. Tatsächlich ist es noch dämmerig, als sie oben ankommen. Sie schlendern zur Mitte der blühenden Wiese und finden eine Stelle, an der nur flacher Klee wächst.

„Hier können wir uns hinsetzen!“, ruft Antonia begeistert.

„Oder hinlegen und die Sterne zählen, die wir gleich in Massen bewundern können“, wagt sich Flinn vor.

„Oh, ein Romantiker?!?“

„Wer kann schon dem Sternenhimmel widerstehen?“, fragt Flinn in einem Ton, der aus einer Shakespeare-Aufführung stammen könnte.

„Ich jedenfalls nicht!“, bestätigt Antonia. „Aber Mist! Ich hab mein weißes Top angezogen.“

„Und?“

„Das kriegt Grasflecken!“

„Oh, na, das können wir nicht riskieren! Das arme Top wird sich furchtbar schämen, wenn es mit Chlorophyll beschmutzt neben deinen anderen Kleidungsstücken im Wäschekorb liegt!“, scherzt Flinn.

„Ha, ha!“, sagt Antonia gespielt genervt. „Im Ernst! Grasflecken gehen sauschwer wieder raus.“

„Du hast schon eine sehr subtile Art, deine Begleitung dazu zu bringen, sich zu entblößen“, antwortet Flinn und zieht sein Shirt über den Kopf, bevor Antonia widersprechen kann.

Auf keinen Fall wird er sich diesen Abend wegen der Sorge vor Grasflecken verderben lassen.

Er drapiert sein Lieblings-Vans-Oberteil akkurat auf dem Wiesenboden und zeigt stolz darauf. „I proudly present: Das ‚Hier-wird-nichts-dreckig-Sterne-Beobachtungs-Lager‘!“

Antonia lacht.

Flinn steht nur in Shorts bekleidet vor ihr und schaut sie mit einem schiefen Lächeln und schräg gestelltem Kopf an.

Verlegen stammelt sie: „Ähm, okay … Also, danke schön! Das ist … das ist echt nett von dir.“

„Jederzeit wieder! Also, sofern es die Gelegenheit erlaubt. Oder, na ja, wie auch immer.“ Flinn kratzt sich am Kopf und weiß gerade selbst nicht mehr, was er eigentlich sagen wollte.

Antonia hat sich in die Wiese sinken lassen und legt sich mit dem Rücken auf das Shirt. Ein Duft aus Wiesenblüten, Waschmittel und Flinns Körpergeruch umströmt sie. *Wie kann ein Mensch nur so gut riechen?* Antonia versucht verzweifelt, das Bild von Flinns freiem Oberkörper loszuwerden, das sich vor wenigen Sekunden in ihre Netzhaut gebrannt hat. *Wenn ich es nicht gleich schaffe, mich auf etwas anderes zu konzentrieren, wird mir den Rest des Abends kein zusammenhängender Satz mehr gelingen.* Noch immer flimmert das Bild von Flinns symmetrischen Bauchmuskeln vor ihren Augen, die nur deshalb ihren Blick nicht dauerhaft fesselten, weil darüber wohlproportionierte Brustmuskeln um ihre Aufmerksamkeit bettelten.

„Darf ich?“ Flinn macht Anstalten, sich neben sie auf den Boden zu legen.

„Natürlich! Oder willst du dich vorm Sternschnuppenzählen drücken?“, scherzt sie und ist überrascht, dass sie überhaupt noch Wörter sinnvoll aneinanderreihen kann.

Flinn legt sich neben sie ins Gras und ignoriert die pikenden Grashalme in seinem Rücken. Vermutlich wird es keine fünf Minuten dauern, bis er von Insekten belagert ist, aber um nichts in der Welt wird er sich die Chance entgehen lassen, neben diesem Hammermädchen zu liegen. Auch wenn er nebenbei fünf Milliarden Sternschnuppen zählen muss.

Die Sonne hat dem Mond das Feld nun vollständig überlassen. Der Erdtrabant hat sich für heute auf eine nur schmal sichelförmige Präsentation seiner lichtreflektierenden Gestalt begrenzt, sodass der in Blauschwarz getünchte Himmel großzügig seine Sternenwelt preisgibt.

„Wow!“, entfährt es Flinn.

„Unglaublich, oder? Gibt es etwas Schöneres als solch einen Anblick?“, fragt Antonia.

„Ja, gibt es. Ich muss den Kopf nur um 90 Grad drehen, um es zu sehen.“ Er tut genau das und schaut Antonia an.

Sie lächelt und sagt: „Wow! Das war verdammt kitschig!“

„Ja, vollkommen kitschig. Das habe ich aber erst gemerkt, als der Satz schon zur Hälfte raus war.“

„Ist schon okay. Ich verzeihe dir diese Rosamunde-Pilcher-Aussage.“

„Puh, da habe ich aber noch mal Glück gehabt.“ Nach einer Weile nimmt Flinn erneut Anlauf. „Kriege ich noch eine Chance?“

„Wofür?“

„Für ein Kompliment, das nicht völlig peinlich klingt?!?“

Antonias Lachen wertet er als Zustimmung.

„Ich glaube, ich habe ein paar Ameisen in den Ohren“, sagt er.

„War das schon das Kompliment?“, fragt Antonia.

„Nein.“

„Das beruhigt mich einigermaßen.“

„Ich mag deine Hände!“, sagt er dann. Als sie nicht gleich reagiert, fügt er hinzu: „Das war übrigens das Kompliment.“

„Ich weiß. Ich überlege aber noch“, sagt sie.

„Was gibt es da zu überlegen?“

„Ich überlege noch, was ich an dem Kompliment auszusetzen habe.“

„Und?“, fragt Flinn.

„Und was?“

„Was hast du daran auszusetzen?“

„Nichts!“

Flinns Mundwinkel nähern sich mal wieder seinen Ohrläppchen.

Was dann passiert, ist weit weg von dem, was Flinns Gedankenwelt für möglich gehalten hätte. Antonia hebt ihre Hand, legt ihre Fingerspitzen sachte in die kleine Vertiefung oberhalb seiner Schlüsselbeine und zeichnet eine gerade Linie seinen Körper hinab. Seine Nervenenden reagieren sofort. Gänsehaut jagt der Spur ihrer Finger hinterher wie ein hungriges Raubtier, während gleichzeitig ein Feuer losbricht. Seine Stimmbänder produzieren ein Hauchen, das jenseits seiner Tenorstimme liegt. Die Spur endet einige Zentimeter oberhalb seines Bauchnabels. Eine lebensrettende Distanz, da ein Mehr seine Wahrnehmung zerfetzt hätte.

Antonia zieht ihre Hand zurück und sagt leise: „Diese Hände meinst du?“

Flinn dreht sich auf die Seite und stützt seinen Kopf mit einer Hand ab, während die andere Antonias Hand sucht und sich mit dieser verschränkt. Er zieht ihre Hand vorsichtig an seinen Oberkörper, legt sie dort ab und berührt dann ihr Kinn.

„Du hast einen ziemlich schnellen Herzschlag“, bemerkt Antonia, den Blick nicht von seinen Augen nehmend.

„Einen Moment noch. Dann ist es ruhig …“ Flinn führt seinen Mund in Richtung seiner Hand, die noch immer Antonias Kinn umfasst.

Seine Lippen finden ihre. Mit einem lauten Pochen springt sein Herz von innen gegen die Rippen und vibriert durch Antonias Hand, bevor es ehrfürchtig kurz innehält. Stille, in der Musik klingt. Voller Hochachtung vor übergroßen Gefühlen pausieren zwei Herzen und lauschen dem Augenblick eines berauschenden Kusses.

/32/

Lonan liegt wach, als Flinn eine ganze Zeit später auf leisen Sohlen das Zimmer betritt. Genau genommen hat er die gesamte Zeit wach gelegen, sich aber genauso überzeugend schlafend gestellt, wie er es nun tut. Kurz hebt er ein Augenlid und beobachtet Flinn, der sich auf seine Bettkante setzt und den Kopf in beide Hände stützt. Selbst im Dunkeln kann Lonan die Leidenschaft in Flinns Gesicht erkennen. Und er bemerkt die Veränderung in seiner Aura. Hätte sie ein sichtbares Farbspektrum, würde sie tiefrot leuchten.

Es versetzt ihm einen Stich zu erkennen, dass Antonia und Flinn sich gegenseitig die nicht zu übersehenden Gefühle eingestanden haben. Allen Außenstehenden war doch längst klar, dass die beiden völlig ineinander verknallt sind. Aber scheinbar haben sie bisher nicht an die Zuneigung des anderen glauben können. Ein Phänomen, das man oft bei Menschen antrifft, die sich ihrer eigenen Wirkung nicht bewusst sind. Antonia und Flinn, zwei Menschen, nach denen sich die Köpfe umdrehen, sobald sie einen Raum betreten, wenngleich dies ihnen selbst nie auffallen würde. Beide höchst attraktiv und von innen heraus strahlend, aber nie darauf bedacht, sich in den Mittelpunkt zu drängen. Diamanten, die sich für schnödes Basaltgestein halten, weil ihre Persönlichkeit nicht nach grenzenloser Anerkennung strebt. Lonan hat keine Sekunde daran gezweifelt, dass die beiden füreinander bestimmt sind. Auch wenn er es sich anders gewünscht hätte. Niemals würde es ihm einfallen, sich zwischen etwas zu drängen, das so eindeutig zusammengehört. Sein

Schmerz ist dennoch da und wird ihn eine Weile begleiten. Das Wissen darum, dass es zwei Menschen, die ihm so viel bedeuten, gut geht, ist Linderung. Es nimmt die oberflächliche Entzündung und lenkt von der Wunde ab. Wie eine zinkhaltige Salbe, die Heilung suggeriert, während der tiefe Schnitt weiterhin pocht. Mit dem Pochen kommt er klar. Es begleitet sein Leben, seit er denken kann. Er hat die Ablehnung durch seine Mutter überlebt, die ihn immer wieder wissen ließ, dass er ungewollt war. Schreiend, tobend, schlagend hat sie ihm das mitgeteilt. Bis er in die Schule kam und seine blauen Flecken dort auffielen, sodass er in den Armen seiner liebenden Granny landete. Sie hat ihn vor vielem beschützt, konnte aber nicht verhindern, dass er scheinbar zum Opfer auserkoren war. Seine Mitschüler sahen dies so – vor allem die in den höheren Klassen. Seine Verletzungen wurden nicht weniger, sie änderten nur ihr Aussehen.

Dann traf er auf Horus, dessen Vergangenheit seiner so ähnlich war. Und gemeinsam konnten sie heilen, konnten innere und äußere Wunden kurieren und schworen sich gegenseitig, den anderen mit dem eigenen Leben zu schützen. Sie begannen ihren Feldzug gegen die Disorder, die Lonans Mutter zu dem gemacht hatte, was sie am Ende gewesen war.

Der Feldzug hielt erneut Prellungen bereit, aber Lonan war es gewohnt, härter einzustecken als andere. Und es dauerte nicht lange, bis er zu denen gehörte, die auch härter austeilen konnten. Schule wurde zur lästigen Nebensache, die ihm dank seines schnellen Verstands immer leichtfiel. Seine Begeisterung galt seiner spät entdeckten körperlichen Stärke. Sie zu perfektionieren, wurde sein Lebensziel, der Kampfsport sein Weg dorthin.

Er war 17, als er erneut den Schauplatz aufsuchte, an dem Horus viele Jahre zuvor fast zu Tode gequält worden wäre. Horus' Peiniger lebte noch dort und tat, was er nur zu gut konnte: Schmerzen verursachen. Doch in Lonan fand er seinen Meister. Selbst wenn es dem Monster jemals wieder in den Sinn kommen sollte, Tiere zu quälen, wäre er dazu körperlich nicht mehr in der Lage. Diese Gewissheit brachte viele Wunden zum Schweigen.

Vorsichtig legt Lonan seine Hand auf Horus' warmen Körper. Der Hund liegt neben seinem Bett und ist tief im Schlaf versunken. Lonan spürt das Fell unter seinen Fingern. Das Pochen seines verletzten Herzens wird zu einem sanften Klopfen. Diesen Freund kann ihm niemand nehmen.

/33/

Flinn findet nicht in den Schlaf. Der Nachklang von Antonias Berührungen schwingt noch in seinem Körper wie ein von allen Seiten reflektierender Schall. Seine Lippen schmerzen vor Einsamkeit. Allein sein Verstand ist ruhig, als wüsste er, dass er im Moment keiner Aufgabe gerecht werden könnte.

Das war der unglaublichste Abend! Wenn er jetzt sterben würde, dann mit der Gewissheit, dass er den schönsten Moment seines Lebens nicht verpasst hat.

Flinns Mundwinkel scheinen an ihrer neuen Position Gefallen zu finden, sodass er gerade befürchtet, für den Rest seines Lebens mit einem Grinsen im Gesicht durch die Welt zu laufen. Er fühlt noch immer Antonias Hand, die in seiner lag, als sie wortlos und überwältigt von Emotionen zurück zum Ferienhaus gelaufen sind. Der Kuss zum Abschied vor der Zimmertür war eher flüchtig, ein verzweifeltes Hauchen einer sonst atemlosen Nacht.

Nun liegt er im Bett, mit der Hälfte seiner Seele, durch zwei Zimmertüren von der anderen Hälfte getrennt. Ein Gefühl, von dem er jetzt schon ahnt, dass es ihn für immer prägen und verändern wird.

Er schaut zu Lonan hinüber, der friedlich in seinem Bett liegt. Neben ihm auf dem Boden liegen Horus und Jardy, der sich an seinen neuen Freund schmiegt, wie er sich normalerweise an Flinn schmiegen würde. Zwei Hunde, wie Wachen vor einem königlichen Gemach, denjenigen schützend, der am verwundbarsten ist. Das Bild hat etwas Trauriges und Herrschaftliches zugleich.

Über der Frage, ob er Antonias Liebe verdient hat, schläft Flinn ein. Sein letzter Gedanke gilt Lonan. Er wünscht sich plötzlich, er wäre sein Bruder. Es ist leichter zu akzeptieren, dass ein älterer Bruder ohne Zögern einen Schritt nach hinten tritt, um dem Jüngeren ein Geschenk zu überlassen, das größer nicht sein könnte. Doch Lonan ist nur ein Freund. Was hat ihn dazu bewegt? Vielleicht wird er es nie erfahren.

/34/

Antonia und Flinn haben vereinbart, vorerst niemandem zu sagen, dass sie nun wirklich und offiziell und vollkommen heillos ineinander verliebt sind. Der Tag, der über ihrer aller Zukunft entscheidet, steht unmittelbar bevor, da braucht es keine zusätzlichen Komplikationen.

Doch dauert es keine fünf Minuten, bis die beiden auffliegen.

„Eure Versuche scheitern kläglich! Meinetwegen könnt ihr beim Frühstück übereinander herfallen. Alles ist besser, als euch dabei zuzusehen, wie ihr verzweifelt versucht, so zu tun, als wärt ihr nicht hemmungslos ineinander verliebt!" Daniel bringt auf den Punkt, was die anderen denken.

„Danke, Daniel! Ich hätte es nicht besser formulieren können", stimmt Will zu.

Lonan klopft Flinn lachend auf die Schulter. „Wurde ja auch Zeit! Das ewige Schmachten hätte kein Mensch länger ausgehalten!"

„Na, wenn das so ist!" Flinn steht auf, geht zu Antonia, fasst ihr Gesicht mit beiden Händen und küsst sie auf die Stirn. „Wir sind dann mal weg!" Er greift ihre Hand und zieht Antonia von ihrem Stuhl hoch.

Lachend folgt sie ihm.

Im Türrahmen dreht Flinn sich um und strahlt seinen Vater an. Aus dem Augenwinkel nimmt er wahr, wie Lonan gedankenversunken den Kopf hängen lässt. *Ich werde nachher noch mal mit ihm reden,* nimmt er sich vor, bevor seine Gedanken von Vorfreude überfallen werden und er einen Arm um Antonias

Schultern legt. Die Welt ist in Ordnung. Der morgige Tag wird daran nichts ändern. *Zur Hölle mit den Toka! Nichts kann uns aufhalten!*

Einen traumhaften Vormittag später hilft Antonia Karla bei den Vorbereitungen fürs Mittagessen. Versorgt durch eine Biokiste, die die Vermieter des Ferienhauses zweimal pro Woche vorbeibringen, steht heute eine vegane Protein-Bowl mit Kichererbsen, Edamame, Salat und endlos viel Gemüse auf dem Speiseplan. Spike hat sich gekonnt neben den Küchentisch gestellt und wartet darauf, dass etwas anderes auf den Boden fällt als ein paar Gurkenschalen.

Daniel und Will hacken Holz, obwohl es viel zu warm ist, um den Ofen anzuwerfen. Anscheinend ist ihnen jede Form der Abwechslung willkommen.

Nur Lonan bemerkt, dass seine eigene Melancholie offenbar auch Jardy und Horus erreicht hat. Die Hunde liegen gemeinsam auf der Veranda, als er ins Freie tritt. Sie heben nicht die Köpfe, als wären ihre Gedanken zu schwer.

„Na Jungs, alles okay bei euch?“, fragt er.

Die Vierbeiner runzeln müde die Augenbrauen. Horus schafft es, seine Freude über Lonans Worte mit drei kräftigen Rutenschlägen auf den Verandaboden zu quittieren, bevor Lonan in den Wald marschiert. Die Hunde folgen nicht.

Flinn findet Lonan auf einem Baumstamm sitzend, nicht weit vom Ferienhaus entfernt. Er wirbelt ein Butterflymesser dermaßen schnell durch die Luft, dass Flinn sich kaum traut, ihn anzusprechen. Jegliche Ablenkung könnte den Freund den einen oder anderen Finger kosten.

„Komm ruhig her, ich hab dich schon kommen gespürt", ruft Lonan ihm entgegen.

„Ja, stimmt ja, als Genius ist das mit dem Anschleichen nicht so einfach. Zumindest bei anderen Genius und … und bei Leuten wie dir."

Lonan lacht. „Leute wie ich? Das klingt lustig." Er zwinkert Flinn zu. „Wie geht es dir?", fragt er ehrlich interessiert.

„Das wollte ich eigentlich dich fragen!", entgegnet Flinn.

„Bei mir ist alles okay."

„Wirklich? Du wirkst bedrückt."

Lonan druckst etwas herum. „Ich freue mich für dich und Antonia, ehrlich!"

„Aber?"

„Aber? Aber natürlich hätte ich mir eine andere Konstellation gewünscht."

„Ich weiß!"

„Bitte, Flinn. Bewerte das nicht über. Es ist alles okay, wie es ist. Es muss so sein."

„Ich wünsche dir, dass du auch eines Tages den perfekten Menschen an deiner Seite hast", sagt Flinn. „Und auch wenn ich nicht verstehe, weshalb du mir Antonia überlassen hast, möchte ich dir trotzdem dafür danken. Ich kenne sie erst seit so wenigen Tagen und könnte schon nicht mehr ohne sie leben. Danke. Wirklich!"

Lonan schüttelt seufzend den Kopf. Die Wahrheit würde es allen nur schwerer machen. Er will sie genauso wenig aussprechen, wie er sie zurückhalten kann.

„Du merkst es nicht, oder?“, sagt er resigniert.

Flinn schaut ihn fragend an. „Was meinst du?“

„Du hast noch immer nicht erkannt, was hier vor sich geht, richtig?“ Lonans Ton ist fast provozierend.

„Ich habe keine Ahnung, wovon du redest!“

„Na davon, dass ich nicht ‚dir‘ das Feld überlassen habe.“

„Lonan, red doch mal Klartext!“ Langsam wird Flinn wütend.

Mit jedem Moment, die Lonans Wahrheit im Geheimen bleibt, gewinnt sie an Gewicht. Sie schwillt an und wächst über ihn hinaus, bis er sie nicht mehr aussprechen kann. Wenn überhaupt, dann kann sie nur noch herausplatzen, getrieben von Überforderung. Und von grenzenlosem Mut. Die Wahrheit wird es ihm nicht einfacher machen. Vermutlich wird sie Freundschaften zerstören. Trotzdem ist er Flinn eine Erklärung schuldig.

In lauten Worten bricht es aus Lonan heraus.

„Klartext? Okay! Hier ist der Klartext: Ja, ich leide! Seit dem Tag, als ich dich und Antonia kennengelernt habe. Doch im Besonderen seit dem Abend im Schwimmbad. Da hat es mich richtig umgehauen. Ein einziger Blick reichte aus, um mich komplett aus der Bahn zu werfen. Und mit jedem Tag hat sich diese anfängliche Begeisterung zu einer echten Zuneigung entwickelt.“ Lonan blickt auf seine Hände und redet weiter. „Flinn, ich habe noch nie in meinem Leben so für einen Menschen empfunden. Ich habe das Gefühl, genau den Menschen gefunden zu haben, den ich mir für den Rest meines Lebens an meiner Seite wünsche. Attraktiv, intelligent, einfühlsam, mutig und unfassbar sexy. Aber mir bleibt nichts anderes übrig, als zuzusehen, wie dieser Mensch ganz wunderbar zu jemand anderem passt. Es soll nicht sein. Damit muss ich mich abfinden!“

Flinn schaut Lonan an. „Aber warum?“, fragt er. „Bist du dir so sicher, dass Antonia sich für mich entschieden hätte, wenn du ihr deine Gefühle gestanden hättest?“

„Flinn, du bist so ein Vollidiot!“ Lonan schaut ihn eindringlich an, und obwohl sich in seinen Augen Tränen sammeln, weicht er Flinns verwundertem Blick nicht aus. „Du hast es noch immer nicht verstanden, oder?“

Flinn steht die Verwirrung ins Gesicht geschrieben.

Lonan steht auf, wendet sich zum Gehen und sagt: „Es geht nicht um Antonia, Flinn! Es geht um dich!“

Mit offenem Mund schaut Flinn Lonan hinterher. Lonan hat sich in ihn verliebt? In Flinn? In Millisekunden sortiert er seine Gedanken.

„Warte!“ Er springt auf, rennt Lonan hinterher und hält ihn am Arm fest.

Als Lonan sich zu ihm umdreht, löst sich eine Träne aus seinem Augenwinkel und fällt zu Boden. Sie berührt sein Gesicht nicht und hinterlässt keine Spur.

„Wie hätte ich das ahnen können?“, fragt Flinn leise, während er seinen Arm um Lonans Nacken schwingt und ihn kraftvoll an sich drückt.

Unter fast 500.000 Wörtern der deutschen Sprache gibt es nicht eines, das die Bedeutungsschwere dieser Geste auszudrücken weiß. Lonan wehrt sich nur kurz, bevor er die Umarmung zulässt. Flinn hält ihn fester, als er jemals einen Menschen umarmt hat. Und verhindert damit, dass Lonan in Teile zerspringt, die sich nicht mehr zusammensetzen lassen würden.

Nach einer kleinen Ewigkeit lässt Flinn den Freund schließlich los, ballt seine Finger zu einer Faust und schaut Lonan auffordernd an. Dieser atmet einmal tief durch, macht es Flinn nach und besiegelt mit einem Fist-Bump etwas, das weit mehr wiegt als Freundschaft. Ungefragt legt er Flinn den Arm um die Schultern, drückt ihn kameradschaftlich an sich und wuschelt ihm durch die Haare, die dadurch kein bisschen unordentlicher aussehen.

„Auf geht's, Bro! Es warten ein paar Aufgaben auf uns."

Dass es Flinn ist, der diesen Satz sagt, ist bedeutungslos. Das Einzige, was gerade zählt, ist der Mut zur Wahrheit. Und zur Freundschaft.

/35/

Angst folgt keinem Masterplan.

Gallertartig wabert geronnenes Blut über Lonan hinweg und dringt als formlose Masse in seinen zum Aufschrei geöffneten Mund. Dunkelrot erstickt es jeden Widerstand. Bevor er erwachen kann, ändert der Traum seine Farbe und blendet ihn mit hellem Gelb. *Eine strahlende Gestalt dreht sich lachend um sich selbst, während Blüten vom Himmel regnen. Ihr Gesicht wendet sich Lonan zu, verändert zuckend seine Form, färbt sich tiefschwarz und schaut ihn aus Habichtaugen an. Statt eines greifvogelähnlichen Schreis entkommt dem imposanten Schnabel ein Wort. Mit der Stimme eines altersschwachen Mannes klingt es in Lonans Ohren: ‚Atme!'*

Der Traum gibt Lonan frei. Langsam und zäh spuckt er ihn aus, in einem Gegenteil von plötzlich. Lonan kämpft sich aus dem Schlaf wie ein erwachender Komapatient und öffnet behutsam die Augen.

Seit drei Nächten geht das nun schon so. Oder anders gesagt, seit dem Tag, an dem sie den Plan verabschiedet und seine Ausführung beschlossen haben.

Etwas nagt seitdem an Lonan, als hätten sie ein Zeichen übersehen oder ein Bild missinterpretiert. Oder es ist tatsächlich nur Angst um die Menschen, die ihm in wenigen Tagen so umfassend ans Herz gewachsen sind.

Lonans Versuch, die Beine aus dem Bett zu schwingen, scheitert kläglich. Nicht etwa mangels Beweglichkeit, sondern aufgrund eines reichlich schweren Körpers, der quer über ihm liegt. Horus schnarcht genüsslich, der Gedanke ans Aufstehen hat noch nicht mal ansatzweise seine Großhirnrinde erreicht.

Lonan krault die stümperhaft mit einem schmutzigen Messer kupierten Ohren und zaubert Bewegung in das glänzend schwarze Bündel Fell.

„Was ist mit dir?“, fragt er in die bernsteinfarbenen Augen seines Hundes. „Irgendwas verbirgst du doch vor mir – gemeinsam mit deinem kleinen pelzigen Fledermausohren-Freund.“

Horus streckt alle viere von sich und verbiegt seinen Hals so weit, wie es sonst nur Knetfiguren – oder eben andere Hunde – hinbekommen. Etwas Sabber tropft dabei auf die Bettdecke und versickert in flusendem Flanell.

Lonan kann den Blick des Hundes nicht lesen, obwohl ihm das in den letzten Jahren immer eine Leichtigkeit gewesen ist. Ein Schauder läuft seinen Rücken hinunter. *Etwas stimmt nicht!*

Eine gute Stunde später greift Lonan Flinn am Oberarm und flüstert ihm ins Ohr. „Können wir reden? Es ist wichtig!“

Er geht an Flinn vorbei nach draußen in der Hoffnung, dass dieser ihm möglichst unauffällig folgen wird.

Flinn scheint alle Zeichen richtig zu interpretieren und gesellt sich zu ihm auf die Veranda.

„Was ist?“, fragt er. „Weshalb so geheimnisvoll?“

„Ich würde gerne etwas mit dir besprechen, was die anderen erst mal nicht mitbekommen sollen. Kommst du mit auf einen kleinen Spaziergang?“

„Klar!“ Flinn nickt.

Als sie sich einige Meter vom Haus entfernt haben, beginnt Lonan vorsichtig: „Ich glaube, wir haben irgendetwas Wichtiges übersehen."

„Und das wäre?", fragt Flinn.

„Tja, das ist mein Problem." Lonan kratzt sich am Kinn. „Ich weiß es nicht. Aber ich habe nun schon seit einigen Tagen das sehr ungute Gefühl, dass wir in eine Falle laufen."

„Hmm." Flinn gibt sich nachdenklich. „Wie kommst du darauf?"

„Es ist mehr so ein Gefühl. Findest du es nicht auch merkwürdig, dass es uns so leicht gemacht wird?"

„Was genau meinst du?"

„Nun ja, denk doch mal nach", beginnt Lonan zu erklären. „Die Toka wussten seit dem Vorfall im Wald, dass Antonia eine große Gefahr für sie darstellt. Ist es dann nicht etwas leichtsinnig, uns am Flughafen mit einer Handvoll Dilettanten zu erwarten? Und seitdem ist nichts mehr passiert. Die Toka müssen doch trotz Helios' Schutzfunktion Mittel und Wege finden, uns ausfindig zu machen. Oder sie müssten zumindest alle Hebel in Bewegung setzen, um das zu erreichen. Aber weder haben sie uns im Haus der Wetteraus aufgespürt noch gab es irgendeinen Zwischenfall auf dem Weg hierher. Und jetzt sind wir schon einige Tage hier und alles bleibt ruhig. So viel Glück können wir doch gar nicht haben."

„Tja, da ist was dran", sagt Flinn. „Aber vielleicht ist Helios wirklich so gut und die Toka suchen uns zwar wie verrückt, können uns aber nicht aufspüren?"

„Ja, vielleicht. Das wäre eine beruhigende Erklärung. Aber was ist, wenn die Toka uns gar nicht finden wollen?" Lonan macht eine kurze Pause, bevor er fortfährt. „Wir sollten zwei Möglichkeiten in Betracht ziehen."

„Und die wären?"

„Zum einen, dass die Toka bereits wissen, wo wir sind, und nur noch etwas Zeit brauchen, um uns eine schöne Falle zu bauen …"

„Und zum anderen?"

„Zum anderen, dass sie uns aus dem Weg haben wollen. Vielleicht ist das alles ein Ablenkungsmanöver und wir sollen uns hier im Nirgendwo mit Kriegsplänen beschäftigen, während woanders der wahre Kampf tobt."

Flinn wird bleich. „Ein Ablenkungsmanöver? Shit, das ist ein ziemlich plausibler Gedanke! Was, wenn du recht hast? Wir müssen das mit den anderen besprechen!"

„Nein, das kommt gar nicht infrage!", unterbricht Lonan ihn.

Ungläubig schaut Flinn den Freund an. „Und warum nicht?"

„Denk doch mal nach. Wenn die Toka wirklich wissen sollten, wo wir sind, dann vielleicht, weil wir beobachtet werden. Es reicht, wenn wir beide eine misstrauische Stimmung verbreiten. Wenn wir jetzt alle unruhig werden, hilft uns das auch nicht weiter."

„Gutes Argument!", gibt Flinn zu. „Aber noch wissen wir ja nicht mal, ob deine Sorge berechtigt ist. Wie sollten wir denn beobachtet werden?"

„Was wäre zum Beispiel, wenn Helios nicht der ist, wofür Will ihn hält? Was ist, wenn Helios gar nicht das Krafttier von Will ist, sondern das von Achak?"

„Du meinst, er könnte gezielt auf Will angesetzt worden sein, um ihn zu täuschen?"

„Möglich ist es“, bestätigt Lonan. „Vielleicht ist es nicht unbedingt plausibel, aber wir sollten das überprüfen. Bist du dabei?“

„Klar bin ich dabei. Hast du schon eine Idee, wo wir ansetzen können?“

„Bei Jardy!“

„Jardy? Was hat denn mein Kleiner damit zu tun?“ Flinn ist verwundert.

„Er hat seit ein paar Tagen ein ebenso ungutes Gefühl wie ich.“

„Na, dann gehe ich doch mal los und frage ihn, was Sache ist“, erwidert Flinn ironisch. „Vielleicht mag er sich bei einem Bierchen mit mir unterhalten. So von Hund zu Mann.“

„Mach dich nicht lustig! Du bist doch der Genius unter uns. Ihr seid doch die mit der besonderen Verbindung zu allem Lebenden.“

„Ja, aber ich kann nicht mit Tieren sprechen!“, verteidigt Flinn sich.

„Dann wird es höchste Zeit, dass du es lernst!“, sagt Lonan.

„Und wie?“

„Antonia hat doch gleich eine weitere Unterrichtsstunde bei Will. Spiel doch einfach mal Mäuschen und mach mit.“

„Und was machst du in der Zeit?“, fragt Flinn.

„Ich wechsele mal ein paar Worte mit Helios.“

Flinn lacht. „Schon klar!“

Lonan blickt ihn ernst an.

Unsicher fragt Flinn nach: „Das war ein Witz, oder?“

„Keine Zeit für Späßchen! Bis später!“, erwidert Lonan, wendet sich um und folgt einem kleinen Pfad, der nach Westen führt.

Flinn blickt ihm nach und schüttelt verständnislos den Kopf. *Jetzt ist er völlig durchgedreht!*

/36/

Seit zwanzig Minuten schon sitzt Lonan auf einem Baumstamm unterhalb der Baumkrone, in der er Helios vermutet, und wartet darauf, dass seine innere Anspannung einer tiefen Ruhe weicht. Horus liegt zu seinen Füßen und scheint Jardy zu vermissen, der gerade einen Spaziergang mit Flinn macht.

Im Blätterdach bewegt sich etwas. Ob es Helios oder ein anderes Tier ist, vermag Lonan nicht zu sagen. Er kann nicht mehr tun, als abzuwarten. Natürlich ist er sich bewusst, dass er nicht mit Helios sprechen kann. Das braucht er auch gar nicht. Da Helios kein einfacher Sperber ist, stellt sich eigentlich nur die Frage, ob er bereit ist, mit Lonan zu kommunizieren oder nicht. Wenn er Will Bilder schicken kann, dann doch sicherlich auch ihm.

Lonan holt sein Butterflymesser aus der Seitentasche seiner Shorts und beschäftigt sich mit ein paar der einfacheren Tricks. In Deutschland ist es verboten, diese Waffe zu besitzen, doch gut getarnt im Koffer hat es bei seinen Reisen noch nie unangenehme Fragen gegeben. Nichts gibt ihm mehr Sicherheit als die Gewissheit, in einer gefährlichen Situation nicht hilflos dazustehen. Die Kunst des Nahkampfs ist das eine, aber auf Distanz sind diese klingentragenden Freunde die beste Lebensversicherung. Und dieses Messer hier gehört zweifelsohne zu seinen allerbesten Freunden. Der metallische Klang der auf- und zuspringenden Handles ist Musik in Lonans Ohren und die in der Sonne glitzernde handgefertigte Tanto-Klinge sein ganzer Stolz. Da Messerklingen sicherlich nicht dazu beitragen, einen scheuen Greifvogel anzulocken, packt er es nach wenigen Minuten wieder weg und schließt die Augen. Endlich spürt er die nötige Ruhe in sich, um in eine tiefe Entspannung zu gleiten. Es dauert wie immer einige Zeit, bis Lonan in einen meditativen Zustand findet.

Die Welt verschwindet hinter einem großen Hügel, während kristallklare Wahrnehmung seine körperliche Existenz ersetzt. Tiefes Glück flutet seine Sinne und mäandriert entlang unsichtbarer Bahnen, bis jegliches Gefühl von Zweifel, Angst oder auch nur Unsicherheit von hellem Licht geschmolzen wird.

Lonan nimmt Horus' Nähe überdeutlich wahr, auch wenn dieser sich vor ihm verschließt, als würde er ihn vor einer traurigen Wahrheit bewahren wollen. Wenn Horus etwas so vehement für sich behalten möchte, wird Lonan es nicht wagen, ihn danach zu fragen. Er würde diesem Hund jederzeit sein Leben anvertrauen und kann sich sicher sein, dass Horus nichts verbirgt, was eine Gefahr für ihn selbst bedeuten könnte. Horus hat ein Recht auf seine Geheimnisse, auch wenn Lonan ihm gerne helfen würde bei dem, was ihn beschäftigt.

Lonan richtet seine Entspannung auf die ihn umgebenden Bäume. Ihr Blätterrauschen hat sich dem Ton seines durch die Adern pulsierenden Blutes untergeordnet. Der Luftzug einer Schwinge streift Lonans Wange und wird von einem satten Ton begleitet, der deutlich macht, dass etwas in der Nähe gelandet ist. Helios ist da.

Langsam öffnet Lonan die Augen und ist erstaunt von der stolzen Ausstrahlung des nicht allzu großen Greifvogels, der sich in direkter Nähe zu Horus auf einem Ast niedergelassen hat. Im Vergleich zu Helios wirkt Horus wie ein mächtiger Koloss, der kurz den Kopf hebt, als wollte er den Vogel begrüßen.

„Hallo Helios!", setzt Lonan leise an. „Danke für dein Vertrauen!"

Fast beiläufig putzt Helios sein Gefieder. Eine Geste, die vermutlich besagen soll, dass es ihm widerstrebt, sich mit einfachem Fußvolk abzugeben.

„Da du dich mir so offen zeigst, vermute ich, dass du mir etwas mitzuteilen hast."

Helios unterbricht seine Federpflege und stößt ein kurzes ‚Ki' aus.

„Bist du der Greifvogel, der mir im Traum erschienen ist?"

Keine Reaktion.

„Hat meine Habicht-Tätowierung irgendetwas mit dir zu tun?"

Erneut keine Reaktion.

Lonan versucht es mit einer letzten Frage: „Kann ich dir vertrauen?"

Helios beantwortet Lonans Frage, indem er seine Schwingen anhebt und sich vom Ast abstößt. Mit kraftvollen Flügelschlägen schraubt er sich in den Himmel und scheint nun genau über der Lichtung zu stehen, auf der sie schon bald ihren waghalsigen Plan durchführen möchten. Er setzt zu einem steilen Sturzflug an und verschwindet aus Lonans Blickfeld. Als er etwas später wieder am Himmel auftaucht, hält er Beute in den Fängen.

Mit einem dumpfen Geräusch schlägt der tote Körper eines kleinen Buchfinken vor Lonans Füßen auf, während Helios über ihn hinweg in den Baumkronen verschwindet.

„War das ein ‚Ja‘?“, fragt Lonan, aber der Vogel antwortet nicht.

/37/

„Er wirft dir einen toten Vogel vor die Füße und du interpretierst das als Zeichen dafür, dass er auf unserer Seite ist?“ Flinn ist alles andere als überzeugt. „Könnte das nicht auch heißen: ‚Ich zerquetsche euch alle mit meinen Klauen‘?“

„Könnte es.“

„Und?“

„Ist so ein Gefühl …“, sagt Lonan.

„Das was bedeutet?“, will Flinn wissen.

„Tja …“

„Etwas einsilbig heute, was?“ Flinn wird langsam ungeduldig.

„Mensch, Flinn, was soll ich da groß erklären. Er ist ein Greifvogel! Er überlässt mir seine Beute. Ich vermute, es ist ein Vertrauensbeweis. Mehr kann ich auch nicht sagen. Was hätte Helios denn sonst machen sollen? Eine Flasche Whiskey auspacken und Brüderschaft mit mir trinken?“

„Na ja, er hätte zum Beispiel nett auf deinem Arm sitzen und seinen Sperberkopf an dich drücken können oder so was.“

Lonan schaut Flinn mit schief gelegtem Kopf an. „Noch mal zum Mitschreiben: Er. Ist. Ein. Sperber! Kein acht Wochen altes Hauskätzchen. Mir wäre eine klarere Antwort doch auch lieber. Aber leider hat er mir keine Bilder gesendet, sondern mit Gesten gesprochen.“

„Ja, ist schon gut. Verstanden! Also gut – Helios ist auf unserer Seite. Vermutlich. Das ist doch … zumindest … etwas beruhigend?“

„Im Moment schon“, bestätigt Lonan. „Mein komisches Gefühl bleibt trotzdem. Was hast du rausgefunden?“

Flinn kratzt sich verlegen im Nacken. „Also, ich habe Antonia und Will eine halbe Stunde dabei zugesehen, wie sie sich im Schneidersitz gegenübersaßen und anschwiegen. Da gab es nicht viel zu lernen. Dann war ich eine Runde mit Jardy unterwegs. Erst wollte er gar nicht mitkommen, sondern bei Horus bleiben. Dann waren wir eine schöne Runde spazieren und ich hatte den Eindruck, dass er sich nach und nach etwas entspannt hat. Er war die ganze Zeit über sehr anhänglich.“

„Na, das sind ja mal aufschlussreiche Neuigkeiten!“

„Echt?“ Flinn runzelt die Stirn.

„Nein, natürlich nicht. Schon mal was von Ironie gehört?“ Lonan schnaubt kurz durch die Nase. „Das hilft uns kein bisschen weiter.“

„Ich hätte ihn ja mal fragen können, ob er mir ein Rehkitz reißt und es mir vor den Latz knallt!“, gibt Flinn provozierend zurück.

Lonan lacht. „Also, wenn deine kleine Fledermaus einem Rehkitz begegnet, bin ich mir nicht so sicher, ob er als Sieger aus dem Kampf hervorgeht.“ Nach kurzem Überlegen fügt er hinzu. „Sorry, war ein Scherz. War nicht so gemeint. Jardy ist ein guter Typ!“

„Da hast du gerade noch mal die Kurve gekriegt. Sonst hätte ich deiner Akkurat-Frisur ein paar Wuschel verpassen müssen!“

Lonan schaut Flinn belustigt an. „Das hätte ich gerne gesehen.“

Flinn baut sich spielerisch vor Lonan auf, krempelt die Ärmel hoch und nimmt ihn brüderlich in den Schwitzkasten. „Da hast du es!“ Mit wenigen Bewegungen hat Flinn Lonans Hairstyle einen komplett neuen Look verpasst.

Lonan lacht kurz und lässt Flinn für wenige Sekunden gewähren. Dann bringt er seinen Unterkörper hinter Flinn und hebelt mit einem schnellen Stoß in dessen Kniekehle Flinns linkes Bein unter ihm weg. Flinn fällt auf den Waldboden und lässt Lonan dabei instinktiv los.

Flinn krümmt sich dermaßen vor Schmerzen, dass Lonan ihm sofort die Hand reicht. „Alles okay? Sorry! Das sollte nicht wehtun!“

Flinn ergreift Lonans Hand und reißt ihn zu Boden. „Hat es auch nicht!“, lacht er.

Feixend liegen sie im Sand wie spielende Kleinkinder.

„Hier steckt ihr also!“, hören sie da Antonias Stimme. „Ich suche euch schon überall. Hätte ich mir ja denken können, dass ihr gerade mit Sandburgenbauen beschäftigt seid.“

Flinn wirft Lonan einen auffordernden Blick zu. Der reagiert sofort und bringt Antonia mit einem Fußfeger aus dem Gleichgewicht. Bevor sie den Boden berührt, hat Flinn sie aufgefangen.

Zu dritt liegen sie lachend zwischen den Bäumen.

Erneut ein Moment der Unbeschwertheit, eingerahmt von einer Freundschaft, die durch Ausnahmesituationen geschmiedet wurde. Eine stille Verbindung junger Gedanken, in denen sich die Gewissheit formt, Wunder vollbringen zu können.

/38/

Auch bis zum frühen Abend haben Lonan und Flinn keine Erklärung für Jardys niedergeschlagenes Verhalten gefunden. Horus weicht dem Kleineren jedenfalls nicht mehr von der Seite. Auch Spike gesellt sich hin und wieder hinzu, scheint die Zweisamkeit der beiden aber nicht zu sehr stören zu wollen.

„Wir hoffen also darauf, dass alles nach Antonias Plan läuft", sagt Flinn. „Und falls wir irgendeine Gefahr verspüren oder Ungereimtheiten auftauchen, gehen wir sofort zu Plan B über, den nur wir beide kennen."

Er sitzt Lonan gegenüber, getrennt durch ein Stück Papier auf dem Tisch zwischen ihnen, auf dem sie spontan ihre Notfallaktion skizziert haben. Sie haben sich eben in den kleinen Schuppen zurückgezogen, unter dem Vorwand, an den Dirtbikes schrauben zu wollen.

„Genau!", stimmt Lonan zu. „Wir behalten immer Sichtkontakt. Die Handzeichen haben wir verinnerlicht, und wann immer uns etwas verdächtig erscheint, sorge ich für ordentlich Verwirrung, während du Antonia aus der Schusslinie holst, okay?"

„Okay!", bestätigt Flinn. „Und du meinst wirklich, dass du mit deinen Wurfteilen für genug Chaos sorgen kannst, um rund zwanzig Toka abzulenken?"

„Es reicht ja, wenn ich die ablenke, die Antonia am nächsten stehen", meint Lonan. „Glaub mir, mit so ein paar Metallspitzen im Bein ist man schon ziemlich abgelenkt."

„Das ist ein gutes Argument. Auf welche Distanzen kannst du die Shuriken denn werfen?“

„Wenn ich gezielt treffen will, sind maximal acht bis zehn Meter möglich. Aber wir sind ja mobil.“ Lonan klopft auf eines der Motorräder.

„Und du bist dir sicher, dass die Toka dich dann nicht zerlegen?“

„Ganz sicher!“

„Puh, trotzdem! Ziemlich heikler Notfallplan und von reichlich Massel abhängig. Hoffen wir mal, dass wir ihn nicht brauchen werden.“

„Das hoffen wir!“

/39/

Sich hinsichtlich eines riskanten Vorhabens die Zweifel zu nehmen, ist eine ganz eigene Kunst. Es ist das stete Sich-selbst-Versichern, dass es der einzig gangbare Weg ist. Vermutlich ist es genau diese innere Überzeugung der Alternativlosigkeit, die Antonia davon abhält wegzulaufen. Ihre Gewissheit wird getragen von Bildern, die sich jedes Mal in ihrem Kopf formen, wenn die Lebensenergie mit ihr in Kontakt tritt. Mittlerweile klappt das mit der Kommunikation schon ganz passabel und Will ist maßlos stolz auf sie.

Anfangs dachte Antonia, die kurzen Interaktionen seien reine Willkür oder von Neugierde getrieben. Als würde die Energieform ohne ihr Zutun mal jetzt, mal später nach außen dringen. Doch in den letzten Tagen ist ihr deutlich geworden, dass sie die Lebensenergie durch ihre eigenen Emotionen hervorlocken kann.

Sie erinnert sich noch zu gut an den Vorfall im Wald. Es ist erst eine gute Woche her, dass sich die Lebensenergie zum ersten Mal aus ihr hervorgewagt hat, und doch fühlt es sich so an, als wären seitdem Ewigkeiten vergangen. Ihr Schmerz und die völlige Verzweiflung angesichts ihres tot geglaubten Freundes Spike waren damals Anlass für die Energieexplosion gewesen. Etwas Ähnliches ist vor wenigen Tagen passiert, als Flinn sie zu einem Zeitpunkt berührt hat, als Antonia sich längst klar darüber war, dass sie mehr als Freundschaft für ihn empfindet.

Und auch jetzt ist es immer noch so, dass Flinns Gegenwart als eine Art Katalysator dient, um mit der Lebensenergie in Kontakt zu treten.

Antonia kann es mittlerweile steuern und die Energieform auch zurückdrängen, wenn sie stört. So wie an dem Abend auf der Lichtung. Momente, die nur für sie und Flinn bestimmt waren und in denen sie der Lebensenergie sachte auf die Finger klopfte, als sie Flinn begrüßen wollte. Sie wundert sich selbst darüber, dass es ihr nichts ausmacht, eine Art Herberge für ein körperloses Wesen zu sein. Es wird nur noch für kurze Zeit sein, da ist sie sich sicher. Sobald die Toka bezwungen sind, hat Chatans Lebensenergie keinen Grund mehr, in Antonia zu verweilen. So viel hat sie verstanden, in den Bildern, die sie mit dem Energiefeld austauscht. Oftmals sind es nur Farben, die sie senden kann oder als Botschaft erhält. Doch diese lösen Assoziationen in ihr aus, die wie klare Botschaften wirken. Warum Chatans Lebensenergie sie gewählt hat? Darüber haben sie alle in den letzten Tagen viel diskutiert. Vielleicht genau aus dem Grund, dass sie keine Genius ist und daher die Chance groß war, dass sie niemals in den Fokus der Toka gelangen würde. Eine Gewissheit darüber wird sie aber vermutlich nie bekommen. Antonia hat akzeptiert, dass es Dinge gibt, die sich weder erklären noch verstehen lassen.

Flinn hat sich bereits an die Berührungen der unsichtbaren Amöbenarme gewöhnt, die immer freudiger über ihn herfallen, sobald Antonia es erlaubt. Die Lebensenergie scheint einen Narren an ihm gefressen zu haben. Auch in diesem Moment, während Flinn neben Antonia sitzt und ihr Kopf an seiner Schulter lehnt, ist er in eine elektrisierende Hülle getaucht.

„Hast du schon mal darüber nachgedacht, ob nicht du, sondern die Energie in dir meine Nähe sucht?", stellt er die Frage, die ihn schon eine Weile beschäftigt.

„Nein, habe ich nicht."

„Hmmm."

Antonia streicht mit der Hand über seine Unterarme. „Darüber brauche ich nicht nachzudenken. Es ist völlig ausgeschlossen."

Flinn lächelt. „Bist du dir sicher, dass sie nur vorübergehend bei dir bleibt?", fragt er nachdenklich.

„Ja, davon bin ich überzeugt. Sie hat mich als ihr Versteck ausgesucht, und egal, was morgen Abend passieren wird, sie wird in ihr Zuhause zurückkehren. Das spüre ich. Das zeigt sie mir."

„Zeigt sie dir auch, wo ihr Zuhause ist?"

„Nein. Ich glaube, selbst wenn sie es tun würde, würde ich es nicht verstehen."

„Das ist schon alles ganz schön abgefahren."

Antonia lächelt.

Flinn fragt weiter: „Glaubst du, es gibt noch mehr wie sie?"

„Vermutlich! Sie ist nur ein kleiner isolierter Teil einer den gesamten Planeten umspannenden Kraft. Die Lebensenergie steckt überall, in jedem, der mit dem Netz des Lebens verbunden ist. In jeder Pflanze, jedem Tier, jedem Genius. Nur die Energiedichte ist anders. Dadurch, dass ein Teil der Lebensenergie in mir fließt, obwohl ich keine Verbindung zum Netz des

Lebens habe, ist sie wie eine kleine Energieinsel. Es gibt sicherlich noch mehr solcher Inseln."

„Was ist mit Helios oder Spike? Sind sie auch solche Inseln mit besonderen Fähigkeiten?"

„Ich weiß es nicht, aber ich glaube, eher nicht. Sie sind Tiere – sie sind voll und ganz mit dem Netz des Lebens verwoben. Trotzdem vermute ich, dass auch sie eine andere Energie als nur ihre eigene in sich tragen."

Sie legt die Arme um seinen Hals und drückt sich an ihn. „Ob Lonan recht damit hat, dass es keine Zufälle gibt? Dass es genauso kommen sollte. Du und ich. Wir alle in dieser Situation?", fragt sie.

„Hmmm. Lonan hat meist recht mit dem, was er sagt", antwortet er leise.

„Du magst ihn mittlerweile sehr, oder?"

„Ja. Hätte ich einen Bruder, würde ich mir wünschen, er wäre wie Lonan. Und du?" Etwas unbehaglich schaut er Antonia an, als hätte er Angst vor ihrer Antwort.

Antonia lächelt und fährt durch seine Haare. „Er ist ein guter Freund! Nicht mehr, aber gewiss auch nicht weniger. Und etwas anderes wird er für mich nie sein. Wobei ich ihn mir auch wunderbar als großen Bruder vorstellen könnte." Sie lacht.

Flinn nickt und strahlt sie an. „Schön, das zu hören!"

„Hast du was anderes erwartet?"

Flinn druckst herum. „Na ja, ich hatte schon hin und wieder die Sorge, dass du das anders sehen würdest", gibt er zu.

Antonia antwortet feixend: „Er ist sehr attraktiv, keine Frage. Aber ich stehe mehr so auf die Wuschelköpfe." Passend hierzu vergräbt sie ihre Finger in seinen Haaren.

„Du bist so locker mit ihm umgegangen", sagt Flinn. „Das hat mich fast wahnsinnig vor Eifersucht gemacht." Noch kann er das Thema nicht ruhen lassen.

„Ja, das bin ich vermutlich. Eben weil ich in Lonan einen Freund sehe. Nur einen Freund. Was ich übrigens auch dann so sehen würde, wenn er auf Frauen statt auf Männer stehen würde."

„Du weißt es?" Flinn ist überrascht.

„Na ja, er hat es mir nicht gesagt, aber es ist doch ziemlich offensichtlich."

„Offensichtlich?"

„Klar! Ich habe es von Anfang an vermutet, weil er dich immer so, na ja, irgendwie ‚besonders' angesehen hat. Als du dann im Schwimmbad deine Runden gezogen hast, war es nicht mehr zu übersehen. Er findet dich ziemlich heiß!" Nach einer kurzen Pause fügt sie hinzu: „Das hat er dir auch gesagt, oder?"

„Nicht wörtlich, aber vergleichbar eindeutig." Flinn schaut etwas verlegen zu Boden.

„Und, wie fühlt es sich an, das zu wissen?"

„Puh! Eine ziemlich einmalige Erfahrung in meinem bisherigen Leben. Aber ganz ehrlich – ich finde es weder komisch noch störend oder gar unangenehm. Im Ernst. Es tut mir in erster Linie leid, weil ich mir wünsche, dass er glücklich ist. Und an zweiter Stelle kommt dann so ein fetter Stolz darauf, dass so ein krasser Typ jemanden wie mich anhimmelt. Da kann man schon etwas eingebildet werden!" Flinn lächelt sie an.

„Ja, er ist echt saucool!", bestätigt sie und fügt gedankenverloren hinzu: „Ich glaube, hinter seiner Fassade des lockeren Typen steckt ein besonderes Schicksal."

„Da hast du wohl recht. Ich habe meine Mom am Tag nach Lonans Ankunft gefragt, was sie über ihn und seine Vergangenheit weiß. Sie hat abgewehrt und wollte nicht drüber reden. Sie hat bloß gesagt, dass er zu den wenigen Menschen gehört, die dazu verurteilt sind, besonders schwere Lasten zu tragen. Und dass wir uns auf ihn verlassen können, weil er Freunde niemals im Stich lässt."

Sie schweigen eine Weile.

Es ist Flinn, der sagt: „Komm, wir holen ihn gleich ab und inspizieren ein letztes Mal unsere Location für den Showdown morgen. Doch bevor wir uns in den Kampf stürzen, sollten wir unbedingt noch etwas anderes machen. Ich sterbe gerade vor Sehnsucht nach deinen Lippen." Er zieht Antonia noch dichter zu sich heran.

Die freundliche Energiequelle zieht sich vorsichtig von Flinn zurück, bevor Antonia ihn erst zart auf die Wange küsst und dann mit ihren Lippen seinen Hals hinunterwandert. Flinns Geist driftet an den Ort ab, dem selbst das Paradies nicht das Wasser reichen kann.

/40/

Das ist er also. Der Tag X. Die Stunde null. Oder einfach der Abend, an dem drei Menschen, drei Genius und drei Hunde hoffen, mithilfe von Chatans Energieinsel das Gleichgewicht der Kräfte wiederherzustellen. Sie hoffen darauf, die Toka zu besiegen, die Genius zu stärken und dem Netz des Lebens ein klares Zeichen zu geben, dass die Genius nicht aufhören werden, sich für das Gute im Menschen einzusetzen. Vielleicht bleibt die Menschheit dann verschont. Vorerst. Zeit ist vermutlich das Einzige, was sie für die Menschen erreichen können. Zeit, um die richtigen Entscheidungen zu treffen. Zeit, um zu erkennen, dass ihr Wert nicht höher bemessen werden darf als der anderer Arten. Zeit, um zu beweisen, dass die Menschen sich ändern können. Dass sie fähig dazu sind, in Frieden zu leben.

Vorzubereiten gibt es kaum noch etwas und doch ist in allen viel vorgegangen. Aufregung und Anspannung liegen wie unsichtbarer Nebel in der Luft.

Lonan, Flinn und Antonia sitzen gemeinsam auf dem Felsen, auf dem sich die Lebensenergie Flinn zum ersten Mal gezeigt hat. Flinn hat den Arm um Antonia gelegt.

Lonan fragt: „Alles gut bei euch? Behaltet ihr auch die Nerven?“

„Etwas unruhig bin ich schon“, gibt Flinn zu. „Es klingt alles so einfach, aber wenn auch nur das Geringste anders als geplant verläuft, stecken wir ziemlich in der Klemme.“

Er spürt das freundliche Tasten der Energie über seinen Arm fließen. Es ähnelt einem beruhigenden Streicheln.

„Ich glaube, Chatans Lebensenergie bemerkt unsere Anspannung. Ihre Bewegungen haben etwas Tröstendes“, sagt er.

„Schade, dass sie mich nicht kennenlernen will.“ Lonans Enttäuschung darüber ist deutlich spürbar.

„Nimm es nicht persönlich, Lonan“, tröstet Flinn ihn.

„Aber sie hat sich bisher jedem gezeigt: dir, Will, Karla und auch Daniel, obwohl er auch kein Genius ist.“

„Aber bei Daniel hat sie sehr lange gezögert“, versucht Antonia, Lonan aufzuheitern, und denkt an den gestrigen Abend zurück. Die Kommunikation mit dem Energiefeld gelingt ihr mittlerweile so gut, dass sie keine Scheu davor hatte, sie den anderen vorzustellen. „Sollen wir es noch mal versuchen?“, schlägt sie dann vor.

„Warum nicht?“ Lonan zuckt mit den Achseln und hält Antonia seine Hand entgegen.

Sie ergreift sie und verschränkt ihre Finger mit seinen.

Flinn stellt dankbar fest, dass dieser Anblick keine Eifersucht mehr in ihm auslöst.

Sie warten eine Weile ab, doch es geschieht nichts.

„Seht ihr, sie will nicht!“ Lonan ist enttäuscht.

Antonia versucht, der Energiequelle einen Schubs zu geben, was nur dazu führt, dass sie sich noch mehr verschließt. Sie lässt Lonans Hand los. „Tut mir leid!“

„Hey, alles gut. Es liegt bestimmt nicht an dir.“ Lonan reibt sich mit einem schmerzvollen Ausdruck im Gesicht das Schulterblatt.

„Alles okay?“, fragt Flinn besorgt.

„Ja, alles gut. Nur ein bisschen Muskelkater!“, versichert Lonan. „Lasst uns zurückgehen. In drei Stunden geht es los.“

Sich weiterhin das Schulterblatt massierend, folgt Lonan Flinn und Antonia zurück zum Ferienhaus. Eines hat er den beiden verschwiegen, da er keine Erklärung dafür findet und sie alle schon genug Sorgen haben. Bei jedem Versuch, in Kontakt zur Lebensenergie zu treten, schmerzt sein Rücken. Heute war es ein besonders intensives Brennen. Es beruhigt Lonan keineswegs, dass sich das flammende Gefühl entlang der Konturen seiner Habichttätowierung ausdehnt.

/41/

Keine drei Stunden nach Wills Anruf bei den Toka haben sich mehrere Fahrzeuge auf dem kleinen Waldparkplatz versammelt, der gute zwölf Kilometer vom Ferienhaus entfernt liegt. Will konnte die bisher anwesenden dreizehn Toka davon überzeugen, dass eine Kombination aus Wagemut, Geschick und purem Glück ihm die Flucht ermöglicht hat. Bisher läuft somit alles nach Plan und niemand hat Verdacht geschöpft. Eine gute halbe Stunde später sind sie fast vollzählig. Nun fehlen nur noch Achak und zwei seiner treuen Begleiter. Will rechnet fest mit deren Kommen. Achak wird es sich nicht entgehen lassen, Antonia sofort in Empfang zu nehmen. Als Oberhaupt der Toka ist es seine Pflicht, bei dieser Konfrontation vor Ort zu sein. Dennoch fällt Will eine außerordentliche Last von den Schultern, als er endlich Achaks SUV vorfahren sieht. Durch die verdunkelten Scheiben kann er nicht ins Fahrzeuginnere blicken, doch kaum haben sich die schweren Türen des Mercedes AMG geöffnet, erscheint Achaks leicht gebeugte Gestalt. Langsam steigt er aus. Sein Gang gleicht einem Schreiten, wenngleich er seit einiger Zeit einen Stock braucht, um sich stabil bewegen zu können.

Mit misstrauischem Blick wendet sich Achak an Will. „Sei gegrüßt, mein Lieber! Ich gratuliere zu deiner Flucht, die sicherlich nicht leicht war."

Will verneigt sich. „Ich danke dir, Achak!"

„Ich bin bereits bestens informiert. Deine Ausführungen am Telefon waren sehr detailliert. Fast so, als hättest du den Text vorher einstudiert." Argwöhnisch blickt er Will an, dem es auf wundersame Weise gelingt, keine Aufregung und kein Unbehagen zu zeigen.

„Ich hatte genug Gelegenheit, mir meine Worte zurechtzulegen. Tagelang habe ich in einem Geräteschuppen verbracht und auf eine Gelegenheit gewartet, mich rächen zu können. Diese Chance haben wir nun. Mit etwas Glück haben sie mein Verschwinden noch nicht bemerkt. Sie sind außerdem nur zu viert – allesamt Zivilisten ohne kämpferischen Ehrgeiz. Dass sie mich am Flughafen überrumpelt haben, ist einzig und allein diesem Dreckskötter zu verdanken, der mich im Van angegriffen hat. Aber keine Sorge, heute sind wir diejenigen, die sie überrumpeln werden!" Will spielt seine Rolle vorzüglich und der misstrauische Blick Achaks weicht einem siegessicheren Lächeln.

„Nun gut, dann lasst uns nicht lange warten! Du bist dir sicher, dass sie weder bewaffnet noch gewaltbereit sind?"

„Ganz genau! Und sie haben immer noch nicht herausgefunden, was Antonia so besonders macht. Sie denken weiterhin, die Sache im Wald wäre Einbildung gewesen. Dass sie hierher geflüchtet sind, zeigt ja, dass sie keine Ahnung haben. Was wollen sie hier schon tun, außer sich verstecken? Ich glaube, das war eine ziemliche Kurzschlussreaktion."

„Dann sollten wir es nicht schwer haben, Antonia mit uns zu nehmen. Führ uns zu dem Haus."

Achak gibt einem seiner Begleiter ein Handzeichen, woraufhin dieser in sein Headset spricht. Fast geräuschlos steigen alle Anwesenden in vier Fahrzeuge und folgen dem SUV, in dem nun auch Will sitzt.

Trotz der Eile agieren die Toka äußerst organisiert. Sie haben sich in vier Gruppen mit je einem Gruppenführer aufgeteilt. Die Gruppe Alpha bleibt mit drei Personen etwas entfernt vom Ferienhaus bei den Fahrzeugen zurück, während die anderen Gruppen sich in drei Formationen geräuschlos dem Gebäude nähern. Achak verfolgt auf dem Bildschirm eines Laptops das Vorrücken der Gruppen Beta, Gamma und Delta, deren Gruppenführer mit kleinen Kameras ausgestattet sind.

Will wurde vor wenigen Minuten der Gruppe Beta zugeteilt und bildet gemeinsam mit vier weiteren Toka die Vorhut. Die Gruppen Gamma und Delta sind mit jeweils vier beziehungsweise fünf Leuten ähnlich groß. Dass Achak mit Gruppe Alpha zurückbleibt, passt keinesfalls zu Wills Plan.

„Kommen Sie nicht mit uns?“, hat Will ihn vor wenigen Minuten möglichst beiläufig gefragt.

„Ich werde die Situation vorerst von hier aus bewerten und später dazustoßen.“

Verdammt! Die Kameras sind eine echte Gefahr. *Sobald Achak mitbekommt, dass die Toka in eine Falle laufen, wird er sich zurückziehen.* Es sei denn, es gelingt Will irgendwie, die Kameras auszuschalten.

Gerade erreichen sie das Ferienhaus. Es dauert nicht lange, bis die Toka erkennen, dass niemand dort ist, und Will die Lichtung erwähnt. Langsam arbeiten sie sich in deren Richtung vor und sind kurz davor, Sichtkontakt zu Antonia zu bekommen.

/42/

Tagelange Planung, minutiös entworfene Details und der feste Glaube an den Erfolg haben die Angst in die hintersten Winkel von Antonias Bewusstsein verbannt. Dort lauert sie seit Stunden auf ihren großen Auftritt, um genau in dem Moment ins Scheinwerferlicht zu treten, in dem die ersten Toka in ihr Blickfeld geraten. Mit einem Schlag ist sie da, besiegt die Vernunft und übernimmt gnadenlos die Herrschaft über die Emotionen. Antonias Herzschlag drängt das Zwitschern der Vögel in den Hintergrund, ihr Atem geht viel zu schnell und treibt dennoch nicht genug Sauerstoff in ihre Lungen. Kurz zuckt sie zusammen, als wollte sie fliehen, doch die Toka haben bereits einen Halbkreis um sie geschlossen, dessen Öffnung sich immer weiter zuschnürt – passend zu dem Gefühl in ihrer Kehle.

Flinn drückt sie an sich, während Karla und Daniel überzeugend die Überrumpelten spielen und sich ebenfalls um Antonia scharen. Vermutlich sind ihre Reaktionen nur deshalb so authentisch, weil auch sie von Angst getrieben sind. Spike knurrt leise an Antonias Seite, als warte er auf ein Kommando. Jardy steht etwas verdeckt hinter ihm und scheint sich unsichtbar machen zu wollen.

Leise flüstert Flinn in Antonias Ohr: „Ganz ruhig. Sie verhalten sich genauso wie geplant. Besser könnte es nicht laufen.“

Antonia nickt kaum vernehmlich.

„Na sieh mal einer an, wen wir hier haben!", sagt einer der Toka in herablassendem Ton und tritt einige Meter aus dem sie nun völlig umschließenden Kreis auf Antonia zu.

Flinn dreht den Kopf und zählt in Windeseile vierzehn Angreifer, die einen Kreis mit einem Radius von etwa zwanzig Metern um sie gebildet haben. Das sind nicht alle Toka und sie sind auch noch nicht nahe genug.

„Was wollen Sie von mir? Ich habe Ihnen nichts getan!" Antonias Stimme klingt genauso unsicher, wie man es von jemandem in ihrer Situation erwarten würde. Sie spielt ihre Rolle perfekt.

„Nun ja", antwortet der Toka süffisant. „Wir möchten Ihnen wirklich keine Angst machen, aber ich muss Ihnen leider mitteilen, dass Sie mit uns gehen werden." Die Art und Weise, wie er den Satz ausspricht, lässt keinen Verhandlungsspielraum.

„Und wenn ich das nicht tue?"

Der Blick des Toka wandert erst zu Karla und dann zu Spike. „Ich fürchte, dann wird es für einige unschön werden."

„Wenn Sie zu Antonia wollen, müssen Sie erst an mir vorbei", ruft Daniel und stellt sich vor Antonia, genauso wie der Plan es vorgesehen hatte.

Nun ist Antonia von Daniel, Karla und Flinn umrahmt und bietet kein leichtes Ziel. Auch nicht für eine Schusswaffe.

Antonia spricht Daniel an. „Ich lasse nicht zu, dass euch etwas passiert." Dann richtet sie ihre Worte an den Toka: „Garantieren Sie mir, dass mir nichts geschehen wird und Sie die anderen gehen lassen?"

„Sie haben mein Wort!", antwortet dieser siegesgewiss.

Antonia scheint einen inneren Kampf mit sich auszutragen, bevor sie bestimmt sagt: „Okay. Ich komme mit!“

Sie tritt auf den Toka zu und lässt sich auch nicht durch Flinn abhalten, der so tut, als würde er verzweifelt versuchen, sie zurückzuhalten. Ein schneller Wortwechsel zwischen Antonia, Flinn, Karla und Daniel beginnt, der genau dem Drehbuch folgt, das sie in den letzten Tagen geschrieben haben.

Eine letzte Umarmung, die vorgibt, sie nähmen Abschied, nutzt Flinn, um Antonia Mut zuzuflüstern. „Ich lasse nicht zu, dass dir etwas passiert. Falls etwas schiefläuft, hole ich dich!“

Mit schmerzverzerrtem Gesicht lässt er Antonia ziehen.

„So ist es brav! Sehr vernünftig von euch. Es bringt niemandem etwas, den Helden zu spielen!“ Der Toka genießt seine Machtposition und reagiert damit genauso, wie es Will vorhergesagt hat.

Diese Gestalten sind so von sich überzeugt, dass sie sich nicht darüber wundern, weshalb Antonia sich so leicht zum Mitgehen bewegen lässt.

Aus der Ferne beobachtet Lonan mithilfe eines Feldstechers die Situation auf der Lichtung. Es scheint alles nach Plan zu laufen. Während Antonia sich in einer perfekt inszenierten Szene von Flinn verabschiedet, wandert sein Blick zu Will, der ihm scheinbar schon seit Längerem etwas signalisieren möchte.

„Shit!“, entfährt es ihm. *Weshalb habe ich nicht besser auf Will geachtet?!? Die anderen können ihn nicht sehen. Ihm wurde eine Position genau in ihrem Rücken zugeteilt.*

Zur Verständigung haben sie 26 Handzeichen vereinbart, mit denen sich alle Buchstaben des Alphabets darstellen lassen. Es ist für Will nicht einfach, die Buchstaben unbemerkt mit den Händen zu formen. Lonan erkennt nur ‚eras aus schnell' und kann sich keinen Reim hierauf machen. Es dauert ewige Sekunden, bis Will die Zeichen wiederholt hat: ‚achak fehlt kameras aus schnell'. Lonan begreift. Dass einige der Toka eine kleine Kamera an ihrer Brust befestigt haben, ist Lonan nicht entgangen. Will scheint genau darin ein Problem zu sehen. Aber wie soll Lonan die Kameras ausschalten, ohne sich bemerkbar zu machen?

Der spinnt wohl, was soll ich denn von hier aus tun? Lonan steht langsam auf und macht sich startklar. Bereit dazu, in jeder Sekunde auf sein Dirtbike zu springen und auf die Lichtung zu preschen. Mehr kann er im Moment nicht tun.

Will weiß, wie wichtig es ist, dass Achak hier ist, wenn die Lebensenergie sich zeigt. Antonia und die anderen gehen vermutlich davon aus, dass der mit ihnen sprechende Toka der Anführer ist. Wenn Achak nicht bald auftaucht, wird er entkommen und es ist es nur eine Frage der Zeit, bis Antonia erneut bedroht werden wird. Lonan hat noch nicht auf seine Handzeichen reagiert, soweit Will das mit einem vorsichtigen Blick über die Schulter erkennen kann. Selbst wenn Lonan die Zeichen gesehen hat, gibt es wenig Möglichkeiten, aus der Distanz zu helfen.

Verdammt! Also liegt es nun an mir. Er muss es schaffen, zu allen drei Gruppenführern zu gelangen und deren Kameras außer Gefecht zu setzen, bevor er überwältigt wird. Mit vorsichtigen Blicken sucht er den Gruppenführer, der ihm am nächsten steht. Es ist der Anführer der Gruppe Gamma. Will heftet seinen Blick auf die kleine schwarze Kamera, die an einer Art

Brustgurt unter dessen schwarzer Kutte hervorschaut. Nur wenige Schritte und er könnte nach der Kamera greifen, sie mit einem Ruck an sich nehmen und dann alles Weitere improvisieren. Er weiß, dass er kaum eine Chance haben wird, erfolgreich zu sein, aber das darf ihn nicht davon abhalten, es wenigstens zu versuchen. Der dünne Schweißfilm, der sich schon vor Stunden auf seiner Haut gebildet hat, versammelt weitere Tropfen und ein kleines Rinnsal salziger Flüssigkeit bahnt sich seinen Weg von der Schläfe zum Ohr. Mit klopfendem Herzen macht er sich sprungbereit.

Lonan starrt konzentriert durch den Feldstecher und bemerkt Wills Anspannung. *Der ist wahnsinnig! Die machen ihn kalt, wenn sie merken, dass er übergelaufen ist!* Kurz überlegt er, sich auf sein Dirtbike zu schwingen und einfach quer über die Lichtung zu brettern. Doch dann sieht er, wie Will zwar zu einer Bewegung ansetzt, seinen Fuß jedoch blitzschnell wieder zurückzieht.

Gleichzeitig schallt eine sonore Stimme über die Wiese: „Hallo Antonia, ich freue mich, dich kennenzulernen!"

Mit bedächtigen Schritten betritt Achak die Lichtung, umrahmt von seinem Gefolge. Der Kreis der Angreifer öffnet sich und lässt ihn eintreten. Achak hat vermutlich aus der Distanz entschieden, dass sie bereits gewonnen haben. Das Gefühl der Überlegenheit will er selbst auskosten.

„Wer sind Sie?", fragt Antonia, als wisse sie nicht, was hier vor sich geht.

„Man nennt mich Achak und ich bin, sagen wir mal, der Anführer dieser Gruppe hier." Mit einer ausladenden Geste zeigt er über seine Anhänger.

„Dann habe ich also Ihnen dieses Spektakel zu verdanken“, stellt Antonia selbstsicher fest.

„Ganz genau!“ Achak nähert sich ihr mit ausgestreckter Hand.

Auf keinen Fall! Wenn ich ihm die Hand gebe, wird er vielleicht spüren, wen ich in mir trage.

Antonia verschränkt die Hände vor der Brust. „Ich reiche nur Freunden die Hand.“

„Nun gut, wie du willst! Ich bin mir sicher, dass du mich schon ganz bald zu deinen Freunden zählen wirst. Dann werde ich deine Entschuldigung für dieses Verhalten entgegennehmen. Und nun, folge mir, bitte!“ Zu Flinn, Karla und Daniel gewandt sagt er: „Und Sie bleiben bitte hier. Ich werde ein paar meiner Leute bei Ihnen lassen. In einer halben Stunde steht es Ihnen frei zu gehen.“

Sechs Toka positionieren sich um die drei, während die anderen an ihnen vorbeiziehen und sich um Antonia scharen. Flinn, Karla und Daniel bleiben an ihrer Position und sehen zu, wie sich Antonia langsam mitsamt dem Gefolge in Bewegung setzt.

Wie erstarrt wartet Flinn darauf, dass die Lebensenergie übernimmt. Jetzt müsste Achak doch dicht genug bei Antonia sein. Er folgt ihr mit dem Blick und sucht nach dem kleinsten Anzeichen, das darauf hindeuten könnte, dass sich ihr Plan erfüllt. Noch hat Antonia die Lichtung nicht verlassen, aber viele Meter bleiben ihr nicht mehr. Wenn jetzt nicht gleich etwas passiert, wird sich die Menge auseinanderziehen und den Pfad entlanggehen. Das wäre eine deutlich schlechtere Formation und die Lebensenergie bräuchte viel länger, um alle Toka zu umspannen. Dieses Risiko dürfen sie keinesfalls eingehen. Als hätte

Spike die Gefahr erkannt, fällt er in ein aggressives Konzert aus lautem Gebell und läuft Antonia hinterher.

Einige Toka wenden sich dem Hund zu, als Achak ruft: „Bringt ihn zum Schweigen!“

Drei Toka lösen sich aus Antonias Gefolge und gehen bedrohlich auf Spike zu.

„Nein!“, schreit Antonia durch das Gebell. „Meinen Hund rührt ihr nicht an!“

„Dann bring du ihn zum Schweigen!“, erwidert Achak gelassen.

Antonia läuft Spike entgegen, der sich sofort beruhigt und sich von ihr umarmen lässt.

„Ruhig, mein Großer!“, redet Antonia beschwichtigend auf ihn ein.

Hinter Spikes Rücken formt sie, scheinbar den Hund streichelnd, mit den Händen drei Worte, die sowohl Flinn als auch Karla und Daniel gleich entziffern können. ‚Chatan kommt nicht!‘

Flinn reagiert sofort und setzt den Plan um, den nur er und Lonan kennen. Er dreht sich zur Seite und rennt auf den Waldrand zu.

Einige Toka wollen ihm nachsetzen, als Achak sie zurückpfeift: „Lasst ihn! Er ist nur ein Feigling, der davonläuft!“

Karla und Daniel rufen ihm hinterher: „Flinn! Was machst du?“

Auch Antonia schaut Flinn überrascht hinterher, weigert sich aber, an seinen Motiven zu zweifeln. *Was hat er vor?*

Flinn braucht kein zusätzliches Zeichen zu geben. Lonan weiß genau, dass Plan B begonnen hat, als er Flinn in Richtung des zweiten Dirtbikes rennen sieht. Gut versteckt steht es am Rande der Lichtung. Im Bruchteil einer Sekunde sitzt Lonan auf seiner Maschine und beschleunigt über die Wiese. Horus sprintet an seiner Seite und mäht eine Schneise in die Wildblumen. Die Toka hatten bisher keine Zeit zu reagieren und starren erst ungläubig, dann höchst alarmiert auf das sich rasant nähernde Dirtbike.

„Wer ist das?“, brüllt Achak Will an.

„Das, das ist Lonan. Es … ich verstehe nicht. Ich dachte, er sei über alle Berge!“ Will spielt seine Rolle immer noch sehr überzeugend.

Achak knurrt in sein Headset: „Holt mir diesen Typen vom Motorrad. Und holt mir Antonia. Egal mit welchen Mitteln!“

Drei der Toka ziehen ihre Heckler & Koch, acht weitere halten ihre Messer angriffsbereit in den Händen, während die anderen nervös Achak abschirmen und parallel versuchen, Antonia zu ergreifen, was Spike zu verhindern weiß. Das reinste Chaos bricht aus, als Lonan die Gruppe erreicht und mit einem gezielten Wurf die erste seiner Klingen in der Hand eines Toka versenkt. Sofort lässt dieser vor Schmerz schreiend die Pistole fallen, die zwischen hohen Gräsern verschwindet.

Aus dem Lauf der zweiten HK wird das Feuer eröffnet. Lonan lenkt sein Dirtbike wendig wie eine Raubkatze zwischen den überrumpelten Toka hindurch, sodass kein weiterer Schuss die Waffe verlässt. Das Risiko, Leute aus den eigenen Reihen zu treffen, wäre zu groß.

Nun ist auch Flinn an seinem Dirtbike angekommen, schwingt sich auf den Sattel und lässt den Motor an. Sofort beschleunigt er auf die Toka zu, die immer noch versuchen, an Antonia heranzukommen. Sie wehrt sich hartnäckig und erhält reichlich Rückendeckung von Spike, der sich dabei schon einige Kratzer eingefangen hat. Blut tropft von seiner Seite, obwohl er geschickt den meisten Messerhieben ausweicht. Daniel schirmt Karla vor den Toka ab, die nun auch versuchen, die beiden in die Mangel zu nehmen, während Will endlich seine Rolle abstreift und sich gegen seine vermeintlichen Kameraden stellt. Er ergreift den überraschten Toka, der als Dritter eine HK in den Händen hält und verzweifelt versucht, ein freies Schussfeld auf Lonan zu finden. Nach einem gewaltigen Schlag in seine Magengrube geht dieser in die Knie und kippt nach einem sauberen Treffer auf die linke Gesichtshälfte schlapp zu Boden.

Flinn hat in der Zwischenzeit Antonia erreicht. „Spring auf, ich bringe dich hier weg!“, ruft er und Antonia lässt sich nicht zweimal bitten.

„Spike, lauf!“, brüllt sie aus Leibeskräften und hofft, dass der Hund ihnen folgt und sich in Sicherheit bringt.

Sie preschen auf dem Motorrad in Richtung des nördlichen Ausgangs über die holprige Wiese, als Antonia über ihre Schulter blickt und sieht, dass die ersten Toka die Verfolgung aufnehmen.

Lonan, der dank seines unfassbar schnellen und zielsicheren Umgangs mit den Shuriken bereits reichlich Toka lahmgelegt hat, atmet bei dem Anblick von Flinns Dirtbike, das Flinn und Antonia aus der Gefahrenzone bringt, erleichtert auf. Genau das ist der Moment, in dem er für eine Millisekunde die

Kontrolle über sein Motorrad verliert und das gut 85 Kilogramm schwere Gerät in einer viel zu engen Wendung unter seinem Körper wegrutscht. Es schlittert ein paar Meter über die Wiese, bevor der Motor erstirbt und es in verrenkter Pose liegen bleibt.

Lonan schlägt im Fall auf einen Stein auf und liegt plötzlich auf der Seite. Er greift ins Leere, als er weitere Shuriken aus seiner Tasche nehmen will, und stellt entsetzt fest, dass er keine Waffen mehr hat.

Hektisch versucht er, sich aufzurichten, aber sein rechtes Bein ist ernsthaft verletzt. Es knickt unter ihm weg, bevor er sich erheben kann. Er versucht, sein Knie mit den Händen zu stabilisieren. Erfolglos. Niedergeschlagen blickt er erst auf seine blutüberströmten Hände, dann auf Achak, der nur wenige Meter von ihm entfernt steht. Er fixiert ihn aus dunklen Augen, sein Gesicht von der großen Kapuze fast vollständig verdeckt. Dann zieht er ein Messer und fasst es an der Klinge.

Lonan erkennt sofort, dass Achak nicht zum ersten Mal ein Messer zum Wurf vorbereitet. Das Talent hierzu scheint in der Familie zu liegen.

Währenddessen haben Antonia und Flinn den Wald fast erreicht. Aber dann bemerkt Antonia Lonans Situation, schreit panisch und Flinn dreht sich um.

Ein lang gezogenes, von Verzweiflung getragenes „Nein!“ bahnt sich seinen Weg aus seinen Stimmbändern.

Er bedeutet Antonia, abzusteigen und sich zu verstecken, wendet das Dirtbike und hält auf Lonan zu. *Wie konnten wir nur glauben, wir könnten die Toka besiegen!* Flinn ist noch nie so schnell und so waghalsig über eine so unebene Wiese gefahren. Seine

Wahrnehmung schaltet in Zeitlupe um. Die Toka, die sie verfolgt haben, haben Antonia schon fast erreicht. Daniel und Karla werden beide von mehreren Toka zu Boden gedrückt und Will steckt gerade eine Salve aus Schlägen ein, an beiden Armen von seinen ehemaligen Kameraden fixiert. Spike liegt etwas entfernt reglos auf dem Boden und Jardy zerrt an der Kutte eines der Angreifer, die Karla zu Boden drücken.

Nur Achak scheint über dem Chaos zu thronen und verfolgt fast belustigt, wie sich Flinn auf ihn zubewegt. Drohend hebt er das Messer. Als Flinn nahe genug herangekommen ist, ruft Achak: „Schluss jetzt! Es reicht!"

Flinn bremst ab. Er wird nicht Lonans Leben riskieren. Langsam steigt er von seinem Motorrad, hebt die Hände und bleibt wenige Meter von Lonan entfernt stehen. Es dauert keine fünf Sekunden und zwei Schusswaffen sind auf Flinn und Lonan gerichtet. Vier Toka bringen Karla und Daniel näher und zwei weitere haben sich Antonia geschnappt und führen sie langsam über die Wiese. Noch ist sie zu weit entfernt, als dass die Energiequelle in ihr hilfreich sein könnte. Will liegt nun auf dem Boden, er scheint bewusstlos zu sein. Hoffentlich nur das.

„Für so schlau haltet ihr euch?", fragt Achak mit bebender Stimme. „Denkt ihr wirklich, ihr könntet euch mit Antonia und dem Fitzelchen von Chatans Lebensenergie in ihr einem Toka wie mir stellen? Wie erbärmlich! Als hätte Chatan auch nur annähernd solch eine Kraft. Chatan ist nichts ohne seinen Habicht!"

„Was soll das heißen?" Flinn tritt einen Schritt vor.

„Das soll heißen, dass ich mich vor Antonia nicht zu fürchten brauche, solange nicht Chatans Habicht in der Nähe ist. Und seht ihr hier irgendwo einen Habicht?", fragt Achak lachend. Er zeigt auf Helios in den Baumkronen. „Und glaubt ja nicht, dass dieser hier euch weiterhelfen könnte. Das ist ein Sperber. Ja, meinetwegen auch ein Krafttier, aber nichts im Vergleich zu Chatans Habicht."

Er schaut zu Will, der langsam wieder zu Bewusstsein kommt und sich ächzend auf die Knie stemmt. Im gleichen Moment verpasst ihm einer der Toka einen kräftigen Tritt in die Magengrube, sodass er unter erheblichem Stöhnen erneut zu Boden geht.

Achak fährt fort: „Ich habe Will nie vertraut. Ich traue keinem von Chatans Erben. Ich habe nicht eine Sekunde daran gezweifelt, dass dies hier eine Falle sein wird. Ich habe nur einen Fehler begangen. Ich habe dich unterschätzt!" Er funkelt Lonan böse an. „Dein Können mit den Klingen ist beeindruckend. Und das, obwohl du nicht mal ein Genius bist." Nach einer kurzen Pause fügt er hinzu: „Das ist nicht dein Kampf, Lonan. Du schuldest Chatan nichts."

„Ich bin nicht wegen Chatan hier. Ich bin wegen meiner Freunde hier."

„Das ehrt dich, aber dein Mut hilft dir nicht weiter. Ohne Chatans Habicht habt ihr keine Chance. Ich werde Antonia mitnehmen. Und dann werde ich einen Weg finden, Chatans Lebensenergie auf meine Seite zu ziehen." Achak hält weiterhin das Messer gegen Lonan gerichtet. Als er fortfährt, schwingt fast so etwas wie Mitleid in seiner Stimme: „Es tut mir leid, dich töten zu müssen. Doch dein Tod soll den Erben Chatans eine Lehre sein."

Will keucht schmerzverzerrte Worte in Achaks Richtung. „Lass Lonan in Ruhe. Ich bin der Erbe Chatans, der dich getäuscht hat.“

Achak lächelt ihm nur müde zu. „Ich weiß. Gibt es eine bessere Strafe für dich als die Gewissheit, dass dein Neffe sein Leben verliert, weil du diesen Verrat begangen hast?“ Achaks Blick wandert zurück zu Lonan, während sein Griff um die Klinge des Messers fester wird. „Ich hatte nicht geplant, dass du und dein putziger Hund hier mit reingezogen werden. Dass du nun vor mir stehst, ist vielleicht nur eine Verkettung ungünstiger Zufälle. Wie tragisch!“

In diesem Moment nähern sich die Toka, die Antonia in ihrer Gewalt haben.

„Ich habe eine Nachricht von Chatan für dich!“, ruft Antonia.

Amüsiert wendet sich Achak zu ihr um. „Und die wäre?“

Antonias Stimme ist fest, eisern und klar, als sie laut und deutlich sagt: „Es gibt keine Zufälle!“

Lonan hebt seinen Blick und schaut Achak an, der soeben seine Hand zum Wurf erhebt. Im gleichen Moment setzt sich sein Freund in Bewegung.

Beinahe gelassen tritt er in Lonans Blickfeld. Mit dem gleichen Stolz, der jedem seiner Schritte innewohnt. Kurz schaut er zu Lonan und schenkt ihm einen Augenblick der Zuversicht, bevor er sich mit völliger Selbstverständlichkeit Achak zuwendet. Mit einem mühelosen Sprung stellt er sich schützend vor seinen besten Freund. Die Beine fest in den Boden gestemmt und das Kinn voll Überlegenheit in die Höhe gerichtet steht er nun genau zwischen Lonan und der Waffe, die noch vor wenigen Sekunden drohte, dessen Leben zu nehmen. Lonan sucht nach Anzeichen von Angst oder Unsicherheit in der Körperhaltung des Freunds, doch er findet nichts als Entschlossenheit. Es scheint fast so, als wäre dies genau der Moment, auf den er sein Leben lang gewartet hat. In Lonans Kopf formt sich ein einzelnes Wort: *Bestimmung*. Die Erkenntnis trifft ihn völlig unvorbereitet. Sein Freund wusste es. Schon seit Tagen wusste er, was geschehen wird.

Lonans Seele befiehlt seinem Körper zu schreien. Doch bevor er nur ein Wort herausbringt, bevor er auch nur die geringste Chance hat zu reagieren, hebt Achak zufrieden lächelnd seinen rechten Arm. In der Hand das Wurfmesser mit der silbernen Klinge, die fast ästhetisch in der Abendsonne glitzert. Der Schwung erfolgt mühelos, als ginge es nicht um ein Leben, sondern um eine alltägliche Bewegung, die mit Perfektion eintrainiert wurde. Die Klinge sirrt durch die Luft und zeichnet eine saubere Linie in die Zeitlupe seiner Wahrnehmung. Mit Präzision durchdringt die Klinge Schichten von Haut, versenkt sich in einem kraftvoll schlagenden Herzmuskel und nimmt mit Entschlossenheit Leben.

Derjenige, der für immer an Lonans Seite sein sollte, der nicht wegzudenken ist aus einem Leben, das für ihn allein schon immer zu groß war, kippt in Zeitlupe nach vorn. Im Fall wendet er sich Lonan zu und sucht seinen Blick, bevor ein Rinnsal aus Blut zwischen weißen Zähnen der Schwerkraft folgt und zu Boden stürzt.

Lonan erreicht die Welle eines unvorstellbaren Schmerzes. Sie peitscht ihm die Luft aus der Lunge. Er taumelt nach vorn und erreicht den Körper seines Freundes in dem Moment, in dem ihn die Last seiner zusammenbrechenden Welt auf die Knie zwingt. Lonan weiß, dass sein Freund tot ist, bevor sein Kopf den seinen berührt. Lonans Herzschlag setzt aus. Er spürt den Verlust in jeder Faser seines Körpers und verflucht die Lächerlichkeit eines Schmerzes, der ihm verdeutlichen soll, was er längst weiß: Nichts wird mehr sein, wie es war.

Wie kann diese Erde es wagen, sich weiterzudrehen, bei dem, was soeben geschehen ist.

Lonans Lungen entkommt ein Schrei, der alle um ihn herum sofort erstarren lässt. Dann fällt Ruhe wie ein dunkler Vorhang über die Lichtung.

Lonans Sichtfeld verschwimmt in schweren Tränen, als seine Hand durch glänzend schwarzes Fell streicht und vorsichtig ein lebloses bernsteinfarbenes Auge schließt. Selbst im Tod findet sich Anmut.

/43/

Auf diesen Moment habe ich jahrzehntelang gewartet. Gut verborgen in den reinen Seelen derer, die nichts als Gutes verkörpern, wenngleich sie nicht frei von Bösem sind. Geschützt von Horus, dem größten Krafttier, das die Lebensenergie je geschaffen hat und das selbst meine Kräfte bei Weitem übersteigt. Verborgen bis zum letzten Moment, in dem ich mich meinem Gegner stellen kann. Es bedurfte eines unerträglichen Schmerzes, um mich zu entfesseln.

Seit Tagen schon spüre ich Chatans Nähe und durfte doch nicht zulassen, sie zu berühren. Erst jetzt kann ich mich zeigen, kann ich meine Herberge verlassen, kann ich das Gleichgewicht herstellen. Denn Achak steht mir gegenüber. Der, der mich geschaffen hat, indem er mich vernichtete. Ich bäume mich auf. Ich spreize meine Flügel und erhebe mich in den Himmel. Ich bin der Habicht Chatans. Ich bin frei!

/44/

Wie in Trance zieht Lonan sein Shirt aus, bedeckt damit den Körper von Horus und richtet sich auf. Was immer mit seinem Bein geschehen war, er spürt weder Verletzung noch Schmerz. Er breitet die Arme aus und die Konturen des Habichts auf seinem Rücken beginnen zu glühen. Ein feuriges Rot zeichnet jede der Linien nach, die den majestätischen Vogel auf seine Haut gemalt haben. Kraftvolle Schwingen erheben sich aus ihm, als ein Wesen zum Leben erwacht und sich aus seinem Körper kämpft. Ein Energiefeld, so klar und doch so dicht, dass es mit bloßem Auge zu erkennen ist. Die glitzernde Gestalt eines die Sonne reflektierenden Habichts erhebt sich kreischend in dem Himmel.

Achak sackt auf die Knie und blickt ungläubig in den Himmel. „Das ist unmöglich!"

Und plötzlich ist sie da, die Lebensenergie, die sich bisher nicht aus Antonia hervorgewagt hat. Sie zerrt an ihr, als wollte sie sie auf die Mitte der Lichtung drängen. Antonia setzt sich in Bewegung. Niemand fasst sie an, niemand hält sie auf, niemand spricht ein Wort. Bis der Habicht nach großen Kreisen in den Sinkflug geht und sich auf Antonias rechter Schulter niederlässt. Er krallt sich in ihre Haut, sodass sofort an mehreren Stellen kleine Rinnsale von Blut austreten müssten, wäre seine Gestalt nicht aus purer Energie geschmiedet.

Die Lebensenergie umhüllt den Habicht mit Berührungen, die eine tiefe Verbundenheit beweisen.

Aus zwei wird eins. Was gewaltvoll geteilt wurde, ist wieder vereint.

Die Energiewelle, die nun folgt, möchte nicht beschrieben werden. Es wäre maßlos zu behaupten, eine Beschreibung wäre überhaupt möglich. Würde es ein Wort für sie geben, würden wir es nicht kennen. Und den einzigen Vergleich, den sie zulässt, ist der zu uneingeschränkter Liebe.

Die Energiewelle verebbt nicht, sie ist einfach nur da und verströmt aus dem Epizentrum, das immer noch als schillernde Gestalt auf Antonias Schulter ruht.

Das Knacken von Zweigen und das Rascheln von Laub kündigen die an, die gerufen wurden. Ein Hirsch, der scheinbar ein Rudel Wölfe anführt. Gesäumt von Wildschweinen, auf deren Rücken Vögel reiten. Sie nähern sich Achak und den Toka, die bereits ihre Waffen fallen gelassen haben und vor Ehrfurcht erstarren.

Der Habicht stößt einen lauten Schrei aus, als wollte er der plötzlichen Bewegung Achaks zuvorkommen.

Die gehauchten Worte eines alten Mannes, der nach dem Messer seines Begleiters greift und dieses zwischen seiner eigenen dritten und vierten Rippe versenkt: „Verzeih mir! Ich bin nicht würdig!“

Tod mischt sich mit Leben, Trauer mit Zuversicht, Gewalt mit Liebe. Linderung kann nicht ohne Schmerz existieren. Es gibt immer zwei Seiten. Es gibt immer eine Wahl.

Mit kraftvollen Flügelschlägen erhebt sich der Habicht von Antonias Schulter. Niemand zweifelt daran, dass er mit der Lebensenergie verschmolzen ist, die noch vor wenigen Sekunden Antonias Gast war. Sie hat ihre Aufgabe erfüllt, so wie auch Horus seine Aufgabe erfüllt hat. Es gibt keine Zufälle. Als der Habicht in den Himmel zieht, erscheint es, als würde er mit jedem seiner Flügelschläge Stück für Stück Antonias Seele von den Sorgen der Vergangenheit heilen.

Antonia blickt um sich. Überall sieht sie erstaunte, ehrfurchtsvolle, verwirrte oder auch verängstigte Gesichter. Niemandem ist entgangen, was soeben geschehen ist. Flinn kommt als Erster in Bewegung. Auch er hätte sich schützend vor Lonan gestellt. Aber es war Horus' Bestimmung, in diesem Kampf zu sterben und mit seinem Tod Chatans Habicht zu entfesseln.

Flinn geht auf Lonan zu und hält ihn fest in seinen Armen. Lonan. Der, der heute alles verloren hat. Karla hat recht. Lonan ist verurteilt dazu, mehr einzustecken, als einem Menschen auferlegt werden kann.

Antonia steht immer noch wie erstarrt da und schaut um sich. Sie sieht Daniel, der zu Spike läuft und sich vergewissert, dass dessen Wunden nur oberflächlich sind. Vorsichtig hilft er ihm auf die Beine. Antonia erkennt Karla, die zu Lonan rennt und ihn gemeinsam mit Flinn in den Armen hält. Lonans Beine geben nach und gemeinsam sacken die drei auf die Knie, die Umarmung nicht lösend. Auch Will kommt hinzu und versucht, Trost zu spenden für einen Verlust, dessen Schmerz keine Linderung vorsieht.

Als Letztes kommt Jardy heran, im Maul einen schwarzen Fetzen Stoff, den er in die Wiese fallen lässt. Er tritt zu Horus und leckt über dessen leblose Schnauze. Jardy ist wahrhaftig kein Krieger, aber etwas, das viel mehr wiegt als ein kampferprobter Gefährte. Er ist ein Freund, wie sich Horus in seinen letzten Tagen keinen Besseren hätte wünschen können. Jardy war bei ihm, in jeder nur möglichen Sekunde, und teilte Horus' Wissen über eine nicht abzuwendende Bestimmung.

Jardy trottet mit hängendem Kopf zu Lonan und schmiegt seinen kleinen Kopf an dessen Bein.

Lonan schaut herab auf den kleinen Kerl mit den großen Fledermausohren. „Du hast es gewusst, oder? Dir hat er sich anvertraut."

Jardy legt den Kopf schief.

„Dachte ich mir doch, dass ihr was im Schilde führt." Lonans Blick erhellt sich kurz, während weiterhin Tränen seinen Hals hinunterrinnen und auf Höhe seiner Brust in Verzweiflung verebben. „Danke, Jardy! Danke, dass du für ihn da warst!"

Jardy blickt Lonan einfach nur an. Es bedarf keiner anderen Geste.

Dass sie weiterhin umringt von Toka sind, nehmen die Freunde erst einige Minuten später wahr. Doch die Toka haben sich verändert. Sie haben ihre Waffen und ihre Kutten beiseitegelegt und liegen sich gegenseitig in den Armen oder reden wild gestikulierend. Keiner von ihnen scheint mehr eine Gefahr darzustellen.

Daniel stützt Spike so gut wie möglich, als dieser sich humpelnd Horus nähert, um Abschied zu nehmen. Er stellt sich neben den von Narben gezeichneten Körper, legt den Kopf in den Nacken und stößt ein leises Heulen aus, dessen Schmerz so tief liegt, dass es kaum ein Geräusch verursacht.

Das Rudel Wölfe stimmt mit ein.

/45/

Zwei Tage sind vergangen seit dem Kampf auf der Lichtung, der blutiger endete, als Antonia ihn jemals hätte beginnen wollen.

Sie sind wieder in das Haus der Wetteraus zurückgekehrt. Heute Morgen hat Will sich verabschiedet. Er sagte, er habe viel aufzuholen, und meinte damit vermutlich, dass er endlich der sein kann, der er ist. Ohne Doppelleben. Helios begleitete ihn, so wie er es immer tun wird. Es fielen Tränen beim Abschied, vor allem bei Karla und Antonia.

Gestern hat Daniel alle aus der Genius-Gemeinschaft darüber informiert, was in den letzten Wochen passiert ist. Die Rückmeldungen aus aller Welt schwanken zwischen Lob, Anerkennung, Ungläubigkeit und großer Erleichterung.

Keiner der Toka ist nach den Ereignissen auf der Lichtung der Disorder treu geblieben. Die Präsenz einer starken, durch ein Krafttier geschützten Seele und deren Verschmelzung mit einer behutsam isolierten Lebensenergieinsel ist ein unbeschreibliches Ereignis und hat ihnen vor Augen geführt, was sich zu schützen lohnt. Dass sich die Lebensenergie zwei Menschen und keine Genius ausgesucht hatte, die ihr als Herberge dienten, ist ein klares Zeichen dafür, dass die Menschheit genauso wenig aus dem Netz des Lebens verschwinden darf wie irgendeine andere Art. Ob die Menschheit diesen Schutz verdient, gilt es zu beweisen.

Ereignisse, eingebettet in weniger als zwei Wochen Lebenszeit, ändern Schicksale und hinterlassen Spuren, die auch die Zeit nicht vollständig auslöschen wird. Sie werden sich auswirken auf das, was kommt und damit dem, was war, eine mächtige Bedeutung geben. Wie immer gibt es zwei Seiten. Verlust und Neuanfang. Und wie immer sind beide Seiten nicht gerecht verteilt. Als wüsste das Schicksal ganz genau, wer fähig ist, mehr zu tragen als andere. Helden entstehen nicht beiläufig. Sie werden im Feuer des Schmerzes geschmiedet. Größe wird nicht vererbt, sondern bewiesen.

Flinn liegt auf einem Handtuch im Garten der Wetteraus. Ein Anblick, der in Anbetracht der Ferienzeit nicht alltäglicher sein könnte. Dennoch fühlt sich nichts an diesem Tag nach Normalität an.

„Hast du Lonan gesehen?" Antonia tritt auf die Terrasse und geht auf Flinn zu. Sie legt sich neben ihn ins Gras und lässt ihre Hand über seinen Rücken wandern. Ihre Berührungen haben nichts von ihrem Zauber verloren.

„Er ist noch mit Jardy unterwegs." Flinn dreht sich zu ihr und schließt sie in seine Arme. Sanft küsst er sie. „Ich glaube, es macht es ihm leichter, wenn mein Kleiner bei ihm ist. Sie sind schon den ganzen Vormittag spazieren."

„Weißt du noch, wie du mir Jardy vorgestellt hast? Das ist keine zwei Wochen her und doch so ewig weit weg."

„Ja, ich kann mich noch gut daran erinnern. Damals hab ich gesagt, dass Jardy nicht so der Kämpfertyp ist, aber dass sein großer Tag kommen wird." Flinn schmunzelt. „Ich habe darüber in den letzten beiden Tagen öfter nachgedacht."

„Genau das meine ich. Es gibt Schicksale auf dieser Welt, die Heldenmut erfordern. Jardy gehört zu denjenigen, die die Helden davor bewahren, an ihrer Aufgabe zu zerbrechen. Er hatte sicherlich mehr als einen großen Tag." Antonia atmet seufzend aus. „Wenn ich Lonan nur irgendwie helfen könnte."

„Das tust du doch. Das tun wir. Wir sind seine Freunde."

„Horus war mehr als ein Freund", widerspricht sie. „Lonans Schmerz muss grenzenlos sein."

„Lonan wird zurechtkommen."

„Wie kannst du dir da so sicher sein?" Ihre Frage klingt leise und sorgenvoll.

Flinn nimmt ihr Kinn in seine Hand und streichelt mit dem Daumen sanft darüber. Dann küsst er sie zärtlich auf die Stirn und sagt voller Überzeugung: „Er ist Lonan. Punkt."

„Ja, vermutlich hast du recht." Nach kurzem Überlegen fügt Antonia hinzu: „Wer weiß, vielleicht schreibe ich all das eines Tages auf. Damit mehr Menschen von der Geschichte der Genius erfahren und Horus unvergessen bleibt". Sie vergräbt ihre Finger in Flinns Haaren.

„Du willst das Geheimnis der Genius preisgeben?", fragt er überrascht.

Sie lacht. „Meinst du ernsthaft, irgendjemand würde mir glauben?"

Flinn lächelt. „Vermutlich nicht."

„Es wäre trotzdem schön, wenn man den Menschen die Möglichkeit geben würde, die Wahrheit zu kennen. Getarnt als Roman." Antonia zwinkert ihm zu.

„Und, hast du schon einen Titel?"

„Hmmm …"

Zwischen ihren Augenbrauen entsteht eine nachdenkliche Falte, die er genauso liebt wie jedes andere Detail an ihr.

„Wie wäre es mit ‚Flinn'?" Allein Antonias Ton macht klar, dass das ein Scherz sein soll.

„Das kauft kein Mensch!", sagt er lachend.

Mit angestrengtem Gesichtsausdruck überlegt Antonia weiter. Dann hellt sich ihr Blick auf. „Ich werde es einfach ‚GENIUS' nennen."

„Genius?" Kurz denkt Flinn nach. „Ja, warum nicht? Kommt gleich zur Sache, der Titel. Ich würde es kaufen."

„Würdest du?"

„Natürlich!"

„Wegen dem Titel?"

„Nein, wer kauft schon ein Buch wegen dem Titel?", fragt Flinn. „Ich würde es wegen dem Cover kaufen."

„Das da wäre?"

Flinn flüstert ihr etwas ins Ohr. „Das ist eine schöne Idee!" Sie lächelt.

Oh Gott, wie Flinn dieses Lächeln vergöttert. Wie er sie vergöttert. Flinn blickt gedankenverloren in Antonias smaragdgrüne Augen, streicht ihr zärtlich eine Strähne aus dem Gesicht und küsst sie sehnsüchtig. Es dauert lange, bis sich die beiden wieder voneinander lösen.

/46/

Die Sonne steht tief am Himmel, als Lonan mit seinem Surfbrett unter dem Arm vom Strand zu seiner Wohnung geht. Es war ein herrlicher Tag mit grandiosen Wellen und seit Langem fühlt er wieder so etwas wie Unbeschwertheit. Salz glitzert auf seiner Haut und brennt noch deutlich auf dem neuen Tattoo, das seinen gesamten Rücken bedeckt. Mit Chatans Habicht ist auch sein Tattoo verschwunden. Nun ist an gleicher Stelle ein stolzer Hundekopf zu sehen. Mit glänzend schwarzem Fell, unachtsam kupierten Ohren, vielen Narben und nur einem Auge. Das Auge strahlt bernsteinfarben.

Sechs Monate ist es her, seit er Abschied von Flinn, Antonia, Daniel und Karla genommen hat. Nach dem Kampf gegen die Toka hat er noch einige Wochen auf dem Feldbett im Gästezimmer gewohnt, bis er sich an einen Ort zurückzog, der ihm schon immer gefallen hat. Hier baut er sich gerade eine eigene Existenz auf, die vor allem bei Luxushotels gefragt ist, die ihren Gästen ein paar besondere sportliche Highlights bieten wollen. Er verdient gut als Kampfsporttrainer und wird sich vielleicht eines Tages ein eigenes Studio leisten können. Will hat Lonan bereits zweimal besucht und die Tiefe ihrer Gespräche sucht ihresgleichen.

Lonans Handy verkündet den Eingang einer Nachricht.

‚Hey Bro, alles klar bei dir? Schon ein paar nette Sonnyboys in den Wellen entdeckt?

Du fehlst hier! Komm uns ganz bald besuchen, ja? Wir haben alle Umzugskartons ausgepackt und eine nette Schlafcouch in unsere Wohnung gestellt. Die ist besser als das Feldbett. Versprochen!

Flinn

PS: Antonia lässt dich grüßen.'

Lächelnd steckt Lonan das Handy in die Tasche seiner noch etwas nassen Badeshorts und wundert sich, weshalb er nicht seinen üblichen Weg nach Hause gewählt hat, sondern zufällig eine andere Strecke nimmt. Er hält kurz inne, denkt nach und zuckt mit den Schultern, bevor er den deutlich längeren Heimweg fortführt. In die nächste Straße biegt er ein und kommt an einem großen Mülleimer vorbei, der umgekippt auf dem Gehweg liegt. Etwas bewegt sich zwischen fettigem Papier und Salatresten. Lonan bleibt stehen und geht in die Knie.

Ein kleiner Hundepo schiebt sich rückwärts aus dem Dreck. „Na du, hast du Hunger?" Der kleine Hundepo gehört zu einem hellbraunen Mischlingswelpen, der vermutlich nicht älter als acht Wochen ist. Der kleine Kerl bellt hell auf und dreht sich um.

Lonan schreckt zurück. Er blickt dem Welpen direkt in die Augen. Ihre Farbe lässt seine Gedanken überschlagen. Sanft und klar und einzigartig wie Bernstein. Lonan weiß, dass es keiner Frage bedarf. Eine Feststellung reicht aus. Mit stockendem Atem überschlagen sich seine Stimmbänder und erzeugen einen ehrfürchtigen Klang: „Horus!"

EPILOG

Alles, was vorstellbar ist, hat das Potenzial, in der Realität zu existieren. Doch nicht jeder ist dazu auserwählt, die Wahrheit zu kennen.

Alles, wovon dieses Buch erzählt, ist der Fantasie entsprungen. Aber weit gefehlt, wer glaubt, nichts davon sei echt.

Es liegt in der Macht jedes Einzelnen, unsere Erde zu einer Heimat zu machen, die Raum und Respekt für alle Arten bietet. Denn an der Kreuzung von Annehmlichkeit und Mut entscheidet jeder für sich. Wir haben immer eine Wahl.

Du magst dich nur für eine einzelne Person halten, deren scheinbare Bedeutungslosigkeit nichts ausrichten kann. Doch das nimmt dir nicht die Verantwortung für den gesamten Planeten. Denn es sind deine Entscheidungen und deine Taten, Tag für Tag, im Kleinen wie im Großen. Sie machen den Unterschied. Kein Zweifel hält einer Tatsache stand:

Du bist nicht zufällig hier.

SCHLUSSGEDANKEN

Der erste Roman ist vermutlich für jeden Autor bedeutsamer als alle darauffolgenden Werke. Für mich ist er die Realisierung eines Traums, der Aufbruch in eine neue Zeitrechnung und die Möglichkeit, Teile von mir in Worte zu gießen.

GENIUS wäre nicht möglich gewesen ohne all die Erfahrungen, die ich im Leben gemacht habe. GENIUS wäre aber auch nicht möglich gewesen, wenn nicht jemand an meiner Seite gesagt hätte: ‚Du musst einfach schreiben.' Jemand, der daraufhin zu einem unsichtbaren Curlingbesen griff und bis heute gekonnt alle Steine aus dem Weg kehrt. Diesem Menschen danke ich für den Glauben an mich und an dieses Buch. Ich danke auch meinen beiden Inspirationen, die der Grund dafür sind, weshalb ich mir eine bessere Welt ersehne. Und ich danke meiner Lektorin und meinem Korrektor für den kritischen Blick auf dieses Debüt. Und zu guter Letzt ein Dankeschön an den kleinen, feinen Verlag feetjebooks, in dem auch ein Teil meines Herzbluts fließt.

Neben all der Fantasie und der tiefen Überzeugung, die in diesem Buch stecken, gibt es auch eine Figur, die genauso gelebt hat, wie ich sie versucht habe zu porträtieren. Ein Freund, der mich gelehrt hat, dass nichts auf dieser Welt ohne Bedeutung ist. Würde dieser gute Freund noch unter uns weilen, würde er mich vermutlich mit einem Blick ansehen, der besagt: ‚Genau so hat es kommen sollen.' Und meine Antwort wäre: ‚Ich habe es dir schließlich versprochen.'

Heike Grulich, geboren 1976 in Darmstadt, hat schon immer ihren eigenen Kopf gehabt. Aufgewachsen mit Freiheitsdrang und dem Wunsch nach Gerechtigkeit ging sie für die Belange der Tiere auf die Straße und schlug sich für die Rettung derselben viele Nächte um die Ohren.

Dem Studium der Informationswissenschaft folgte eine Karriere als Strategieberaterin und Start-up-Gründerin. Als Fotomodell hat sie die Welt gesehen und als Innovationsmanagerin hat sie versucht, die Welt zu verändern. Erst im Schreiben hat sie ihre persönliche Berufung gefunden.

Was sie immer bei sich trägt, ist die Liebe zu ihrer Familie, die Verbundenheit zur Natur, die Begeisterung für Ungewöhnliches und die Leidenschaft für besondere Worte – gelesene wie geschriebene.

Düsseldorf ist ihr Zuhause. Ihre Heimat trägt sie im Herzen.